AQUELES QUE PERDEMOS

SHEENA KAMAL

AQUELES QUE PERDEMOS

Tradução:
Carla Bitelli

HarperCollins
Rio de Janeiro, 2017

HarperCollins
PUBLISHERS
Since 1817

Título original: THE LOST ONES

Contato:
Rua da Quitanda, 86, sala 218 – Centro – 20091-005
Rio de Janeiro – RJ – Brasil
Tel.: (21) 3175-1030

CIP-Brasil. Catalogação na Publicação
Sindicato Nacional dos Editores De Livros, RJ

K23a

Kamal, Sheena
Aqueles que perdemos / Sheena Kamal; tradução Carla Bitelli. – 1. ed. – Rio de Janeiro: HarperCollins, 2017.
il.

Tradução de: The lost ones
ISBN: 9788595081239

1. Ficção canadense. I. Bitelli, Carla. II. Título.

17-42327 CDD: 819.13
CDU: 821.111(71)-3

UM

1

UMA LIGAÇÃO LOGO DEPOIS das cinco da manhã.

Fico imediatamente alerta; todo mundo sabe que nada de bom acontece tão cedo. Não pelo telefone. Ninguém fica sabendo que um parente rico morreu e deixou a herança antes das nove da manhã. Felizmente, já estou de pé e, na segunda xícara de café, me sinto um pouco preparada.

Acabei de voltar da caminhada, durante a qual me debrucei sobre a mureta do paredão à beira-mar e contemplei a água calma e acinzentada, igual à cidade nesta época do ano. Como de costume, tentei ver a corrente quente e escura que vem do Japão e vira para o Pacífico norte, suavizando o frio e espalhando seus dedos cálidos pela costa. E, como de costume, ela se recusou a me dar esse prazer.

Vancouver. Algumas pessoas acham este lugar lindo, mas elas nunca ficaram à toa nos locais que chamo de lar. Nunca estiveram na rua Hastings, tomada por agulhas e viciados. Nunca observaram o céu cinza e a água cinza por meses a fio enquanto a chuva cai numa tentativa malsucedida de fazer uma limpeza. Então vem o verão e é tão quente que dá para assar marshmallows nos fogos que destroem as florestas da província. Verão à beira-mar é gostoso, mas ainda está a meses de distância quando meu telefone toca.

Encaro o número desconhecido no visor de chamadas e, depois de hesitar por um momento, resolvo não atender. Vários segundos depois, toca de novo. Estou intrigada. Atendo, somente por ter sempre admirado a persistência de alguém que telefona.

— Alô?

Há uma longa pausa depois que a pessoa do outro lado da linha explica, com a voz rouca, o motivo da ligação. A pausa fica desconfortável. Percebo que o interlocutor está numa batalha interna, que deseja falar mais, porém sabe que é uma má ideia. Ninguém quer falar ao telefone com um tagarela. Principalmente um desconhecido. Imaginei o homem suando. Talvez suas mãos tivessem ficado pegajosas. O telefone desliza da mão dele e ouço o barulho do aparelho batendo no chão. Ele xinga durante os trinta segundos que leva para recuperar o telefone e a compostura.

— Ainda está aí? Você ouviu o que eu disse? — pergunta ele.

— Sim, ouvi — respondo quando o silêncio se torna excruciante. — Estarei lá. — Então eu desligo.

Nunca tinha ouvido o nome Everett Walsh, mas, de acordo com ele, eu talvez saiba algo sobre uma garota desaparecida. Ele não me diz o quê, no entanto. Reflito sobre encontrá-lo ou não, porém ele parece desesperado, e se há uma coisa que chama mais minha atenção que persistência é desespero.

Mesmo que encontrar pessoas seja parte do que faço para viver, o que eu poderia saber sobre uma garota desaparecida para justificar uma ligação a esta hora?

O desespero dele é tão fresco e cru que quase sinto seu sabor.

2

É UMA MANHÃ FRESCA de inverno em Vancouver. Eu teria dito úmida, mas isso está implícito quando se trata da costa oeste nesta época do ano. Nesta cidade, na dúvida, penda para o lado da precipitação. Eu me sento num ponto de ônibus coberto do outro lado da rua cerca de uma hora antes do encontro, ainda que meu Corolla antigo e detonado esteja no estacionamento. Pessoas dentro de carros tendem a desviar os olhos daquelas em pontos de ônibus, a não ser que o semáforo esteja vermelho e elas não tenham nenhum outro lugar para olhar. Como não tem semáforo aqui, me sinto invisível. Do meu poleiro, posso ver claramente a lanchonete e o estacionamento. A lanchonete tem uma luz brilhante no balcão, mas todo o restante do lugar está à meia-luz. Então este encontro é para ser clandestino. Tudo bem por mim. Sei ser clandestina com os melhores da área. Mas e esse Everett Walsh? É capaz disso?

O ônibus para e aceno para o motorista ir embora. Ele fecha a porta com um grunhido e, ao partir, o veículo arrota fumaça do escapamento bem na minha cara.

Logo na saída da movimentada Kingsway, a lanchonete é uma mistura de cafeteria e restaurante, cercada por oficinas mecânicas e redes de fast-food. De todos os locais que ele poderia ter escolhido entre sua casa em Kerrisdale e a área mais miserável de Vancouver onde eu moro, optou por um com toldo vermelho bonito e ornamentos de um amarelo desbotado. Um meio-termo. Talvez ele esperasse fazer com que nós dois nos sentíssemos confortáveis.

Dá para dizer que o café daqui é horrível, mas os muffins não são tão ruins. Pessoas que saem com copos para viagem tiram a tampinha, dão um gole e fazem careta. Já os que têm muffins nem hesitam. Eles dão de ombros e seguem em frente, considerando que os bolinhos valeram o dinheiro.

Vinte minutos antes do horário marcado, um Audi esportivo escuro circula pelo estacionamento. Um casal bem-vestido, ambos com óculos escuros, espia dentro da lanchonete. Eles não veem quem estão procurando e começam a discutir. O Audi sai do estacionamento e volta cinco minutos depois.

Eles param perto da porta e o homem sai do carro, sem os óculos escuros, e vai na direção da loja. Ele é pequeno e quadrado, com um pescoço grosso. Um boné cobre ralos cabelos castanhos. Usa um casaco escuro sobre ombros caídos, derrotados. A mulher sai do carro, tirando o longo cabelo ruivo do ombro, e segue o homem para dentro. Ela não se importa que alguém a veja. É bonita e está acostumada a ser vista. Contudo, mantém os óculos escuros, porque eles complementam seu ar de mistério e sensualidade. É bem eficaz. O homem de meia-idade no balcão deu uma secada casual enquanto servia o café dela. Ele não olha para o homem ao lado, exceto para pegar o dinheiro.

Então eles aguardam. Ambos em seus quarenta anos, arrumados com elegância, bem-vestidos. Eles não se falam, e o silêncio entre os dois não é confortável. Se um dia houve química, anos de casamento a tinham corroído. O homem ainda está interessado, mas a mulher ignora todas as tentativas dele de chamar sua atenção e encara pela janela a entrada do estacionamento. Ambos dão golinhos no café sem reações aparentes. Ou não estão prestando atenção ou suas papilas gustativas estão em choque.

Analiso-os pelo tempo que resta antes do horário marcado. Eles obviamente não são um casal que saem para tomar café juntos. Não estariam aqui se não tivessem de estar, então a situação deve ser péssima. Tenho um sentimento terrível a respeito, mas preciso admitir que também estou curiosa. Depois de uma busca na internet pela manhã, sei que os dois são arquitetos, mas trabalham em escritórios diferentes. Parecem inocentes o suficiente, por isso dou a volta por trás e entro pela porta lateral. Eles não estavam esperando por isso e tomam um susto quando apareço na frente da mesa deles com um muffin na mão.

A mulher fita meu jeans gasto e meu suéter grandalhão cheio de fios soltos. O homem, contudo, está fixado no meu rosto. Minha pele, que não é clara nem escura, mas tem um tom enlameado. Maçãs do rosto altas. Queixo teimoso. O que parece lhe chamar mais a atenção são meus olhos. Isso não é incomum para quem se digna a olhar. Não sou nem um pouco marcante sem considerar meus olhos. Eles são tão escuros que a pupila e a íris quase não se distinguem, cobertos por cílios compridos que poderiam deixá-los bonitos até que se olhe mais de perto e se perceba que eles absorvem toda a luz ao redor e recusam a se desviar um milímetro sequer. Ao olhar para eles, se tiver coragem, de repente se lembra de compromissos que deveria firmar e encontros marcados que se esqueceu de incluir na agenda.

— Everett Walsh? — Puxo uma cadeira para perto da mesa e me sento. Olho apenas para o homem. A mulher precisa de um pouco mais de tempo para lidar com a minha chegada.

— O quê? Ah, sim. Eu. Sou... hmm... sou eu. — Ele seca uma gota de suor de baixo do boné, então resolve tirá-lo. A mulher franze o cenho com nojo. — Esta é minha esposa, Lynn.

— Prazer — diz ela, e sua voz fria e cristalina indica que é qualquer coisa menos um prazer. Eles não me reconhecem do ponto de ônibus e provavelmente sequer se deram conta de que ali havia um ponto de ônibus. Estas não são pessoas habituadas a usar transporte público. Sortudas. Transporte público em Vancouver é corretamente descrito como "caos total" e deve ser evitado a todo custo, exceto se for pobre ou se seu veículo luxuoso estiver no conserto.

Vendo que Lynn decidiu não colaborar, Everett assume:

— Obrigado por ter vindo. Quero dizer, sei que foi de repente e você não nos conhece, mas...

— Quem me indicou? — Alguém deve ter feito isso, para eles terem meu número de telefone.

Everett pisca.

— O quê? Ninguém. Contratamos uma pessoa para achar você.

Agora é minha vez de ficar confusa. Costuma ser o contrário.

— Do que está falando?

— Nossa filha está desaparecida — conta Lynn.

Everett olha para a esposa.

— Contei isso pelo telefone, querida.

Lynn se vira para ele. Anos de história passam entre eles no olhar que trocam.

— A filha *dela* está desaparecida. Você lhe contou isso?

Encaro-a ligeiramente boquiaberta. Esta é a bomba que ela espera que seja. Por um momento breve, todo o ar é sugado do ambiente e uma tensão inesperada se instala. Lynn me dá sua atenção total agora e, apesar de ela não estar sorrindo, posso ver que, por trás dos óculos escuros, está satisfeita.

Everett pigarreia. Abre a boca para falar, depois fecha. Fitamos um ao outro, nós dois, até que ele encontra coragem para tentar de novo.

— Ela se refere à bebê que você deixou para adoção quinze anos atrás. — Ele está preocupado com minha reação, que até este momento foi uma expressão vazia. Agora estou tentada a verificar se tem mesmo um chão sob meus pés ou se, como suspeito, caí em algum tipo de toca de coelho num pesadelo. Ele tira uma fotografia de sua carteira e a coloca à minha frente.

Uma adolescente gordinha com pele dourada me encara de volta. Apesar de os olhos na imagem serem mais profundos e terem as pontas viradas para cima, não há como negar que são meus. Quase pretos, e abismais. Ela tem cabelo preto, mais escuro que o meu, que cai sobre seus ombros, e uma covinha adorável no queixo. Passo por cima da catalogação de seus traços para pegar uma ideia do que há por baixo. Do que ela esconde. Depois de um momento, vejo que tem um sorriso na boca, mas o sorriso não alcança os olhos. Ela está mentindo para a câmera, fingindo estar feliz.

— Esta é Bonnie. Bronwyn, na verdade, mas a chamamos de Bonnie. — Há orgulho na voz de Everett. Amor também.

Olho para Lynn. Ela se recusa a espiar a foto. Mastigo meu muffin, recolhendo pensamentos que tinham escorrido pelos vincos da mesa de madeira e se espalhado pelo chão.

Everett não consegue ler minha expressão, mas, agora que começou, não é capaz de parar.

— Ela desapareceu cerca de duas semanas atrás. Achamos que ela tinha ido acampar com amigos, mas...

— Mas ela mentiu e roubou todo o dinheiro que tínhamos em casa. Ela também roubou meu cartão do banco e sacou mil dólares antes que eu percebesse e bloqueasse. — Lynn tira os óculos escuros e vejo olheiras embaixo de seus olhos vermelhos. Começo a entender o que está acontecendo. Ela está no limite de suas forças. A criança cuja adoção exigira dela malabarismos tinha se tornado uma adolescente e ela estava procurando o recibo para devolver à fábrica. — Ela já fez isso duas vezes antes, mas nunca por tanto tempo.

— A polícia não tem ajudado em nada — intervém Everett. — Eles puseram um alerta, mas, como ela pegou dinheiro, pressupõem que ela queria ficar longe por todo esse tempo. Eles pararam de procurar. Não sei nem se chegaram a começar. Acho que um deles falou com alguns professores dela na escola, mas não deu em nada. Ela é uma boa garota...

Lynn zomba.

— Estão a chamando de fugitiva crônica ou algo parecido, Everett. Ela nos roubou.

— Ela é uma boa garota! — insiste Everett. — Mas vinha dando trabalho ultimamente — admite. — Novos amigos. Ficava até tarde na rua. Estava saindo com esse pessoal que dança hip-hop. Nós achamos que ela está bebendo e usando drogas. Sim, ela já fugiu antes, mas sempre volta! Mas não... não desta vez. Por quê? Por que ela ainda não voltou para casa? — Ele é dominado pela emoção. Cobre o rosto com as mãos. É triste ver um homem chorar, mas me recuso a desviar os olhos. É em momentos como este que se pode ver se alguém está sendo verdadeiro. Lágrimas falsas são fáceis de identificar, então, para seguir esse caminho, o melhor é estar comprometido. Ele está. Este homem está sofrendo.

Lynn encara Everett por uns momentos, depois vira as costas para mim. Sem mão no ombro. Sem "calma, querido".

— No computador dela, encontramos o histórico da internet. Ela sabia que éramos contra, mas estava buscando os pais biológicos. Através desses... como é que se chamam?

Ela me olha como se eu devesse ter a resposta na ponta da língua. Dou de ombros.

A expressão de Lynn não se altera.

— Aqueles sites que reúnem crianças adotadas com seus pais biológicos. Ela é menor de idade, por isso não pode se cadastrar nos sites oficiais, mas soubemos que existem sites clandestinos. Comunidades on-line de pessoas procurando umas às outras. Estamos torcendo para que ela não tenha entrado em contato com você, pelo seu próprio bem, mas se ela fez isso...

Everett se recompõe o suficiente para mandar um olhar irritado para Lynn.

— Por favor, perdoe minha esposa. Só queremos saber onde está nossa filha.

É fácil ler nas entrelinhas. O que eles querem dizer é que sou uma má influência, ainda que eu só tenha visto a criança uma vez e que seja impossível ela se lembrar de mim. Vejo agora que eles me culpam por ela ter mergulhado em álcool e drogas. Que, na cabeça deles, ela de alguma maneira jogou fora a criação que recebeu e pegou um atalho em direção à minha natureza. Fugiu para ficar com a verdadeira família e, juntas, viveremos uma vida alcoolizada e desregrada. Que vamos rir da cara deles enquanto entornamos nossas garrafas.

Não há nada mais humilhante que o desprezo de pessoas decentes. Não ouso deixar isso transparecer, contudo, e me reconforto um pouco com a evidência de que a vida deles parece estar se desfazendo mais depressa que a minha. Vejo agora por que Everett estava tão desesperado para me encontrar.

Sou seu último recurso.

— Uns anos atrás, ela ficou obcecada por encontrar os pais biológicos. Ela conversava com os amigos sobre isso, depois parou e pensamos que tinha superado a questão. Mas descobrimos que encontrou os papéis de adoção. A certidão de nascimento. Você é uma pessoa difícil de achar. Tivemos que contratar um detetive, mas pensamos que talvez Bonnie tivesse conseguido entrar em contato de algum modo.

Franzo o cenho para ele.

— Isso não faz o menor sentido. Legalmente, você deveria ter recebido uma certidão de nascimento alterada. Meu nome não era para estar em nenhum lugar ali.

— Sabemos disso — responde Everett. — Houve uma confusão e recebemos o papel errado. Pegamos a certidão alterada depois e pediram que nós destruíssemos a original.

Lynn não olha para Everett, mas suas palavras seguintes são direcionadas a ele.

— Mas Everett não fez isso.

— Desculpe — diz ele. — Ok? Quantas vezes tenho que dizer isso? Peço mil desculpas.

— Ela não entrou em contato comigo — falo para eles depois de um minuto. O muffin está quase no fim e tanto a porta da frente como a da lateral parecem muito convidativas. No fim, minha curiosidade vence. — O que aconteceu no dia em que ela desapareceu?

Lynn dá de ombros.

— Ela disse que ia acampar.

— Sim, isso eu entendi. Onde vocês estavam?

Uma troca de olhares. Eles não estão confortáveis por terem suas habilidades como pais escrutinadas.

— Estávamos trabalhando — Lynn me conta. Os olhos dela se estreitam e sua voz sai diversos decibéis mais alta do que ela pretendia. Alguns clientes da lanchonete dão uma olhada para nós antes de voltarem a seus cafés horríveis.

— Será que ela entrou em contato com o pai biológico? — sugere Everett, tentando retomar o controle da conversa. Ele sorri pesaroso para Lynn. Parece algo que ele está costumado a fazer.

Sem chances de isso ter acontecido. Balanço a cabeça.

— Aí não tenho como ajudar. — Me levanto e me afasto da mesa, e saio tão abruptamente quanto cheguei. Considero pedir desculpas, mas nunca entendi esse ímpeto canadense de pedir desculpas sem ter feito nada de errado.

Enquanto sigo para a porta, ouço Lynn sibilar:

— Excelente ideia, Ev. Brilhante mesmo.

Ouço passos atrás de mim ao cruzar o estacionamento. Fico tensa quando eles se aproximam. É Everett. Ele enfia a fotografia nas minhas mãos.

— Nora? Nada disso foi como eu queria. Lynn... Ela está sob muita tensão no trabalho agora e as coisas têm sido difíceis entre ela e Bonnie há algum tempo.

De novo aquela expressão pesarosa. Ele espera que eu diga "Tudo bem, não fique assim". Mas, assim como Lynn, ignoro o pedido escancarado dele por consolo e compreensão. Ele enrijece, e um rubor sobe do seu colarinho pescoço acima. Tento devolver a foto, mas ele dá uns passos para trás e fica fora de alcance.

— Fique com isso. Por favor, se tiver notícias dela, ligue para nós. Deixei nossos contatos no verso da fotografia. Ela é... Ela é uma boa menina. Apesar de tudo. Só quero que volte para casa.

É a segunda vez que ele diz isso. Ele está tentando desesperadamente acreditar nessa afirmação. Uma boa menina. Queria saber o que ele entende por isso. Ela parece terrível.

— Por que você contratou um detetive particular para me encontrar e não para encontrá-la? — perguntei. Então me ocorreu a resposta. — Porque você pensou que ela tivesse vindo até mim, então sou seu ponto de partida.

— E o de chegada também — completa ele, virando-se. — Ela ficou muito boa em fugir depois de tantas tentativas. Não nos deixou nenhuma pista.

Ao andar até meu Corolla enferrujado, tento combater o pânico que me acomete. Everett Walsh fez de tudo para encontrar a mãe biológica de sua filha desaparecida, apesar de não haver nenhuma evidência apontando que eu tivesse entrado em contato com a criança da qual abri mão tantos anos atrás. Ela vinha me procurando, mas e daí? Muitas crianças buscam seus pais biológicos, sem sucesso. Não é incomum. Ele me dá uma foto, mesmo que eu não tenha pedido. Ele tenta me convencer de que ela é boa. Ele não está mentindo, mas suas tentativas de manipulação começam a ficar claras. O histórico de fugas dela prejudicou qualquer investigação séria de seu desaparecimento, e ele está se agarrando a fios de esperança.

Que ele tenha conseguido me encontrar não é difícil. Meu nome está na certidão de nascimento original, claro como a luz do dia. Mas como ele sabe que eu trabalho ajudando a encontrar pessoas desaparecidas?

E será que ele sabe que a esposa mentiu sobre o próprio paradeiro no dia do desaparecimento da filha?

3

A GAROTA SE SENTA nas pedras e reflete sobre os próximos passos. Ela acha que sofreu uma concussão, mas não sabe dizer com certeza. Sangra na cabeça, nos braços, nos pulsos. Sente uma dor fraca na lombar, mas não consegue se lembrar de terem acertado ali. Suas orelhas estão tomadas pelo som das ondas batendo contra as pedras, ameaçando puxá-la para o oceano. Ela está tão atordoada que sabe que não seria capaz de lutar contra essa força. A água tem poder próprio, um poder que a assusta.

Ela precisa seguir em frente.

Logo vão pensar que ela está morta e vão parar de procurar. Ela se agarra a essa ideia como se fosse um talismã e guarda fundo dentro de si. O sal no ar faz arder seus olhos. Ela estala a língua para pegar uma gotinha de água do mar do rosto e percebe que na verdade é uma lágrima.

4

O CRUZAMENTO DA HASTINGS com a Columbia está localizado no pior bairro de Vancouver, na parte leste do centro. A cidade está prestes a embarcar numa tentativa de revitalização da região, mas no momento ela continua sendo o que foi durante a maior parte da sua existência: um lixo. Com os atuais preços dos imóveis em Vancouver, porém, é a única opção viável para quem não aceita viver em outro lugar além do centro e busca abrir um escritório de investigação particular junto com o amor de sua vida, um jornalista premiado que aluga um espaço ali para fazer freelances, escrever seu livro e trabalhar em seu blog de notícias.

Sou recepcionista e assistente de pesquisa dos dois. Nenhum conseguiria me pagar sozinho, mas, nesta nova economia de compartilhamento de custos, eles encontraram um meio de fazer dar certo. Assim como eu, na verdade. Estou morando de graça embaixo da firma para economizar o valor do depósito de um lugar para mim. Porém, meus chefes não sabem. Pensam que é apenas um porão com discos velhos e um armário de vassouras e nunca se preocuparam em verificar. Às vezes, comentam sobre meu Corolla, que está sempre estacionado na área atrás, mas não sabem que o carro é meu. Eles presumiram que fosse do cara que presta serviços de marketing no fim do corredor, e não fiz questão de corrigi-los.

Descendo a rua, tomada de viciados, traficantes, cafetões e prostitutas, está o refúgio hipster de Gastown — o amortecedor entre ricos e pobres, entre as pessoas que têm recursos para viver nas áreas nobres da cidade e os outros, como eu, que invadimos habitações e tentamos pegar o que pudermos. Os meus dois chefes vivem em Kitsilano, próximo da praia, mas longe o suficiente do fedor dos arredores do escritório, o que os deixa felizes. Eles são Sebastian Crow, um homem de ombros caídos e sobrevivente de divórcio, e Leo Krushnik, o homossexual mais extravagante que já conheci. Os dois estão loucamente apaixonados, mas talvez menos loucamente do lado de Seb — ele está apenas apaixonado. Um correspondente internacional, segundo dizem, Seb se reconciliou com sua homossexualidade mais tarde na vida, aos 43 anos, depois de ter duas úlceras de estresse pós-traumático por ter coberto a guerra do Kosovo e por manter um casamento com uma advogada. Entretanto, sua paixão pelo funcionário de sua esposa, um detetive particular e contador forense bem mais jovem, não poderia ser subjugada, por isso abandonou tudo para ajudar Leo a abrir sua própria firma de investigação, da qual Seb vive agora. Suas habilidades jornalísticas contribuem de vez em quando, mas é o Leo que toca a maior parte do negócio.

O que me traz a uma lição que guardei na alma: jamais abra um negócio com seu amante. Trabalho e casa estão agora inextricavelmente ligados, e a única trégua para Seb é ficar sozinho em sua mesa ou na mesa do bar do outro lado da rua quando Leo tem outro compromisso.

— Ah, aí está nossa especialista em detectar mentira — diz Leo quando entro.

Estou atrasada. Isso não é comum. Nunca estou atrasada — viver no porão tem seus benefícios —, mas meu encontro com os Walsh me fez perder a hora. Em vez de ter trazido um cliente novo, cheguei às nove e meia sem nada para apresentar nem vontade de dar uma explicação. Do outro lado da área de recepção, Leo me espia detrás de sua mesa. Com óculos de grife e roupas de alfaiataria casuais, ele não condiz com o que se espera de um detetive particular, e em parte é isso que o torna tão bom no trabalho. As pessoas costumam subestimá-lo, o que é um erro.

Seb abre a porta do escritório dele e me encara da soleira. Os óculos de leitura comprados em uma farmácia têm um dos lados preso com fita adesiva e estão pendurados no meio do nariz dele.

— Está tudo bem, Nora? — pergunta Seb baixinho. Meu atraso atrapalhou sua rotina. Ele teve que fazer o próprio café e deve estar se perguntando por quê.

— Sim. — Me sento à minha mesa. A luz vermelha do telefone do escritório não está piscando. Não recebemos nenhuma ligação desde ontem. — Desculpe o atraso.

— Você pode se atrasar mais vezes — intervém Leo. — Sério, Nora, você precisa ter vida. Saia um pouco. Compre umas roupas.

Todas essas três coisas são improváveis de acontecer e Leo sabe. Ele já teve essa conversa sozinho diversas vezes. Minha falta de histórias de vida empolgantes, junto com meu guarda-roupa de trabalho infeliz (que consiste em dois jeans rasgados e três suéteres grandes e antigos que cobrem os buracos em minhas camisetas) são pontos de discórdia para ele.

Ele está prestes a embarcar em mais uma explicação sobre a importância de peças básicas de boa qualidade e alguns itens estilosos, quando a porta da frente da nossa suíte é escancarada e ouvimos um *bam* quando ela bate na parede oposta. Há um estremecimento coletivo na sala. Uma mulher loira esbelta avança e examina o lugar como se fosse a dona. Ela ignora tanto a mim como a Seb. Seu foco está em Leo. É nossa cliente mais regular.

— Tenho um trabalho para você.

— Melissa... — começa Leo.

Ela estreita os olhos.

— Você está sustentando o pai do meu filho. Como ele vai pagar a pensão para Jonas se não tiver nenhum tostão? Todo mundo sabe que o pagamento daquele livro dele já foi gasto e ele já atrasou o prazo do próximo enquanto fica perdendo tempo com aquele blog maldito. Quem faz dinheiro com blog hoje em dia? — Ela anuncia isso para a sala, lembrando a todos mais uma vez quão bem informada ela é. A ex-esposa de Seb sabe que não pode ameaçá-lo de pagar uma pensão para ela, pois ganha mais que ele. Então ela usa o filho, concebido numa última tentativa de salvar o casamento, como desculpa para entrar aqui e descobrir se ele está mesmo mais feliz com outro homem.

Ela joga a pasta sobre minha mesa.

— Precisamos achar este cara até a próxima semana.

Seb suspira em seu escritório.

— Sério, não preciso de sua caridade. Já conversamos sobre isso.

— Bem, eu preciso — diz Leo. Seu sorriso tem um quê de falso. — Se sua firma quiser me contratar, muito bem. Tenho a melhor operação de investigação particular da cidade. Aqui, pegue um panfleto. — Ele estende um folder com design bem-feito no qual investiu quase duzentos dólares ano passado num esforço de se relançar. — Por favor, conte aos seus amigos.

Todo mundo naquela sala sabe que Melissa, uma proeminente advogada de defesa, não tem amigos. Ela registra a alfinetada e olha fixo para Leo, com hostilidade e perplexidade. Ela não entende como este imigrante polonês alegre e gordinho pode ser mais atraente do que ela. Não entende como o detetive particular que sua firma contratava de vez em quando, o mesmo que ela contratou para seguir Seb quando ele começou a ficar distante, pôde acabar seduzindo seu marido, em vez de apenas investigá-lo discretamente, como deveria ter feito. Não entende como seu marido virou gay bem debaixo do seu nariz.

Tudo aqui é demais para ela. Ela vai para a porta.

— Semana que vem — diz voltada para a sala.

Então ela se vai. Ouve-se um suspiro coletivo de alívio quando a porta é fechada com tanta força quanto foi aberta.

Seb fita Leo, depois bate a porta do escritório. Leo se ocupa com alguns documentos sobre a mesa. Todo mundo finge não estar humilhado por precisarmos de tantos casos quanto possível porque faz dois anos desde a publicação moderadamente bem-sucedida do livro de Seb sobre o genocídio em Kosovo, e o dinheiro, usado principalmente na casa dele e no divórcio, já se foi.

Ainda assim, um caso é um caso, e não podemos ter o luxo de ficar escolhendo. A pasta, é claro, é para mim.

Nessa operação, localizo as testemunhas e participo das entrevistas para checar se estão ou não mentindo. Para ver além das mentiras atrás das quais as pessoas estão tentando se esconder. Essa é minha especialidade. Leo se ofereceu para me pagar um programa de treinamento especial em detecção de mentiras, só para oficializar, mas eu sei que ele não tem dinheiro para isso e eu nunca quis divulgar esse meu conhecimento, por assim dizer. Às vezes, sua maior força deve ficar em sigilo. Aprendi essa lição do pior jeito.

Abro a pasta e encaro a imagem brilhante de Harrison Baichwal sorrindo sinceramente para a câmera. As primeiras coisas que me chamam a atenção são suas sobrancelhas grossas e uma barba bem aparada que cobre a maior parte de seu rosto cheio de rugas. Atrás dele está o paredão beira-mar e acima o céu de um azul perfeito sem sinal nenhum de nuvens. O homem na foto não tem ideia do que seu futuro lhe reserva e como a escuridão pode se infiltrar em qualquer imagem ensolarada, sombreando-a. Harrison Baichwal testemunhou um assassinato, deu um depoimento alegando não ter visto nada de esquisito que conduziria aos eventos em questão e depois sumiu.

Afasto da cabeça todos os pensamentos da prole desaparecida e começo a trabalhar. Mas ainda assim. Ainda assim isso fica remoendo no fundo da minha mente, criando cenários horríveis do que acontece com jovens mulheres que não voltam para casa. Não conheço essa garota de Eve, mas não posso mais mentir para mim mesma. Ela ainda ocupa um espaço na minha consciência. Em todos esses anos, nunca me permiti pensar no tamanho da área que ela ocupa ali dentro.

5

PESSOAS VÃO MENTIR SOBRE qualquer coisa, a qualquer momento. Quando você faz perguntas pontuais, elas vão mentir também. A coisa mais importante para pegar um mentiroso, mesmo o mais experiente, é fazer a pergunta certa. Ser específica. "Onde você estava na noite passada, querido?" Um trapaceiro amador dá conta de desviar por anos de questões como essas. É sempre melhor dizer: "Você estava transando com a caixa do posto de gasolina ontem entre 21h37 e 22h18?".

Um trapaceiro amador vai revelar a verdade quase que de imediato quando confrontado com uma pergunta como essa. Um mentiroso experiente vai perceber que o jogo talvez não tenha ainda acabado. Talvez a sua melhor amiga Nancy tenha visto alguém *parecido* com ele entrar num motel junto de alguém *parecido* com a caixa do posto de gasolina. Era de noite. A noite é escura. Não havia lua no céu na noite anterior e ele escolheu um quarto bem distante dos postes de luz. Pode ou não haver evidência fotográfica. O mentiroso vai sempre tentar encontrar uma saída possível e refutar fazendo ele mesmo perguntas para discernir o quanto você sabe de verdade. Outra coisa, isso pode ser provado no tribunal, se a anulação de um acordo pré-nupcial estiver em jogo? Um mentiroso muito bom vai virar isso contra você e fazê-lo se sentir mal pela sua falta de confiança e visão de mundo cínica.

Há muitas outras saídas a considerar quando se confronta um mentiroso, mas, enquanto esses pensamentos voam pela cabeça dele, seu corpo demonstra que está pensando nisso. Uma cintilação no olho. Um estremecimento nos lábios. Um tamborilar ou um cerrar involuntário do maxilar. Uma mudança quase imperceptível no tom. É assim que você sabe que ele é um canalha.

E ele pode tranquilamente ser ela. Jovem, velho, e o que mais houver entre esses dois extremos. Mentira é uma parte perfeitamente normal da experiência humana. Todo mundo mente e a maioria das pessoas faz isso bem o suficiente para enganar aqueles que são próximos.

Bem, todos exceto eu. Mentir não é algo fácil pra mim. Mesmo se for a coisa mais boba do mundo. Em geral, prefiro evitar a verdade em vez de buscar alterá-la.

Encaro a foto de Harrison Baichwal e me pergunto o que ele disse em seu depoimento que o deixou tão desconfortável a ponto de não querer defendê-lo no tribunal.

Leo não é idiota. Ele sabe que não sou qualificada para o trabalho. Por isso as tarefas de vigilância mais sérias na nossa operação vão para Stevie Warsame, um jovem ex-policial somali de Alberta. Stevie é um freelancer dedicado e aceita somente um caso por vez por uma parte substancial dos honorários. Seu rigor é espantoso; já seu ritmo, nem tanto. Não se coloca o carro na frente dos bois, ele costuma me lembrar sempre que se digna a passar no escritório, geralmente para pegar um cheque. Você pode ver e ouvir, mas só depois de ter uma ideia completa você pode agir.

Leo percebeu depressa que se basear somente na investigação legal, nas coisas tediosas, na pesquisa, nas tarefas que ele fazia bem, não era uma opção para a nova empresa. Ele precisava de um cara de vigilância que tivesse acesso a uma equipe, se necessário, e Stevie se adequava ao perfil. Ele é bom e, mais importante, está disponível. Por saber quão fácil é monitorar as pessoas, é reservado a ponto do obscurecimento. Seus contratantes anteriores não conseguiram lidar. Ele não tem personalidade nem tem jeito com as pessoas. Quando está numa tarefa, é impossível encontrá-lo, mesmo que sua vida — ou a dele, ou a do cliente — dependa disso.

É por isso que os trabalhos menores vêm pra mim. Não tenho o currículo do Stevie, mas costumo dar conta.

É pedir demais, pois já sou recepcionista e assistente de pesquisa compartilhada, mas foi localizando testemunhas e fazendo anotações em entrevistas que os chefes descobriram meu talento peculiar. Não é científico, apesar de haver muitos por aí que reivindicam um conhecimento científico nesse campo. Não é nem o dr. Watson, nem Sherlock Holmes. Elementar, talvez, e algo um pouco além da observação. Sinto alguma coisa quando uma mentira é contada. Um nojo que rasteja quando uma mentirosa está se esforçando muito para arruinar as coisas ou, mais provável, para salvar sua própria pele. Na maioria das vezes, não sei dizer exatamente o que é; só consigo dizer quando vejo. E anos em orfanatos lapidaram essa habilidade, transformando-a em arte.

Talvez Harrison Baichwal não seja um mentiroso, mas está escondendo algo. Uma mulher que tem dois filhos foi morta a tiros na loja de conveniência dele e o menino cuja família é dona da arma está dando alarme falso. Os pais ricos dele querem que Melissa acabe com Harrison no depoimento no tribunal, para lançar dúvidas sobre se era mesmo o filho deles que tinha empunhado uma arma roubada na loja naquele dia, mas Harrison não quer participar desse jogo. Ele desapareceu e não tem como ser intimado. E agora eu preciso encontrá-lo para descobrir por quê.

6

NÃO VOU MENTIR, POIS, como eu disse, não costumo fazer isso: os anos após ter me tornado oficialmente uma sobrevivente foram um tanto quanto obscuros. Houve três recaídas desagradáveis nesse período e, certa manhã, cerca de duas semanas depois de ter passado pela terceira, ouvi um som sussurrado bem atrás da porta dos fundos do escritório. A princípio, pensei que fosse uma manifestação da minha ressaca, mas após uma hora enfiada num canto, enrolada em um cobertor, fiquei brava. Ok, isso não é verdade. Fiquei paranoica, tomei uma cerveja para me acalmar e então fiquei brava.

Quando saí, com um cano de aço na mão, encontrei uma bola enorme de pelo emaranhado cheirando com nojo uma caixa de comida chinesa estragada que eu tinha colocado no lixo na noite anterior. A bola de pelo me encarou com olhos ameaçadores e esticou os nós de suas costas longas e elegantes, mas não fez nenhum movimento para bater em retirada quando tentei afugentá-la. Desde então, eu a chamo de sussurro: Whisper. E, naquele dia, parei de ter recaídas, porque uma alcoólatra é uma cuidadora de merda, e sei disso por experiência. Alguém te escolher é uma honra e tanto, e é melhor estar pronto para dar o seu melhor. Não acontece muitas vezes de você ser escolhido no mundo. Todo mundo, até mesmo um vira-lata sarnento, tem opções.

Whisper é de um cinza no tom exato da rua sob suas patas e das nuvens acima da sua cabeça. Ela vagueia comigo pela cidade a qualquer hora do dia ou da noite e vê o que outros se recusam a perceber. Apesar de eu não ter um carinho especial por animais, é impossível negar que temos afinidade. A melhor coisa de Whisper é que ela é um lembrete constante de que sou mais feliz que pelo menos uma criatura do mundo. Todo dia ela me encara com olhos tristes. Mesmo quando solta pum, mal se percebem o som e o cheiro, e fica apenas um traço triste de odor. Seja o que for que a trouxe para a minha porta, este é seu pequeno segredo, mas deve ter sido importante para ela pegar e sair em busca de uma nova vida na pior parte da cidade.

E ela provou seu valor desde o primeiro dia. Levo-a comigo quando estou em busca de informações, porque as pessoas passeiam com seus cachorros a qualquer hora do dia ou da noite. É uma verdade aceita do companheirismo animal que um cachorro precisa de exercício e o dono deve garantir que isso ocorra. Ninguém olha duas vezes para uma pessoa passeando com o cachorro, especialmente se tanto o animal como o humano parecem estar cuidando de suas vidas. Isso faz de Whisper o disfarce perfeito para vigilância. Ela tem a idade perfeita: não é mais uma cachorrinha engraçadinha nem um cão velho deplorável. Está em algum ponto no meio e não chama muita atenção. Ela me lembra a mim mesma, exceto por seu tesão.

O único ponto negativo de Whisper é ela ser doida por sexo, apesar de o veterinário do fim da rua ter me garantido que foi castrada. Ela é uma mistura de cão de caça com loba, e cem por cento ninfomaníaca. Apesar do pelo emaranhado, sua condição física excelente mostra que ela já foi bem cuidada, mas imagino que sua depravação a fez ser chutada para fora de uma boa casa. Ela vai "encoxar" com alegria qualquer coisa que a farejar por mais de cinco segundos. Depois ela se arrepende e passa a semana seguinte em uma crise de depressão. Ao pico hormonal se segue o nojo de si mesma. Não fico brava com ela porque já vivi a mesma coisa.

Eu a vejo como uma lição cautelosa sobre a indulgência.

— Sua puta — digo-lhe com afeição depois de cada episódio. Então ela gane para mim e enfia o focinho em sua tigela de água como se estivesse tentando se afogar.

Ao fim do expediente, quando Leo e Seb vão embora, vou para o porão acordá-la. Assim como eu, ela prefere sair de casa depois que o sol se põe.

— Temos uma pessoa para encontrar — falo para ela.

Sua cauda se ergue como se ela estivesse pensando em abaná-la, mas então cai de volta com um baque. Ela se levanta e vai até a porta. Ela odeia admitir, mas adora ficar observando as pessoas quase tanto quanto eu.

7

A RECUSA DO CANADENSE MÉDIO de procriar o suficiente em relação ao nível de reposição de 2,1 crianças exigiu uma política de imigração progressiva. Flutuamos abaixo de 2, e isso não é uma coisa boa. Não podemos sustentar uma economia com níveis sub-2. Quem vai contribuir com nosso PIB? Racistas e defensores do fechamento das fronteiras podem gritar quanto quiserem, mas, a não ser que comecem a fazer bebês num índice bem mais alto, multiculturalismo é a onda do futuro canadense. As redes de segurança social deles dependem disso.

Então o Canadá vive um choque de cultura. Contudo, sendo o Canadá, é menos um choque e mais um reconhecimento cortês e algumas observações sarcásticas no campo de golfe. Na maioria das vezes. Enquanto estou sentada do lado de fora do RB Mart em Surrey vendo indianos passarem, sou lembrada disso. A comunidade aqui é, em grande parte, do sul da Ásia, mas os clientes formam uma tapeçaria de etnias. Todo mundo precisa de chiclete e pastilhas para a garganta.

Whisper e eu nos sentamos num banco de praça do outro lado da rua do RB Mart e observamos a mulher atrás do balcão. Ela é de meia-idade e roliça, e seu cabelo longo tingido de preto está preso sob um cachecol enrolado mais solto no pescoço. Admiro a eficiência com que ela realiza suas tarefas. Economia de movimento, mãos esbeltas passando rápido as mercadorias, respostas superficiais às perguntas, nem mais, nem menos útil que o necessário. Quando não há clientes, ela faz o inventário.

Esta não é uma mulher que parece preocupada com a segurança do marido.

Exatamente às 19 horas, um rapaz de cerca de 20 anos assume o posto e Bidi Baichwal vai para casa. Não a sigo. Sei onde ela vive com seu marido atualmente desaparecido, seus pais idosos e filhos adolescentes. Vigilância profissional é um esforço de equipe, porém, uma vez mais, Stevie Warsame não está em lugar nenhum, e um caso de contabilidade forense acabou de cair no colo de Leo, então, por enquanto, estou sozinha. Arrisco dizer que Bidi vai para casa, porque ela acabou de ter um dia longo e aposto que vai querer passar a noite com os filhos. Fico e observo o rapaz, o primo de Bidi, que veio da Índia no ano passado. Pelo arquivo que Melissa largou na minha mesa, sei que o nome dele é Amir. É um bom funcionário, mas tem um olhar triste que compete com o de Whisper. Ele continua seu turno pela noite, mas seu inglês não é tão bom quanto o de Bidi, por isso leva o dobro de tempo para responder às perguntas. As pessoas não parecem se importar, entretanto, porque há certa vulnerabilidade nele, algo que as faz quererem ser pacientes ou se aproveitar da situação.

Conforme o tempo passa, tudo à minha volta se imobiliza e aquieta. Lembro-me do momento logo antes do alvorecer, quando o silêncio se pendura no ar e fica impossível dormir. Quando meus monstros saem rastejando de sob suas pedras para saquear o mundo, em busca de sustento. Não me permito pensar em Bonnie, contudo. Sequer conheço a garota. Depois de tantos anos suprimindo a memória dela, não saberia nem por onde começar a trazê-lo de volta. O que vejo é o rosto da minha irmã Lorelei. O que eu faria se ela tivesse desaparecido? Sei instintivamente que, se fosse Lorelei, eu não estaria aqui sentada, cuidando de um caso.

Às 23 horas, Amir fecha a loja. Sigo-o até um prédio a seis quadras da casa de Baichwal. A maioria das janelas está escura a esta hora da noite, exceto por algumas pessoas noturnas. Dois minutos depois de ele ter entrado, uma sombra passa por uma janela do terceiro andar. As luzes estão acesas nesse apartamento. Alguém estava esperando por ele.

Observo até as luzes serem apagadas, enquanto dentro de mim putrefaz a informação de que uma garota com meus olhos está desaparecida por aí.

8

A CASA EM KERRISDALE está escura. Everett e Lynn devem estar dormindo. Não há lua esta noite nem postes de luz na frente deste jardim, então está especialmente sombrio. Mesmo nesta escuridão, porém, posso ver que se trata de uma casa de dois andares com um jardim de pedras na frente e uma elegante placa de boas-vindas de madeira em cima da porta. A placa é feita a mão e percebo que se trata de uma carpintaria amadora. Presumo que Everett seja o responsável por isso. Everett e talvez Bonnie. Será que fizeram a placa juntos? Do lado de fora, é a única evidência de que talvez uma criança viva aqui. Mas este é o endereço que foi rabiscado no verso da foto que Everett me deu na saída da lanchonete.

Estou tão interessada na placa que quase não percebo o homem dentro de um sedã preto, sentado observando a casa. Quando o vejo, é tarde demais para virar e ir embora, então adoto um passo casual, como se só estivesse dando uma volta tarde da noite. O homem não está dormindo, por isso sei que não é um policial. Além disso, está comendo uma maçã. Nunca vi um policial comendo maçãs e, apesar de suspeitar que isso possa ocorrer de tempos em tempos, duvido que aconteça durante uma vigilância. Everett disse que a polícia cadastrou Bonnie como fugitiva. Improvável, então, que tivessem mantido alguém ali.

Passo por ele com Whisper. Depois de uma primeira olhada em que ele inventariou meus traços e mechas de cabelo escuro escapando do capuz, o homem me dispensa. Claramente não sou uma ameaça nem ninguém que ele esteja procurando, e ele volta a atenção para a casa.

Não me incomoda que esse homem tenha visto meu rosto porque, pela manhã, ele jamais vai se lembrar da minha aparência. Se for pressionado, poderá dizer "indígena, talvez, de estatura média, magrinha". Se quiser ser maldoso, vai completar: "tábua, sem estilo nenhum, cachorro feio".

Dou a volta no quarteirão e acho um ponto fora da visão dele. Observo-o fitar a casa por um tempo. Me pergunto se ele foi contratado pelos Walsh para ficar de olho caso Bonnie voltasse, mas desisto dessa ideia quase imediatamente. Eles não precisariam de alguém para olhar a casa quando estivessem lá dentro.

A situação fica mais complicada. Há uma terceira parte envolvida.

Uma luz se acende num quarto sobre a garagem. A janela abre uma fresta e uma nuvem de fumaça escapa. A mão magra de alguém emerge e abana a fumaça para longe da janela. Lynn está fumando um cigarro por causa de estresse num quarto que não é o dela, de algum modo torcendo para que Everett não veja. De onde estou sentada, em um gramado a várias casas de distância, não consigo ter certeza se o não policial no sedã viu isso, se anotou em seu bloquinho para incluir no relatório. Uma mulher, cuja consciência pesada não a deixa dormir, passa a noite fumando no quarto da filha desaparecida.

9

Chego em casa antes do alvorecer e durmo até as dez. Seb e Leo trabalham de casa às sextas e em algumas segundas, quartas e quintas também. Terças são seus únicos dias com presença garantida no escritório. Seb provavelmente vai me deixar em paz com as horas de entrevistas gravadas que ele me pediu para transcrever, mas sei que Leo vai me chamar ao meio-dia para uma atualização sobre Harrison Baichwal.

O livro de Seb sobre em que diabos vai dar a ajuda estrangeira do Canadá e se realmente vai chegar a dar em alguma coisa é um empreendimento enorme, um que ele e eu fazemos quando temos tempo. Recentemente ele teve que pegar alguns projetos freelance para pagar as contas, mas esse tipo de serviço é uma roda-viva. Não se valorizam os jornalistas investigativos experientes, não quando a internet permite que quase qualquer pessoa com uma conexão Wi-Fi investigue e se chame de repórter. Assim, Seb também está trabalhando em *The Crow*, seu blog de notícias, que é bancado por dois jornais impressos. O trabalho mantém nós dois ocupados, e a mim, empregada, então não tenho queixas sobre o tempo que disponho para isso.

Passo por cima de Whisper e subo as escadas para o escritório. Nossa ala do prédio está praticamente vaga. Há uma pequena empresa de serviços de marketing na porta ao lado, mas que não parece prestar muitos serviços, já que a porta está sempre fechada.

Quando entro no nosso escritório, percebo que a luz vermelha do telefone não está piscando (como de hábito), mas a luz vermelha no meu celular, sim. Esqueci o aparelho sobre a mesa noite passada e não senti nem um pouco sua falta. Somente Seb e Leo ligam para mim, e não costumam fazer isso fora do expediente. Não reconheço o número na lista de chamadas perdidas — mas deixaram uma mensagem.

Tenho uma vaga lembrança dessa voz. Centenas de cigarros e incontáveis xícaras de café velho a tinham enrouquecido, porém continua sendo do jornalista que eu conhecia.

— Nora… Desculpe, sei que você pediu para nunca usar seu nome. Porra. Mary, então. Tive um trabalhão para encontrar você, mulher. Espero que esteja bem. Tive que ir pelo Crow, também. Sei que você vai odiar, mas é uma emergência. Tem uma coisa que preciso falar, mas não pelo telefone. Precisamos nos encontrar. Amanhã de manhã. No mesmo lugar onde nos falamos da última vez. Lembra? Por favor, tome...

A mensagem acaba. Ou ele foi cortado pelo sistema ou a bateria dele acabou. Apesar de ter parado no meio de uma frase, tenho certeza de que a parte final era um alerta. Ouço a mensagem diversas vezes, então desabo em uma das cadeiras de encosto rígido da sala de espera, deixadas pelos ocupantes anteriores deste espaço.

De repente, fico com medo do que está acontecendo. Primeiro Everett Walsh e agora o jornalista. Parece que meu passado veio procurar por mim. Que seus dedos violentos vieram rastejando do solo úmido da floresta onde eu o enterrara e agora voltou para me puxar de volta.

E, tão de repente quanto, preciso de uma bebida.

10

Às vezes, ao acordar, pego um velho espelho de mão e encaro meu reflexo. Meu rosto sempre me choca. Como uma vampira, evito olhar para mim mesma em espelhos. Ao contrário de uma vampira, espero encontrar neles um reflexo, ainda que esteja precisando demais de uma melhoria.

Tudo o que vejo agora é um fantasma obscuro decaindo para a meia-idade, mas sem nenhum dos marcos que normalmente acompanham o processo. Me encolho diante da mulher que me encara sob a luz fraca da manhã que se infiltra relutante no quarto. Não há nada que se destaque, nada que revele a passagem do tempo, mas noto que a cada ano minhas nádegas caem mais um milímetro. O público em geral não tem conhecimento desse declínio. Disseram-me que esse é o processo de "envelhecer" e que existem injeções pagas que podem proporcionar uma elevação, mas nunca valorizei dinheiro o suficiente para acumular qualquer quantidade significativa — na verdade, nunca ganhei o suficiente para acumular qualquer quantidade significativa. Além disso, meus antigos maus hábitos de gastá-lo com bebidas alcoólicas tornam impossível manter por perto esse tipo de tentação.

Seb e Leo acham que não tenho nenhum apelo sexual, que é uma coisa apenas para os jovens. Não vou distrair seus clientes nem trocar os dois por outros homens. Eles acham que outros homens não me dão atenção. Não posso argumentar contra essa lógica, porque estão praticamente certos. Além disso, este meu disfarce natural é muito bom em situações de vigilância, então tem esse bônus profissional. Não há nada mais invisível que uma mulher de meia-idade, e não há como negar que a meia-idade está rastejando com o tempo na queda da minha bunda, como se fosse uma relação gravitacional inversa.

Depois que acordei no hospital, passei a usar calcinhas bem grossas, de dia e de noite, como uma camada extra de proteção, mas um breve período no grupo de apoio a sobreviventes me mostrou que não devo me castigar e que não sou culpada pelo que me aconteceu. Assim, em um ato de rebelião, meio que dispensei o uso de roupas de baixo por completo. Mas agora... Agora acho que preciso. Busco um par com o elástico ainda intacto e ligo para meus chefes para dizer que posso ter uma pista sobre Harrison Baichwal, mas vou atualizá-los amanhã. Preciso ainda transcrever as entrevistas, mas posso fazer isso mais tarde.

Tecnologia é uma coisa impressionante. Permite que tanto trabalho seja feito suando a bunda na cadeira da mesa da cozinha, o que provavelmente Seb e Leo estão fazendo agora.

— Legal, Nora — diz Seb pelo viva-voz. Ouço Leo xingar a cafeteira ao fundo. — Tudo certo com o resto?

— Isso depende do que você entende por "certo".

— Quero dizer, você está se sentindo bem?

— Sim — digo, porque "bem" é um termo relativo. Comparada com algumas pessoas, estou bem. Comparada com outras, sou uma sobrevivente ex-alcoólatra em remissão há treze anos, celibatária por quase tanto tempo, que não tem nenhuma propriedade ou amigo, e que passa as noites vagueando pela cidade sem companhia exceto a de uma cachorra que não sai do cio. Comparada a essas pessoas, me falta apenas uma música sertaneja para pular da ponte.

Whisper está me esperando à porta. Ela pode farejar meu medo e está pensando se ela também deveria estar assustada. Se ela não estaria melhor tentando a vida em outro lugar. Nunca mentimos uma à outra, e nós duas sabemos que ela está aqui pela comida.

Passo o restante do dia na internet usando o Wi-Fi do escritório. O sinal tem três barrinhas aqui no porão em vez das cinco que costumo pegar lá em cima, mas duas barrinhas a menos é um sacrifício que estou disposta a fazer para ter internet grátis. Meu celular toca sem parar há uma hora. O jornalista está desesperado para falar comigo, mas estou cansada dessa merda.

Boto Nina Simone para tocar e sua melodia dissolve todos os sons ambientes. Uma coisa boa de Nina Simone é que nunca dá para pensar em mais nada ao escutá-la. Ela exige atenção total. Você pode cobrir a cabeça e afundar naquela voz por dias a fio. Depois dela, boto Muddy Waters, então Percy e um pouco de Tom Waits, para variar. Tive alguma experiência pessoal com a tristeza do blues, mas nos últimos anos descobri que é mais prático ouvir outros cantando a respeito da tristeza que chafurdar eu mesma nela. Isso me permite ser empregável, o que eu sou, por pouco. Para minha sorte, Seb e Leo são ótimos patrões e não fazem muitas perguntas.

Preciso tanto de uma bebida que meu estômago está se contorcendo. Estou chocada vendo como meu corpo consegue se lembrar de quão bom era estar alegre. Como é sempre a única saída que desejo quando todo o resto que toco vira merda.

11

Espero até que a noite caia e disco o número para o qual não deveria mais ligar. Ele atende no quinto toque, o medo de que eu tenha tido uma recaída esmagando a vontade de me ignorar.

— Preciso ver você — digo. — Em uma hora, na ponte.

— Nora? — Sua voz está tomada pelo sono. Paro para me perguntar por que ele estaria dormindo a esta hora enquanto ele tateia seus pensamentos. Provavelmente devia estar cochilando sobre sua mesa com uma xícara de café fria ao lado do cotovelo. — Droga — pragueja ele quando enfim encontra os pensamentos.

— É importante.

Ele suspira forte em resposta, mas sei que estará lá.

Pego o caminho mais longo com Whisper logo atrás. Deixo-a solta, sem coleira, porque estamos usando só as ruas de trás e ninguém vai estar ali a esta hora da noite para se sentir ofendido.

Dizem que um padrinho deveria ser um ombro em que chorar, alguém com quem compartilhar o fardo, que vai te convencer a se afastar da beira do precipício. Houve muitas noites em que meu ex-padrinho e eu ficamos num silêncio confortável sentados no capô de seu carro estacionado perto da ponte Lions Gate, bebendo café e vendo a cidade dormir. Eu não falava sobre meus problemas e ele não falava dos dele. Nos sentávamos e bebíamos até que um dos dois precisasse fazer xixi, então seguíamos nossos caminhos distintos. A noite é o pior momento para ficar sozinho com seus demônios, como pode atestar qualquer pessoa que tenha demônios. As sombras aprofundam sua imaginação e se transformam em ameaças quando o sol some de vista. É quando estamos mais desesperados e vamos fazer pequenas concessões conosco para um único gole, uma única dose, então outra… e mais outras duas cervejas depois. Ele compreendeu isso intuitivamente.

Certa noite, ele se mexeu para me dar um tapinha amigável no ombro, e agarrei seu pulso e enfiei a parte de baixo da minha mão no nariz dele. Jorrou sangue para tudo quanto era lado. Isso não o incomodou muito à época. Ele só pegou minhas mãos, as torceu e prendeu atrás das minhas costas e me algemou antes que eu percebesse o que estava acontecendo. O metal frio deslizou pelos meus pulsos e aprendi uma lição sobre guardar segredos. Que algumas pessoas fazem isso melhor que eu.

Depois dessa noite, ele decidiu que não éramos a combinação certa. Que ele não poderia me ajudar do modo como eu precisava. O que quer que isso significasse.

Meu ex-padrinho já está esperando no lugar de costume quando chego. Ele desdobra seu corpo longo do Mini Cooper ridículo que insiste em dirigir. É seu único despojo do que só posso presumir ter sido um casamento desastroso com alguém que curte espaços confinados.

— Eu te falei para achar um novo padrinho. — É a primeira coisa que sai de sua boca quando me vê. Não o encontro desde o ano passado, quando ele tentou botar a mão no meu ombro, mas a mudança nele é impressionante. Seu nariz ainda está um pouquinho torto. Sou incapaz de desviar os olhos dele. Seu cabelo está voando para todo lado e seus olhos estão vermelhos. Me pergunto se ele está tomando uns tragos de novo? Se foi seu fracasso em me estimular a voltar à saúde e ao bem-estar que o levou de volta para a garrafa.

— Fiz isso. Ela faz perguntas demais. Acho que pode ser uma espiã.

Ele suspira de novo, como se eu fosse o maior pé no saco que ele já encontrou. Os outros policiais o chamavam de Bazuka por causa de seu nome, apesar de não haver nada de barulhento ou violento nele. Eles pelo menos podiam ter se esforçado mais. Então a Copa do Mundo aconteceu no Brasil e uma bola de futebol foi batizada. De repente, Brazuca se tornou "o Brasileiro", apesar de ele ser na verdade meio português, meio britânico e de ter vivido no Canadá durante a maior parte da vida.

Procuro em seus traços por um lampejo de exotismo, porém, exceto pelos olhos escuros e um bronzeado quase indistinguível, seu jeitão é decididamente britânico. Reservado, autodepreciativo. Ele é alto e magricela e manca, o que tende a piorar quando chove, ou seja, durante sete meses do ano. A princípio, pensei que aquilo fosse uma estratégia para que as mulheres fossem agradáveis com ele, mas certa vez lhe perguntei se ainda doía e ele não mentiu. Mais tarde, depois de espionar um pouco, descobri que levou um tiro no trabalho. Ele é um detetive, como me explicou na noite em que me algemou, e não um homem de uniforme na linha de frente, então sei que há uma história por trás disso que não me contou.

— Sabe, não é preciso trabalhar para uma agência de inteligência para querer falar com as pessoas — diz ele agora. — Conversar costuma ajudar.

— Ajuda você?

Ele fica em silêncio por um momento porque sabe que, para pessoas como nós, conversar não adianta nada.

— Por que estou aqui, Nora? — Ele olha para minha calça de moletom e para os rasgos no meu agasalho com capuz. — Precisa de dinheiro?

Estendo um pedaço de papel.

— Preciso que você confira esta placa. — Seria fácil pedir para Stevie filtrar isso ligando para um dos seus contatos, mas não quero que ele nem ninguém mais do escritório comece a fazer perguntas a respeito de Bonnie. Quanto menos souberem da minha vida, melhor. Para eles, pelo menos. Por motivos nos quais prefiro não me aprofundar, negação plausível sempre foi uma questão para mim.

Ele ri baixinho para si mesmo. O papel fica pendurado entre nós dois como uma oferta desprezada. Não retiro minha mão. Ele para de rir.

— Você tá falando sério.

— Uma garota desapareceu — conto. — Ontem à noite, este carro estava estacionado na rua observando a casa dela e o homem não era um policial.

— A polícia...

— Está cagando. Ela não é loira o suficiente.

Ele titubeia com isso e tem a decência de parecer envergonhado. Ele está na força, afinal. Eu deveria pedir desculpa, mas não vou, porque nós dois sabemos que há verdade no que falei. Há toda uma estrada ao norte da província manchada pelas lágrimas de meninas e mulheres indígenas que não eram loiras o suficiente para se importarem com elas, cujas famílias ainda buscam justiça. Essa ausência de justiça também não diz respeito a uma única estrada. É mais como um câncer que se espalhou por todos os segmentos dos sistemas sociais e políticos do Canadá, gerando pressão durante as campanhas eleitorais e jargões como "o desaparecido" e "assassinado".

— Por que você se importa? — indaga ele por fim.

É uma boa questão. Tenho me perguntado a mesma coisa. Não lhe digo que ela tem meus olhos e que isso é suficiente para marcar seu destino. Para lhe negar justiça. Então dou de ombros e aguardo. Parte de mim torce para que ele se recuse, nem que seja para dizer que pelo menos eu tentei — apesar de não precisar fazer isso. A criança é um problema que entreguei a pessoas supostamente mais adequadas para lidar com ela. No fim das contas, eles decepcionaram nós duas.

— Qual é a idade da garota?

— Quinze anos.

— Ela desapareceu ou fugiu?

— Os pais pensam que fugiu, mas agora está desaparecida.

O sorriso sombrio dele confirma minhas suspeitas.

— Entendo por que não levaram isto a sério. Não é um bom sinal.

Ele não me disse nada que eu já não soubesse.

— Não vim para ouvir um sermão. Só quero saber no nome de quem este carro está registrado.

Brazuca pega o papel e dá uma olhada.

— Marca e modelo estão na linha de baixo — observo.

— Tudo bem, mas depois disto você não pode mais me ligar. Deixe a polícia fazer seu trabalho. Eles são bem melhores nisso do que você acha.

Dou risada disso, baixinho e para mim mesma, então percebo que ele está falando sério. Como o jogo vira depressa.

12

Olho para mim mesma no passado com dó e mais de uma pequena dose de vergonha. A Nora de vinte anos atrás, aquela tolinha que cantava, era como uma personagem num desenho particularmente grotesco, no qual sonhos eram possíveis e mesmo pessoas desonestas poderiam ajudá-la a realizá-los se ganhassem algo com isso.

Patético.

Agora, porém, sou uma sobrevivente. Há um cansaço particular do mundo que vem junto com isso. Não me entenda mal. Não vi de tudo — ainda tenho dentro de mim a capacidade de ser surpreendida —, mas vi muita, muita coisa. Por isso não fico surpresa ao ver uma mulher ruiva bonita beijar um homem que não é o marido dela em um estacionamento embaixo de seu local de trabalho. Provavelmente é por isso que ela mentiu sobre estar trabalhando no dia em que a filha desapareceu. Ela devia estar em outro lugar, fazendo algo parecido com o que está fazendo agora. Observo-a e me pergunto se ela se sente culpada por não proporcionar um lar feliz para a filha. Por a família não ter sido suficiente e ela ter tido de buscar satisfação em outro lugar. Saber que Bonnie estava tão inquieta na casa deles que resolveu fugir não é exatamente algo que consigo esquecer. Sua infelicidade me devora.

Encolhida num canto escuro, sequer pisco.

Procuro dicas de uma técnica que provavelmente nunca mais vou usar. Ele enfia a mão dentro do casaco dela, mas ela o afasta e entra no próprio carro. Então ela dá a partida e vai embora, sem a menor ideia de que está sendo observada pelo homem que deixou para trás, pelas câmeras do estacionamento e por mim.

13

As pessoas acham que eu deveria ser algum tipo de rastreadora por causa da linhagem do meu pai e da minha aparência. Não poderiam estar mais longe dos fatos. Minha ascendência é tão misturada que não saberia nem por onde começar. Eu me perderia na floresta com mais facilidade que um turista com um GPS ruim. Odeio o cheiro de pinheiros e de terra úmida. Sem contar os vários ursos, pumas, lobos, coiotes, cobras, organismos vegetais malévolos e insetos picadores. Nada de passeios na floresta para mim, muito obrigada. Aceito qualquer rua suja cheia de vagabundos e de agulhas. Conheço os predadores de lá e eles não me incomodam mais.

Sento-me do lado de fora do prédio em Surrey e observo o primo de Bidi, Amir, sair para o trabalho duas horas antes do turno dele. Pela vidraça grossa da entrada, posso vê-lo dar uma olhada ao redor antes de sair pela porta. Apesar da cautela para deixar o prédio, uma vez do lado de fora ele anda depressa, virando a cabeça ansioso para trás.

Desta vez, não sigo Amir. Desta vez, compro um café da loja mais adiante na rua e aguardo para ter um vislumbre do bicho-papão que assombra seus momentos de vigília, fazendo-o lançar olhares amedrontados e sair de casa muito mais cedo que o necessário. Depois de uma hora, sou recompensada. Uma SUV com janelas insulfilmadas entra devagar no estacionamento de trás. Um jovem indígena sai do prédio e entrega um saco de lixo para o jovem branco no banco do motorista. Três meninos asiáticos e uma menina negra passam, deliberadamente ignorando toda a transação. Aqueles dois conversam por um momento e, em seguida, o carro vai embora. Eu apostaria meu próximo salário que o saco está cheio de dinheiro sujo.

Apesar de ver que este caso agora tem um elemento organizacional, devo admitir com relutância que respeito o que está acontecendo aqui. Somente no Canadá é possível encontrar gangues que não são baseadas em fronteiras étnico-culturais. Esses jovens estão abraçando a sede de comércio que une todos nós.

Assisto ao garoto vaguear de volta para o prédio como se ele fosse o dono do lugar e me pergunto de onde seu povo é. Contudo, se alguém tivesse essa informação, não seria eu. E eu também não tenho o direito de especular. Essa conexão foi perdida há muito tempo. Está tão morta quanto meu pai. E, se meu pai estivesse aqui hoje, vendo este garoto indígena com sua gangue multiétnica, ele poderia dizer que pelo menos este menino parece pertencer a algum lugar.

Veja como a assimilação pode funcionar.

Se acha que as escolas residenciais[1] foram o único meio como o governo canadense eviscerou as comunidades indígenas, está errado. Eles tentaram várias coisas até ver o que pegava. Dos anos 1950 até meados dos anos 1970, eles faziam uma coleta, e com isso quero dizer que pegaram crianças de famílias indígenas e as colocaram para adoção. Algumas delas acabaram até mesmo nos Estados Unidos, Europa ou tão longe como na Nova Zelândia, sem qualquer memória de quem eram ou de onde vinham.

Assim, quando meu pai, então em Detroit, enfim encontrou seu caminho de volta para o Canadá, ele era tão sem raiz quanto esses bebês. Meu pai nasceu em Manitoba e poderia ser de qualquer uma das 63 comunidades das Primeiras Nações de lá, ou de duas, ou misturado de alguma outra forma, mas não sei se ele chegou a descobrir. Esses registros foram perdidos há muito tempo, mesmo antes de ele retornar ao país onde nasceu. Não posso dizer que ele já tenha se sentido tão confortável em sua pele como aquele garoto parecia se sentir, e essa é a única conexão que meu pai e eu compartilhamos.

Ele era tão forasteiro quanto eu.

Enquanto observo, o homem na SUV faz uma pausa para dar um telefonema e depois vai embora. Como Lynn no estacionamento, ele não me nota. Se tivesse notado, provavelmente não se importaria. Eu me afasto sentindo que encontrei uma peça-chave do quebra-cabeça. Esses caras parecem ser negociantes de baixo nível, parte de uma organização maior. O primo de Bidi, Amir, não me parece do tipo que se mete com gangues; talvez seja apenas um pobre peão que está sendo incomodado por uma. Porque ele sabe algo que não deveria saber e, se eu tivesse que dar um palpite, diria que Harrison Baichwal sabe a mesma coisa.

Recebo uma mensagem no celular.

Agora.

---

1 Assim como em toda a América do Sul, as populações indígenas do norte do continente sofreram com a catequização imposta pelos colonizadores europeus. No Canadá, as chamadas "escolas residenciais" eram como internatos de evangelização cristã (anglicana, católica, presbiteriana e metodista) para crianças indígenas, que sofriam com a separação forçada de suas famílias, com maus-tratos, abusos sexuais e morte. Após um extenso trabalho de ouvir sobreviventes e coletar dados, a Comissão Canadense da Verdade e da Reconciliação publicou, em 2015, relatórios com as descobertas sobre as violências e o genocídio sofridos pelos indígenas da região e propôs ações e leis para proteção dos povos nativos e de sua cultura. Mais informações no site da comissão: www.trc.ca; acesso em 22 mar. 2017. (N.T.)

14

DESTA VEZ, CHEGO PRIMEIRO ao ponto de encontro na Lions Gate, apesar de ter perdido uma hora no trânsito costumeiro desta parte da cidade. Encaro a água e me pergunto onde está a corrente preta. Onde está o calor. A chuva parou por ora, mas ainda ameaça cair diante da menor provocação.

— Oi — diz uma voz suave atrás de mim. Brazuca veio a pé desta vez e parece mais cansado que nunca. O que a princípio pensei serem sinais de ressaca quando o vi da outra vez, agora parecem ser exaustão. Se possível, ele está ainda mais magro. Claramente está mal, e desta vez está descontando no estômago, em vez de no fígado.

Ele apoia as mãos na grade e olha pela beirada para a água que corre lá embaixo, como se ela pudesse desvendar os mistérios do mundo caso ele soubesse falar sua língua. Ele não sabe, e de novo é um fracassado. São quase oito da noite, e as pessoas da cidade se espalharam para onde quer que elas vão quando não estão entupindo as ruas.

— Conseguiu?

Ele ignora a pergunta.

— Me conte da garota.

Eu não estava planejando falar nada sobre Bonnie, Everett ou Lynn, mas há algo de calmo e reconfortante no modo como ele pediu. Até agora, eu só fui um pé no saco. Agora sou um pé no saco com uma coisa interessante.

Ou talvez seja só o detetive que há nele.

Dou de ombros.

— Não sei quase nada sobre ela. Filha única. Os pais são arquitetos. Casa bacana em Kerrisdale. Ela vazou duas semanas atrás, mas eles acham que não era o plano dela ficar longe tanto tempo assim.

— Isto é um caso das Investigações Krushnik ou algo de que está correndo atrás para Sebastian Crow?

Cada músculo do meu corpo enrijece.

— Não fique tão surpresa — diz ele. — Faz um tempo que sei onde trabalha. Eu não ia tocar nesse assunto, mas você está pedindo um favor, assim do nada... Não é muito anônimo, não é verdade?

Entendo aonde ele quer chegar. Ao lhe dar as informações da placa, eu o convidei para a minha vida. Não existe mais anonimato ou privacidade. Agora somos apenas alcoólatras.

— Como descobriu?

— Eu te segui ano passado. Depois que você quebrou meu nariz. Achei que eu merecia um pedido de desculpa.

— Mas nunca teve coragem para exigir um.

— Não é questão de coragem. Percebi que um pedido de desculpas deve ser oferecido, não exigido. — É um argumento contundente, mas não serve para o caso. Nunca fui de me esconder atrás de bons modos. Boas maneiras, ainda que possam ser maravilhosas do lado de quem as recebe, são ilusórias. Jamais me esqueci disso.

— De quem é o carro? — pergunto. Sinto que ele está escondendo algo. O fato de ele estar aqui em vez de ter simplesmente ligado para me passar um nome significa que descobriu alguma coisa inesperada. Ou talvez esteja solitário. Suspeito da primeira opção.

Mais uma vez, ele ignora minha pergunta. Um petroleiro enorme atravessa o mar a distância, seguindo com a maré.

— A garota é o que sua?

Ficamos ali no parapeito, sem olhar um para o outro, cada um fitando a água. Considero mentir, mas não posso. Aceitaria falar qualquer merda, mas não quero me sentir uma cretina. Então só fico ali parada olhando por cima do parapeito até que Brazuca se mexe e estica um braço para massagear o joelho.

— Vai chover de novo esta noite — diz ele, como um velho cujo maior prazer é prever o tempo com base no que sente em seus variados ferimentos. Brazuca tem 40 e alguma coisa e, apesar de ele gostar de fingir ser mais velho do que aparenta, sei que se trata apenas de uma tática para me enrolar. Devo admitir que há certo charme nisso. Como é fácil desarmar uma pessoa com uma simples conversa sobre o clima.

— É um inverno de Vancouver. — Ou seja, fala logo, que vai chover eu já sei.

Ele não capta a dica. Por ora ele tem todas as cartas nas mãos e está satisfeito em seguir seu ritmo, que aparentemente é devagar quase parando.

— Estou pensando em me mudar para algum lugar quente. Onde nunca chove.

— Ouvi dizer que o Saara é bacana. Tem escorpiões simpáticos.

Um sorriso rápido passa pelo seu rosto, então some.

— Nora, o carro está alugado para a WIN Security. Faz parte da frota veicular.

— A empresa de segurança particular?

— Essa mesma. Aí, me conte. Isso é mesmo sobre uma fugitiva? Não consigo imaginar, nem se minha vida dependesse disso, por que raios eles estariam interessados nisto. No que diz respeito a negócios de segurança, são top de linha. Fazem mais serviços corporativos hoje em dia.

— Mas também fazem investigações particulares?

— Eu diria que sim, porém mais para seus clientes corporativos. Encontrar garotas desaparecidas não é exatamente o lance deles. E não cobram barato. Você disse que o carro estava observando a casa, certo? A equipe de vigilância deles é alta categoria e um serviço desse custa um bom dinheiro. Só para ver se uma jovem volta para casa.

Everett e Lynn pareciam bem de vida, mas nada a respeito deles gritava riqueza.

— Você consegue descobrir o que a WIN Security está fazendo lá?

— Não. Esse não era nosso trato, lembra? Eu iria checar as placas e você deixaria isto pra lá.

— Nunca concordei com isso.

— Tudo bem, então deixe-me ajudá-la.

Olho para ele agora. Ele me encara de volta e posso ver que está falando muito sério.

— Obrigada pela informação — digo, virando-me.

— Aonde você está indo?... Ei! Volte aqui!

Ele me chama e por um momento parece que está tentado a correr atrás de mim, mas sou muito mais rápida que ele. Além disso, não é nada digno para um homem manco correr atrás de uma mulher, especialmente se ela estiver gritando:

— Não quero comprar drogas de você!

Ainda que essa declaração seja enganosa, tecnicamente é verdade. Mas mesmo assim não estou orgulhosa dela.

15

Um sedã está estacionado do lado de fora da casa em Kerrisdale. Outro lugar, outro carro, mas o mesmo homem afundado no banco do motorista. Desta vez, ele está pegando mirtilos de um potinho de aço inoxidável. Que ecológico da parte dele. Tiro um instante para apreciar o comprometimento dele para com o planeta. Ele está ouvindo um replay do jogo dos Canucks de ontem à noite no rádio e só dá uma olhadinha para cima quando Lynn deixa a casa sem se importar em trancar a porta ao sair. Assim que Lynn vai embora com o Audi que estava parado na entrada para carros da casa, o não policial boceja e procura outro lanchinho saudável no porta-luvas. Aproveito a oportunidade para passar pela porta da frente.

Canadenses tendem a ser complacentes quando seus amados estão em casa. Como se os itens valiosos devessem ser trancados quando todo mundo está fora, mas não enquanto estão dentro. Se minha intenção fosse criminosa, agora seria o momento perfeito para atacar. O chuveiro no andar de cima está ligado, por isso sei que Everett vai dar as caras em breve, quisesse eu agredi-lo. Como estou aqui para bisbilhotar, vou ao porão, passo pela lavanderia e me escondo no depósito.

Ali encontro filas e filas de prateleiras organizadas com primor. Três vidas, todas embaladas em uma ordem discernível. Admiro a precisão necessária para classificar a vida de alguém assim. Impostos? No topo à esquerda. Equipamento esportivo? Embaixo à direita. Roupas de inverno? No meio.

Uma caixa de armazenamento na prateleira superior está torta e, após um exame mais atento, acho que é a única sem rótulo. Dentro há uma caixa à prova de fogo trancada. A tranca externa é bem fácil de abrir. Sempre tenho alguns grampos comigo, para o caso de uma situação como esta. Normalmente, não desejo separar a vida das pessoas, embora Leo diga que tenho certa habilidade para isso. Quando, porém, se desiste do sonho de ser cantora de blues, é preciso pendurar o chapéu em algum lugar. Aqui é Vancouver, afinal, e você vai ter um chapéu, ou um capuz em um casaco impermeável resistente que não vai voar por aí, ou um guarda-chuva decente. O destino me apresentou o jornalista, que me levou a Seb e Leo. Eles não perguntam onde aprendi a usar estes grampos; não sabem que, durante o treinamento básico nas Forças Canadenses, quando eu tinha meros 18 anos, costumava dormir ao lado de uma degenerada como eu que sabia abrir qualquer porta que quisesse em vez de esperar que se abrisse sozinha.

A tranca da caixa estava adulterada, mas pelos arranhões no exterior pude perceber que foi trabalho amador. Ali dentro havia documentos de adoção e cópias do requerimento que Everett e Lynn enviaram para a agência. Ali encontro cartas sobre como os Walsh seriam ótimos para crianças. Quão apaixonados e bem-empregados eram. Quanto dinheiro tinham na conta bancária. Embaixo desses papéis, encontro a certidão de nascimento de Bonnie, a que tem o meu nome. Bem como ela deve ter encontrado quando foi procurar. A falta de noção deles em manter os documentos ali é espantosa. É claro que, se ela fosse começar a procurar, começaria ali.

Encaro meu nome rabiscado naquele pedaço de papel e sinto o café que tomei de manhã revirar no meu estômago. Eu não quis vê-la no hospital quando ela nasceu porque não quis tê-la de jeito nenhum. Quando a enfermeira a enrolou em uma manta e tentou me entregá-la, virei o rosto e fingi que eles — todos eles, médico, enfermeiros, assistentes, bebê — não existiam. Tentei esquecer tudo a respeito daquele dia, mas as memórias estão começando a voltar em lampejos vívidos de sons e cores. O choro dela. Minha exaustão. A dormência esmagadora dos meus membros inferiores. Foi fácil dá-la, fácil passá-la para uma vida melhor do que a que eu tinha para oferecer. Uma vida melhor com estas pessoas, que eu nunca tinha conhecido e cujos nomes sequer sabia. Não me arrependi disso na época. Foi um alívio. Mas agora... agora tudo o que sinto é raiva por eles não terem cumprido sua parte no combinado. Se existe uma regra inflexível neste mundo, é que, no que diz respeito a crianças, promessas precisam ser cumpridas.

Esta criança não deveria estar perdida nas ruas. Ela não deveria parecer comigo.

Fico tentada a ir ao andar de cima confrontar Everett, mas com o passar dos anos aprendi um pouquinho sobre autocontrole, principalmente que ele vale a pena no fim das contas. Além disso, ele me expulsaria da casa ou chamaria a polícia e, tirando Brazuca, eu não falo com policiais.

No andar térreo, acima de mim, ouço xingamentos quando Everett se arruma frenético para o trabalho. Não sinto absolutamente nenhuma simpatia por ele. Uns poucos minutos depois, a porta dos fundos bate ao fechar, mas aguardo por outros dez minutos antes de subir. Na lavanderia, tem uma camisa masculina enfiada na lavadora. Cheiro-a e descubro um odor fraco de perfume caro e algo como jasmim.

Quando tenho certeza de que Everett está longe demais para voltar em caso de ter se esquecido de algum item, vou ao andar de cima. Estou brava, mas não tanto a ponto de deixar de admirar o bom gosto deles. A casa é tão bacana do lado de dentro quanto é do lado de fora. Tudo em belos tons de creme e cerúleo, com salpicos estratégicos de peças vermelhas e amarelas, para destacar. Na lareira, fotos deles, em sua maior parte lembretes felizes de uma família amorosa. Até mesmo Lynn está sorrindo nas imagens, o que me chama atenção porque eu não tinha imaginado que seu rosto pudesse formar traços. Quanto mais velha a data da fotografia, mais feliz ela parece. A fotografia mais antiga que vejo ali é uma em que Lynn segura a bebê Bonnie em seus braços enquanto sorri para a câmera. Na foto, parece que os sonhos mais inimagináveis dela se tornaram realidade. Ela parece animada e nervosa e olha para aquela bebê com tufos escuros de cabelo dormindo em seu colo como se fosse o maior prêmio do mundo.

Abaixo o porta-retrato com cuidado e me afasto. A maioria das pessoas dispõe fotos para preservar memórias de tempos mais felizes, para mantê-las à mão caso precisem se recordar, mas prefiro manter minhas memórias trancadas de modo que só precise tirar o pó delas e olhá-las quando não posso evitar. E elas são minhas e só minhas. Parte disso é porque Lorelei e eu não crescemos em uma casa com fotos sorridentes, e com certeza absoluta foi assim com todos nós do orfanato. A outra parte é que algumas das minhas memórias foram perdidas para sempre, perdidas porque certa noite eu cantei num bar e acordei no hospital com lembranças nebulosas do meu sangue em um lençol e do cheiro que a terra de uma floresta tem quando o rosto é pressionado contra o solo.

Subo mais um andar e entro no quarto que fica sobre a garagem. A cama está coberta por um edredom verde do tom de uma bola de tênis. Se existe qualquer conexão possível com minha descendente, não há como encontrar nesta monstruosidade néon. As paredes parecem uma propaganda gigante de um rapaz bronzeado e sem camisa chamado Jacob. Ele parece meio familiar, mas não sei dizer quem é. Nunca conheci alguém tão atraente na vida real. Há uma foto de Bonnie com outra garota adolescente grudada no espelho sobre a cômoda. As duas estão com a língua de fora para quem quer que estivesse atrás da câmera, apesar de Bonnie fazer isso rindo e a outra garota parecer bem irritada com a coisa toda. Abaixo, tem uma foto de Bonnie em calças de moletom e um top curto fazendo pose para a câmera.

Vou para a escrivaninha e puxo os fichários dela. Aqui encontro algumas similaridades genéticas. Os fichários têm muitos desenhos e poucas anotações. Olho para os desenhos nas margens. Não há talento ali, somente o rabisco confuso de uma criança com um gosto por certo tipo de expressão. Um rosto bravo com uma sobrancelha erguida. Alguns parecem demoníacos, mas nada é resultado de um estudo ou esforço real. Apesar de o rosto mudar, os olhos são sempre os mesmos. Amendoados e levemente virados nas pontas. Os olhos dela, tão inescrutáveis quanto os meus. Devolvo os fichários ao lugar e busco no closet e nas gavetas qualquer coisa interessante. Tudo está organizado, o que significa que a garota é no mínimo esperta demais para deixar pistas.

O quarto de Everett e Lynn é arejado e luminoso, mas há uma formalidade perceptível. Tudo está em seu devido lugar, ainda que trabalhem período integral e ambos tenham saído apressados pela manhã. Sem roupas espalhadas no chão ou sobre a cama, sem frascos de cosméticos abertos ou tubos destampados. Estas pessoas claramente são muito cuidadosas umas com as outras. Tento imaginá-los fazendo sexo nesta cama, mas a ideia, que geralmente me deixa desconfortável, neste caso me deixa indiferente.

Sigo adiante.

Cheiro todos os itens de higiene perfumados no quarto e no banheiro da suíte e não encontro nada parecido com o cheiro de jasmim. Estou de pé bem ao lado da janela do banheiro quando, com o canto do olho, vejo uma figura encapuzada parar no grande quintal abaixo. A princípio acho que é o não policial, mas depois de assistir por um momento a figura inspecionar o pátio e olhar para a janela do quarto sobre a garagem, percebo que não. A forma é desajeitada e furtiva demais. Não é a discrição fluida de um agente de segurança particular, mas a dissimulação esforçada de uma adolescente.

No andar de baixo, removo a tela da porta dos fundos e, por ser meio compacta, me espremo para passar. Não é uma saída elegante, mas é eficaz. Coloco a tela de volta na porta, com cuidado para alinhar as pontas, e me esgueiro por baixo da cerca. A garota entrou e saiu da mesma forma.

Cruzo o parque para três ruas abaixo, seguindo a garota. Ela anda depressa, mas sou mais rápida, por isso consigo interceptá-la antes de chegar à área da escola. Com um movimento ligeiro, puxo-a para as árvores. Ela abre a boca para gritar, mas dou um passo para trás e ergo minhas mãos em sinal de que não sou uma ameaça. Sua boca se abre quando ela relaxa um pouco ao ver que sou uma mulher, mesmo que isso não signifique nada em relação à sua segurança.

— Quem é você, porra? — pergunta ela, estreitando os olhos azuis. É a outra garota na fotografia de Bonnie sobre a cômoda. Cabelo loiro com luzes platinadas moldura seu rosto, que está coberto de base para esconder a acne que pontilha suas bochechas largas. Ela está usando uma saia que sobe pelas suas coxas e seu casaco de moletom está aberto, deixando à mostra uma camiseta branca apertada embaixo. Mesmo que seu visual pareça o de uma prostituta, suas roupas parecem ser da melhor qualidade, então deve ser endinheirada. Não poderia ser diferente, já que ela frequenta esta escola nesta área.

— Estou procurando pela Bonnie — explico.

Ela bufa e me examina.

— O que é? Ela te deve dinheiro?

— Sou a mãe dela. — Dizer isso em voz alta causa um solavanco em meu sistema. Me forço a permanecer calma. A manter meu pânico para mim mesma. — Fiquei sabendo que ela está desaparecida e eu vi você no quintal ali atrás. Está levando alguma coisa pra ela?

A boca dela se abre de novo, mas fecha com força quando uma mosca zumbe por perto. Ela ri de mim e resisto ao ímpeto de lhe dar uma porrada. Conheço esse tipo de garota. Apesar de fingir uma personalidade abrasiva para chamar atenção, por baixo disso é um monstrinho inseguro que fere as pessoas por amor e aceitação. Tento me lembrar disso quando ela prossegue:

— Então ela te encontrou, hein? Faz uns dois anos que procura você na internet.

— Não. Eu fui contatada pelos pais dela.

— Sr. Felizão e Rainha de Gelo?

— Você os conhece?

— Mas é claro que sim, pô. Bonnie foi minha melhor amiga por, tipo, oito anos. Sou Mandy — ela se apresenta com um tom prático. Então examina meu rosto. — Você não se parece nada com ela. Exceto pelos olhos. Mas os delas são, tipo, mais bonitos.

Ignoro essa última parte.

— A viagem de acampamento que ela ia…

Mandy cospe o chiclete no chão e chuta um pouco de terra para cobri-lo.

— Era com a minha família, sim. Ela foi bem malandra a respeito disso. Nem me contou que ia dar o fora, mesmo sabendo que eu súper daria cobertura. Ela só me ligou na noite anterior, aos prantos, e disse que não podia mais viajar, mas que não era para eu ir à casa dela porque as coisas estavam muito ferradas, e que ela me contaria tudo quando eu voltasse. Então descobri que ela disse aos pais que nós íamos pegá-la uma hora mais tarde, *depois* que eles tivessem saído para trabalhar, mas não se preocupem, ela ligaria da estrada. E *eu* me dei mal porque agora todo mundo acha que eu, tipo, ajudei e encorajei ou sei lá o quê. Que vaca.

Ela ficou pálida por baixo das camadas de maquiagem. O problema não era que Bonnie tivesse mentido, mas mentido para *ela*.

— E eu não estava pegando nada pra ela — prossegue Mandy —, já que perguntou. Só quis ver se ela tinha voltado. Emprestei um dinheiro pra ela e meu pai cortou minha mesada esta semana porque, bem, porque sim, por isso preciso que ela me devolva a grana.

— Quanto dinheiro?

Mandy dá de ombros.

— Tipo, duzentos. Nada de mais, mas vou ficar dura nas próximas duas semanas, então… dane-se. Bonnie deve ter entregado pra aquele babaca do namorado dela. Ela vem enchendo o saco desde que o conheceu, porque todo mundo sabe que ele não tem dinheiro. Aliás, provavelmente ela está com ele.

Everett e Lynn não comentaram de um namorado, então ele deve ser um dos segredinhos de Bonnie. O quarto dela não tinha nenhuma evidência de uma presença masculina particular na vida dela, exceto pelo jovem Jacob sem camisa. De algum modo, não acho que ele esteja envolvido nisto.

— Quem é esse namorado?

As sobrancelhas de Mandy se unem. A aversão dela é óbvia.

— Tommy Jones. Ele morou aqui com a tia por seis meses, mas ela se livrou rapidinho dele porque o marido o odiava. Ela é um quarto inuit ou sei lá o quê e de repente ele é a solução da vida da Bonnie. Ela gosta mesmo desses lances indígenas, sabe? Ao que parece, o Sr. Felizão contou para ela que a mãe verdadeira era parte indígena e ela não conseguiu superar isso. — A garota me encara, esperando que eu esteja ofendida. Não estou. Quando se passa tanto tempo em orfanatos quanto eu passei, essas tentativas descaradas de alfinetar deixam de ter efeito, positivo ou negativo. O que me pega é quão pouco pensei sobre o quanto os pais adotivos dela sabiam sobre mim quando a levaram. Nunca me ocorreu perguntar. Nunca me ocorreu que ela poderia se interessar pela mulher que a havia abandonado.

— Você contou sobre ele para mais alguém?

Ela dá de ombros.

— Só para o segundo policial. O primeiro que apareceu na minha casa era tão sem noção. Como é que eu poderia contar para ele sobre o namorado com o clube de tricô idiota da minha mãe ali perto? Contei ao segundo policial, mas só porque ele apareceu depois da escola e teve a decência de, tipo, me levar para a rua, onde não tinha pais por perto.

— Como era a aparência desse segundo policial?

Os olhos dela se estreitam.

— Você está fazendo o quê? Escrevendo a biografia dela?

Dou um sorriso. Ela mostrou as cartas momentos antes e agora é tarde demais. Agora eu sei que está escondendo alguma coisa.

— Não, mas, se você não me ajudar a encontrá-la, talvez eu conte para seus pais sobre Tommy. Tem um motivo para você não querer que eles saibam desse rapaz, não é?

Um rubor sobe pelo pescoço dela.

— Vá se foder, sua vaca.

Eu a alcanço com um único passo e consigo prender os braços dela na árvore atrás. Ela tenta me dar uma joelhada na virilha, mas desvio o quadril para o lado. Ela ofega, puxando arfadas assustadas quando nossos olhares se encontram. Sua respiração cheira a cigarros mentolados. Apesar de ela ter uns bons 15 centímetros a mais que eu e ser quase dez quilos mais pesada, não é páreo para minha força.

— Eles não sabem que você e Bonnie são sexualmente ativas, não é? — sussurro. — Se falar de Tommy e ela for encontrada, você tem medo de que ela conte com quem você está transando.

Mandy tosse na minha cara e um jato de ar adocicado invade minhas narinas.

— Pelo amor, ela pode ter ficado doida, mas jamais me deduraria. Ela é minha melhor amiga.

De repente, percebo sua relutância, pelo menos o suficiente para chutar a causa.

— Ah, então é Tommy. Vocês dois não são muito próximos. O que ele sabe? Que você se livrou do bebê? — É apenas um palpite, mas de repente sua expressão muda de desafiadora para amedrontada. — Você sabe que eles mantêm registro, não? — digo. — Bastaria fazer umas ligações.

— Eles... eles disseram que eu não precisava da assinatura dos meus pais para nada. Que é confidencial.

— Nada é totalmente confidencial quando se é menor de idade. Eles mantêm os registros e seus pais podem solicitar seu histórico médico. — Odeio especialmente mentir para crianças, mas fui longe demais agora para lhe dar uma vantagem.

O rosto dela desmorona, talvez diante da ideia de ter sua mesada cortada para sempre.

— Bonnie o obrigou... ela o obrigou a me buscar depois. Ele nunca teria feito isso se não fosse por ela, mas ela não tem carteira de motorista, então o fez pegar o carro do tio emprestado. Tommy me odeia. Agora mais do que nunca porque, quando o tio descobriu do carro, Tommy foi expulso de casa e não pode mais viver com eles. — Lágrimas se formam no canto dos olhos dela. Eu tinha esquecido quão frágeis são as crianças.

Dou um passo para trás com cuidado para manter o contato visual enquanto ela se recompõe.

— Como era a aparência do segundo policial?

Ela pensa por um momento enquanto seca as lágrimas, deixando faixas pretas de rímel pelo caminho.

— Gostoso, mas tipo um cara profissional. Branco, devia ter 30 e poucos. Cabelo castanho curto. O corpo bem mais malhado que o do primeiro policial. Ele estava comendo um daqueles, sabe, salgadinhos de algas enquanto me esperava, o que foi, tipo, nada a ver porque a gente sempre imagina que eles comam donuts, não é?

— Entendi. — Mandy acabou de descrever o não policial do sedã. Então a coisa foi além de vigiar a casa. O agente de segurança particular fingindo ser um policial para obter informações de uma adolescente parece um tanto suspeito, mesmo para mim. — Há quanto tempo foi isso?

— Faz uns três dias. Olha, eu preciso ir para a escola — diz ela. — Acabamos aqui?

— Mais uma coisa. Você tem uma foto do Tommy?

Ela hesita.

— Estou procurando Bonnie, nada mais. Só me dê a foto do namorado dela e caio fora, ok?

Não há nada que ela deseje mais que encerrar esta conversa, por isso enfia a mão na bolsa, pega o celular e desliza pela tela. As crianças de hoje em dia são tão rápidas em documentar suas vidas. Ela vira o telefone para mim. Ali na tela há uma foto de Tommy e Bonnie, fumando um baseado e fazendo careta para a câmera. Outro motivo para Mandy não querer que os pais saibam do namorado de Bonnie. Olho para a foto. Ele não passa de uma criança. A câmera está mirando-os de cima e tudo o que consigo ver dele são a testa, os olhos escuros, e cabelo tão preto e brilhante que poderia figurar num comercial de shampoo.

— Tem outra foto?

— Aqui dá para ver o Tommy melhor. — Ela puxa o telefone de volta e abre um canal de vídeo, pausando em um vídeo específico. — Eles se conheceram em um negócio de dança. Bonnie é uma excelente dançarina e Tommy também. Tinha um pessoal no estúdio dela que queria formar um grupo para fazer apresentações, mas Tommy não tinha dinheiro para participar, então ela pagou para ele.

Ela dá play no vídeo. Vejo um grupo de dançarinos de break começar uma série de passos coreografados. Reconheço Tommy imediatamente, mas Bonnie é mais difícil de distinguir. Então a vejo. Ela está em algum lugar no fundo. Uma dançarina concentrada, dando conta da série. O vídeo dá zoom na Bonnie por um momento e, apesar de estar enfiada lá no fundo, ela tem aquele tipo de atitude que faz as pessoas pararem. Bom. Se ela está mesmo nas ruas, é melhor que não seja uma flor delicada.

Mandy sorri quando o vídeo chega ao fim. Ela devolve o telefone à bolsa.

— Ela deveria saber então que ele é um trouxa. Não era ela quem deveria pagar as coisas para o namorado. É o contrário.

Ela se vira para ir embora, mas dou um passo à frente, bloqueando sua saída.

— Uma última coisa.

— Ei, você prometeu!

— Não, eu falei que era mais uma coisa, e agora tem esta outra. Mas é a última.

— Tá bom. O que você quer?

— Onde posso encontrar Tommy?

— Ele voltou a morar com a mãe. Ela está em Ende-alguma coisa, esqueci o nome, mas é perto de Kelowna. Ela trabalha em algum tipo de moinho. Só pra você saber, é onde provavelmente Bonnie está. Se você encontrar essa vaca, fale pra ela me ligar. Quero a droga do meu dinheiro de volta! — A persona irritada dela volta ao seu devido lugar. Ela dá meia-volta sobre os saltos e sai batendo o pé.

Conforme retorno para Whisper, que aguarda paciente no Corolla a algumas quadras de distância da casa dos Walsh, cobrindo a moldura da janela traseira com camadas finas de baba, lembro a loucura absoluta que é conversar com um adolescente. Não tive motivo para tentar isso em anos. Adolescentes são impulsivos, emocionais, reacionários. É impossível mentirem bem, apesar de mentirem constantemente. Por exemplo, para os pais. Sobre a vida sexual deles.

Contudo, não importa como eu torça o cenário, a existência de um namorado não explica um segurança particular sentado na frente na casa dos Walsh, ou por que uma pessoa que não é policial fingiu ser um para extrair informações da melhor amiga de Bonnie. Mesmo que Everett e Lynn tenham contratado essa empresa para procurar Bonnie, o cara que foi falar com Mandy não teria motivo algum para mentir sobre quem era. Nada disso faz sentido, mas agora tenho um lugar onde procurar a garota. O problema é: quem quer que a esteja procurando está três dias na minha frente. O não policial mantém sua presença, por isso sei que ele não foi a Kelowna procurar Bonnie. Qualquer que seja esta tarefa, é um trabalho de equipe, já que eles podem deixar esse homem aqui para monitorar a casa. Então é mais que um caso qualquer para a WIN Security, mais do que trabalho de vigilância rotineira.

O porquê me pega toda vez. Às vezes, o porquê é óbvio de cara, mas neste caso não consigo encontrar um motivo para uma firma de segurança estar tão interessada numa garota adotada que vem de um bom lar.

Whisper me recebe com olhos acusadores. Ela percebe o cheiro de suor e adrenalina da minha perseguição e quer saber por que eu fui correr sem ela.

— O mundo não gira ao seu redor — falo para ela num tom energético que pretende reafirmar que eu sou a líder desta matilha de duas integrantes. Ela se recusa a beber da água que eu trouxe e, para me punir, continua a babar pela janela. Quando cruzo em frente à casa, vejo outro sedã discreto parado alguns metros depois.

O porquê não está ficando mais claro, está com muitas pontas soltas, então terei de tentar uma abordagem diferente para descobrir o que raios está acontecendo. Quando uma garota some, costuma ser por um motivo simples. Um motivo obscuro, mas simples. Porém, este caso começa a ficar mais complicado a cada minuto que passa.

Se o porquê está muito confuso, talvez eu tenha mais sorte com o quem.

16

A Win Security está sediada em um prédio inócuo de tijolinhos e de três andares em West Broadway, logo na saída do coração do centro. Dá para ir andando do nosso escritório no lado leste e, para esse passeio, não acho sábio levar Whisper junto. Ela não gane nem faz qualquer som de protesto quando a deixo para trás desta vez; só me olha e retorna à sua cuidadosa inspeção do tapete surrado. Contudo, sua postura me revela que ela está chateada. Não tem como viver tanto tempo com uma fêmea sem aprender a reconhecer seu humor.

— Vou trazer uma surpresa para você quando eu voltar — digo para aliviar o clima. Ela ergue o olhar e em seus olhos não há qualquer esperança de que voltaremos a nos ver. Ela está se preparando para o pior; ainda assim, sua pouca fé me atinge. — Estarei de volta à tarde.

Por sua expressão duvidosa, ela não considera isso provável, e se afasta.

— Você deveria ser um gato — grito para suas costas. Ela não faz sinal de que me escutou. Que vaca.

Do lado de fora, vejo um mendigo revirando o lixo e secretamente examino o Corolla, para ter certeza de que não foi tocado. Não tem um arranhão, bem, exceto pelos que eu mesma fiz, então ultrapasso o homem e tento ignorar que está cheirando os restos bolorentos de um sanduíche que alguém jogou fora. O desespero facilita engolir algumas coisas. É difícil olhar nos olhos de alguém que está em necessidade. O desespero me tornou uma viciada por um tempo, e não havia pessoa que conseguisse me olhar nos olhos. Não posso dizer que eu as culpe.

— Tem um trocado? — pergunta o homem. Ele evita meu olhar e eu evito o dele. É melhor para nós dois. Ele parece ter cerca de 60 anos, mas nas ruas isso o colocaria em algum ponto entre 40 e 50. Em geral, pessoas não envelhecem bem quando vivem em becos e reviram lixeiras.

Jogo para ele uma barrinha de cereal que encontro no bolso e, enquanto ele olha suspeito para o pacotinho, caio fora depressa. Comer ou não aquilo é prerrogativa dele. Não estou tentando fazer nenhum tipo de manifestação ao lhe dar comida em vez de dinheiro. É só que nunca tenho dinheiro comigo. Assim, se for assaltada, tudo o que o babaca vai conseguir é alguma coisa para comer enquanto reflete sobre suas escolhas de vida.

As ruas estão movimentadas quando sigo pela East Hastings vestindo uma legging e um casaco escuro com faixas refletivas, uma despesa relutante no brechó. Junto com o capacete de ciclista e uma surrada bolsa carteiro, a conta chegou a 22 dólares, que era 22 dólares a mais do que gostaria de ter gasto, mas depois de ponderar minhas opções esta parecia a melhor.

A garoa começa assim que passo a Main e viro na Broadway, então acelero o passo. Duvido que qualquer um pelo caminho parou para pensar por que uma mensageira de bicicleta está sem bicicleta, mas ando mais rápido, por precaução. Já é depois do almoço quando me aproximo do prédio de três andares. As pessoas voltam devagar aos seus trabalhos. Provavelmente estão cheias de carboidratos e sódio e procurando um canto quieto para fazer a sesta até que seus sistemas digestivos tenham se recuperado. Na verdade, estou apostando nisto: que estejam distraídos o suficiente para permitir que uma mensageira errante atravesse suas defesas.

O edifício em si é inócuo. Sua fachada de tijolinhos some no plano de fundo, e a passagem ajardinada e bem cuidada é bonita o bastante para ser agradável aos olhos, mas não chama atenção não desejada. Espero até ver dois homens de calças, camisa com gola e óculos subindo a entrada da frente, então me esgueiro atrás, perto o suficiente para ser apenas um borrão em várias câmeras discretas que apontam em nossa direção, mas não tão perto que me percebam antes de chegarmos às portas.

— Oh — diz um deles quando me vê entrar atrás. Ele segura a porta aberta desajeitadamente ao mesmo tempo que equilibra uma bandeja com cafés em copos para viagem. O outro segura uma bandeja também e, pelo modo como estão vestidos, suponho que sejam assistentes gerais do departamento de TI. Ao passar, meu ombro bate na bandeja e o homem que está segurando a porta a derruba. *Tsc, tsc.* Que estabanado. O outro tenta ajudar e sua própria bandeja escapa dele. Líquido escaldante espirra em mim dos dois lados.

— Seus idiotas! — grito. — Vejam o que fizeram! Se estragaram meus pacotes, vou processar todos vocês! Eu preciso deste trabalho, caramba! Senão como vou pagar minhas contas?

A recepcionista corre até nós, com o modo controle de danos ativado.

— Você está bem? — ela me pergunta, lançando um olhar para os dois rapazes da TI.

— Não, não estou nada bem. — Faço minha melhor imitação de uma mensageira imperiosa, segurando a bolsa pingante. — Tem um banheiro pra eu dar um jeito nisto?

— Oh, nossos espaços não são exatamente para uso público... — diz ela, e seus olhos seguem rápido para as duas câmeras posicionadas sobre a mesa dela. Uma mira a porta, a outra, o segundo recepcionista, que ainda está atrás da mesa. Ele está nos observando com um interesse indisfarçável.

— Seus funcionários costumam atacar as pessoas com bebidas pelando? — retruco, dando-lhe uma encarada digna da Medusa, insinuando com meus olhos que ela está diante de um processo em potencial se não for cuidadosa.

Ela pisca, quer se livrar de mim, mas vê que não vou embora sem brigar.

— Claramente é uma emergência, então... Siga-me.

Moça esperta.

Ela atravessa portas duplas logo depois dos elevadores.

— Frank, peça para a limpeza vir aqui, por favor — diz ela para o outro recepcionista à mesa. Quase numa reflexão tardia, ela se vira para os rapazes da TI. — Vocês dois, é melhor voltarem para fazer um novo pedido. E desta vez não será pago com a conta da empresa, Walter. — A recepcionista lança ao tal Walter um olhar de quem o conhece e prossegue, ignorando completamente o outro cara da TI, cujo nome ela provavelmente nem sequer consegue lembrar.

Os dois rapazes parecem arrasados, mas o que podem fazer? Reclamar que *eu* trombei *neles*? O que, claro, é a verdade. Esses jovens são do tipo decente, entretanto, e simplesmente aceitam que o dia foi de normal para uma merda em poucos segundos e que eles vão ficar duas bandejas de café gourmet mais pobres.

Depois da área de recepção coberta por painéis de madeira calorosos, o prédio é bem mais sofisticado e austero no interior do que aparenta por fora. Isto está mais alinhado com o que se esperaria da maior firma de segurança da cidade. Os corredores são espaçosos o suficiente para caberem duas pessoas andando confortavelmente lado a lado, mas não tão espaçosos a ponto de as diversas câmeras penduradas a cada esquina perderem alguém de vista. Agradeço à minha boa sorte que a ponta do meu capacete de ciclista é longa o suficiente para cobrir a parte de cima do meu rosto. O quanto se pode dizer de uma pessoa por um queixo, não é verdade? Sinto que alguém nos assiste atrás das câmeras. É sempre melhor presumir que tem alguém assistindo.

A recepcionista desliza o cartão dela na entrada do toalete e a luz do cubículo preto pisca verde. Ela se move para me seguir até lá dentro, mas viro a cabeça para o rastro de pingos de café que deixei pelo caminho e digo:

— Olhe que sujeira! Espero que vocês não tenham muitas reuniões esta tarde.

A recepcionista franze o cenho e olha para o relógio de pulso, preocupada agora com os compromissos vespertinos.

— Preciso verificar se Frank conseguiu falar com a limpeza — diz ela. — Por favor, aguarde no toalete até eu voltar para buscá-la. Você não deveria estar aqui, sabe? — Como se fosse minha culpa eu estar coberta de café. E é.

Espero o som dos saltos dela virarem a esquina antes de sair, depois de torcer rapidinho a minha bolsa na pia e de secar a sola dos sapatos com papel toalha. Esgueiro-me pelo corredor principal e tento parecer perdida, apesar de nunca ter conhecido um mensageiro com pouco senso de direção. O corredor tem aquele aspecto estéril de clínicas de pesquisa médica e se bifurca em diversos sentidos. Sigo em frente, fingindo que estou checando mensagens no meu telefone sempre que dou de cara com uma câmera. Todas as portas só podem ser abertas com um cartão, e estou ficando sem tempo quando uma porta se abre bem à minha frente, quase me derrubando no chão.

— Não faço ideia por que eles estão demorando tanto. Esses novatos... — anuncia uma mulher estressada e de olhos cansados para a sala atrás dela. Ela veste calças e uma blusa listrada, a versão feminina do que usavam os caras da TI com quem trombei.

— Com licença.

A mulher fica surpresa de me ver atrás da porta aberta. Uma espiada rápida ali dentro revela um escritório largo abarrotado de cubículos.

— Sim? — Ela percebe meu capacete e a bolsa carteiro. — Você não deveria ter deixado os pacotes na recepção?

— Sou uma mensageira cantora — explico. — Para Walter. É aniversário dele hoje e a avó dele queria fazer uma surpresa especial.

Estou suando pelo esforço de mentir, e minha voz subiu um ou dois decibéis, mas aparentemente ela está enojada pela ideia de uma mensageira cantora suada, uma contralto natural que de repente virou meio-soprano, porque ela não parece perceber. Ela pisca por um minuto enquanto sua mente processa tudo isso, agarra o detalhezinho mais delicioso que ofereci, então se vira para a sala.

— Ei, pessoal! A *avó* do Walt mandou uma mensageira cantora para o aniversário dele! Uma vovozinha!

A sala inteira irrompe em risadas.

— Eu posso aguardar na mesa dele, se não se importar. É melhor quando tem o efeito surpresa — digo quando as risadas se acalmam.

— Sim, sim, pode ser. Preciso fazer um xixi rápido antes que ele volte. Não posso perder. — Ela aponta para um cubículo vazio no canto da sala. — Espere lá, mas não toque em nada.

Sigo na direção do cubículo, assentindo com a cabeça para os gnomos da TI ao passar por eles. Seus rostos bonzinhos estão estranhamente iluminados pelas telas de computador, e eles parecem uma horda medonha de óculos da era digital. Há um zumbido basilar de empolgação na expectativa de Walter ganhar uma serenata pública por uma mensageira cantora suada de legging a pedido de sua avó.

Pelos meus cálculos, tenho alguns minutos preciosos para obter algo desta investida. O laptop de Walter está aberto sobre a mesa, mas uma deslizada pelo touchpad no teclado me mostra que está bloqueado com senha. Leva somente poucos minutos para que o departamento de TI volte a se distrair com suas telas, e quando estou confiante de que a atenção de todos não está mais em mim, me inclino, posicionando a bolsa na frente do computador como um guarda improvisado e digito a senha "password". Recusada, mas valeu a tentativa.

Busco no cubículo pistas da personalidade de Walter, mas ou ele não tem uma, ou é um funcionário muito esforçado. Sinto o tique-taque do relógio, apesar de não haver relógio nenhum na sala além daqueles nos computadores e nos celulares. O espaço de trabalho dele contém apenas papeladas e listas de tarefas detalhadas. Nada pessoal. Coitado do Walter.

A porta da sala se abre e tenho um vislumbre da recepcionista com a mulher da TI que me deixou entrar atrás dela. As duas parecem confusas e perturbadas. A mulher da TI aponta na minha direção. Não tenho mais tempo. Enfio o laptop na bolsa carteiro e saio do cubículo quando a recepcionista vem diretamente até mim. A porta se abre de novo e os dois caras da TI que conheci na entrada do prédio aparecem, trazendo bandejas de café. Eles foram mais rápidos do que eu esperava. Alguém deve ter ligado na cafeteria para adiantar o pedido deles.

Nunca gostei de todo aquele improviso do jazz tradicional porque às vezes você pode se dispersar tanto de uma música que fica difícil encontrar o caminho de volta para ela. Você pode se perder, e perder sua plateia. A coisa boa disso, a melhor coisa, aliás, é o momento quando você não sabe o que vai acontecer em seguida, mas sabe que vai ser bom. Ao olhar da recepcionista para a sala cheia de funcionários de TI ansiosos, que agora aguardam boquiabertos por algo que vá transformar este dia em um que mereça o esforço de passar suas camisas sociais e vestir roupas de baixo limpas, sinto uma ousadia explodir dentro de mim.

Quando a recepcionista abre a boca para falar, faço contato visual com o funcionário de TI de camisa xadrez chamado Walter e começo a cantar bem alto "Parabéns pra você". Uma voz de contralto densa e rouca escapa dos meus lábios e alcança todos com uma música de aniversário em um estilo que jamais ouviram antes. Não canto há mais de quinze anos, mas minhas cordas vocais se lembram do que fazer antes de meu cérebro processar o que de fato está acontecendo. A sala cai em silêncio, despojada de som e respiração e movimento que não venham de mim. Um tremor na mão de Walter chacoalha a bandeja de café conforme me aproximo.

Acerto meu ritmo e seguro a nota final por vários segundos a mais do que previa. Parece que nunca vai acabar, e eu estou elevada pela potência dela.

Quando eu era criança, Lorelei, a bonitinha, o bebê, podia sorrir para você e, se acontecesse de você cair morto no momento seguinte, se sentiria abençoado de ter sido o rosto dela o último que viu. Eu? Bem, você poderia me encarar por uma hora direto, desviar o olhar por um minuto, e não ser capaz de descrever meu rosto. Mas, se eu cantasse... você nunca esqueceria.

Minha boca fecha, mas minha última nota flutua no ar, mantida viva pela reverberação na sala. E me pergunto se as pessoas deste escritório sabem que o pé-direito alto, o piso de madeira, a mobília esparsa e o formato "caixa de sapato" compõem a câmara de som perfeita caso algum deles queira organizar ali um concerto improvisado. A acústica é incrível.

Eles me encaram atordoados, e me sinto perversamente feliz por ainda mandar tão bem, embora faça mais de uma década desde que eu quis isso, e por ainda ter o poder de fazer queixos tensos caírem e corações gelados se derreterem nas minhas mãos. A nota morre, e aproveito o choque de todos para dizer a Walter que sua avó o ama e sigo para a porta. Atrás de mim, ouço Walter finalmente protestar que não é seu aniversário e que sua avó está num cruzeiro, mas então a porta fecha e estou muito longe para ver o resultado. Sinto uma pontada de dó pelo pobre Walter; ele nunca vai sobreviver a isto.

A recepcionista, nada desleixada, me alcança momentos mais tarde com passos longos que poderiam colocar no chinelo um corredor de maratona do Quênia. Caramba, como é rápida.

— Pensei ter dito a você para ficar no banheiro — diz ela sem reduzir a velocidade.

— Cheirava muito mal lá. Não vai acontecer de novo.

Estamos quase correndo, ambas desejando que eu vá embora o quanto antes.

— Não. Não vai mesmo. Você não me disse que era uma mensageira cantora. Pensei que fosse uma entregadora. Quando o café caiu na sua bolsa...

— Eram as letras de, hmm, músicas — digo enquanto chegamos às portas que dão para a entrada do prédio.

— Você precisa da letra de "Parabéns pra você"? — Ela bota uma das mãos na porta, impedindo que eu a abra. Fico tensa e me preparo para empurrar a mulher. Ela é magra, mas está em ótima forma, e vejo seu bíceps se mover por baixo de sua blusa brilhante. Ela me encara com o cenho franzido. — Sua voz é incrível, mas você não pode ficar zanzando pelos escritórios das pessoas, ok? Não é nada profissional. Qual é o nome da sua empresa? É a Singing Sensations?

— Hmmm — respondo. Ela entende como uma afirmativa. Passo por baixo do braço dela e puxo a porta para abrir.

— Vou mandar uma reclamação! — grita ela para as minhas costas.

Vejo um segurança vir dos elevadores e sigo direto para a entrada. Ele também é rápido, mas nada comparado com a recepcionista. Agora estou perto das portas. Consigo sair e chegar à calçada quando ele enfim transpõe o saguão. Costuro o trânsito e deixo um rastro de buzinas. Não tenho muito tempo, por isso chamo um táxi.

— Estação Waterfront, por favor.

O taxista me encara pelo espelho retrovisor, absorvendo meu traje e a bolsa carteiro que aperto contra o peito.

— Roubaram sua bicicleta, é?

Não respondo. Contei mentiras demais hoje e não posso suportar outra. Há um item roubado na minha bolsa, um item que pode ser facilmente rastreado. Ou assim parece a minha imaginação superativa. Pego meu celular e envio uma mensagem escrito *SOS, estação Waterfront,* então devolvo o telefone ao bolso.

O taxista presume que meu silêncio é uma afirmativa à sua pergunta e balança a cabeça enquanto muda de faixa sem dar sinal. Buzinas tocam atrás dele também. Esta não é nem um pouco a fuga discreta que eu tinha planejado, mas, para ser justa, eu não tinha premeditado o roubo do computador.

— Esta cidade está ficando uma merda — diz o taxista, cujo nome, Maurice, descubro no cartão laminado grudado atrás do assento. — Todos esses drogados e craqueiros. Você não acreditaria no que vejo todos os dias, moça. Vim para o Canadá para ter uma vida melhor, mas é a mesma porcaria em qualquer lugar.

— Mas tem saúde pública. Não é mesmo?

— Acha que não pago por ela com todos esses impostos que me cobram?

Analiso seu perfil e tento descobrir seu país de origem, mas no fim das contas não importa, porque ele tem razão. É a mesma porcaria em qualquer lugar. Me pergunto se Bonnie teve uma vida melhor com os Walsh. Ela viveu numa casa grande com um pai e uma mãe que cuidavam dela. É mais do que eu jamais poderia lhe ter dado, mesmo se eu quisesse. Ainda assim, veja o que aconteceu.

O táxi encosta e sou forçada a pagar este custo adicional. Não é brincadeira quando dizem que filhos são um ralo por onde escoa seu dinheiro.

— Espero que consiga recuperar sua bicicleta — diz Maurice antes de ir embora.

Tiro meu casaco e o deixo, junto com o capacete, em uma pilha logo na porta de entrada da estação mais movimentada da cidade. Então visto meu capuz e entro ali para esperar.

17

Ela aparece vestida toda de preto, com uma peruca preta grandona e maquiagem pesada. Ela optou por pegar leve com as bijuterias, contudo, e ostenta somente seus piercings básicos, na sobrancelha e no nariz. Este é de longe o disfarce mais inteligente que já vi. Ela é uma mistura de holandesa e japonesa, mas, por sua aparência atual, nunca saberia dizer como ela realmente é por baixo daquela máscara. As pessoas prestam atenção no visual, não na pessoa.

Ela se senta ao meu lado no banco.

— Qual é a emergência? — pergunta numa voz rouca, só um pouquinho mais grave que a minha. — Você sabe que danço esta noite, não é? Estas pernas não vão se depilar sozinhas, querida.

Entrego-lhe o laptop lustroso.

— Bloqueado por senha.

Ela franze o cenho, mas o pega mesmo assim.

— Achei que você tivesse um emprego. Nunca imaginei que fosse uma ladra... ooh, isto é legal. — Ela abre o laptop e passa as mãos pelo teclado suave. Está usando luvas de couro, não deixa digitais pelo caminho.

— Eu tenho um emprego. Isto é para outra coisa. E é da WIN Security.

Ela congela.

— Minha flor, você roubou um laptop de uma firma de segurança? Você sabe que eles podem rastrear isto.

— Eu não pediria se não fosse importante.

— Eu não teria vindo se achasse o contrário — diz ela, me fitando. Seu olhar é inflexível. De todas as pessoas tristes nas reuniões que eu costumava ir, ela era a menos triste. E ela se preocupou em ocultar sua verdadeira identidade usando seu nome artístico, o que parecia um passo prudente. Uma drag queen chamada Simone de noite, o criador de um software de segurança com servidor na internet chamado Simon de dia. Foi ela quem sugeriu que Brazuca fosse meu padrinho, embora eu suspeite que isso tenha começado como uma pegadinha, e possivelmente acabou assim também. — Faço muitas coisas escusas, querida, você sabe, mas isto aqui é meio demais até pra mim. Por quê?

— Tem alguém que pode estar em perigo — conto-lhe. Não se consegue nada de graça. Para alguém ferir seu próprio código de conduta, deve haver uma boa razão.

Ela me encara por uns bons trinta segundos e uso esse tempo extra para me perguntar sobre como ela é capaz de manejar um pincel de delineador líquido como um instrumento de precisão. Minhas poucas tentativas nesse tipo de coisa logo depois que saí da adolescência resultaram somente em um visual de guaxinim atônito.

— Ok — diz ela. — Me dê um pouco de espaço. Vamos ficar bem por um tempinho, desde que seja off-line. Você tem sorte de eu saber umas coisinhas sobre a WIN.

Dou uma volta enquanto Simone faz o que faz. Não tenho a menor ideia do que seja e nunca interromperia sua concentração para perguntar. Mas estou curiosa. Esse tipo de habilidade sempre me fascinou. As minhas habilidades foram conquistadas principalmente com aulas em bibliotecas públicas. Bibliotecários não ensinam a hackear e, pela minha experiência, tendem a se ofender se você perguntar.

— Acessei — avisa ela quando retorno. — O que estamos procurando?

— Sobrenome: Walsh. Nome: Everett, Lynn ou Bronwyn.

Ela faz a busca no banco de dados por cada um dos nomes, mas nada dá resultado.

— Tem certeza de que estão aqui?

O que mais explicaria o não policial no sedã da empresa?

— Deveriam estar.

— Não temos muito tempo — ela me lembra. Um segurança passa por nós com as mãos nos quadris. Pelo jeito deliberado como não olha para ela, sei que vai voltar.

— Puxe a lista de clientes deles.

Ela digita algumas teclas e uma lista de nomes aparece. Bato fotos com a câmera do meu celular enquanto ela vai descendo o scroll. Isso leva bem mais tempo do que esperávamos e estamos suando quando enfim tiro a última foto. Sem dizer mais palavra, ela bota o laptop no assento ao lado e vai embora. Guardo-o de volta na bolsa e sigo na direção oposta. Do lado de fora da estação, me inclino sobre a mureta para olhar o oceano e deslizo a bolsa pelo ombro. O cais está tão movimentado que mal dá para ouvir o *splash*.

Não espero por ele.

Afasto-me o mais rápido possível dali e resisto à tentação de olhar para trás. Aprendi isso com Simone. Roubar, porém... isso é algo que sempre soube fazer.

18

Fico parada do lado de fora do prédio em Surrey com uma caixa de pizza fumegante aquecendo minhas mãos. Está movimentado. As pessoas voltando para casa à noite. Elas lançam olhares famintos na minha direção. A janela do terceiro andar que estou fitando está totalmente iluminada, então pelo menos terei uma trégua hoje.

Uma mulher idosa com um sobretudo maior que ela manqueja na minha direção pela calçada, segue pela entrada pavimentada e vai, bem devagar, até a porta. Está totalmente concentrada em onde ela vai pôr o pé a seguir. Assim que ela pesca suas chaves e abre a porta, ajudo-a a mantê-la aberta com meu pé e dou de ombros como se pedisse desculpas, indicando a caixa de pizza como se dissesse "Veja, meu jantar está comprometendo a segurança do nosso prédio. O que se vai fazer". Ela me olha feio e vai embora, vacilando. Exceto pela entrada, acessível somente com chave ou com autorização via interfone, não há nenhuma outra medida de segurança. Pego o elevador até o terceiro andar, bato à porta de Amir e ouço passos discretos se aproximarem. Há uma movimentação no olho mágico, então outra pausa.

— Pizza — falo.

— Não pedi pizza — diz uma voz suave e com sotaque do lado de dentro.

— Está escrito aqui que é para Amir, mas estou um pouco atrasada. — Seguro a pizza na altura do olho mágico, de modo que ele possa vê-la, e espero seu estômago vencer sua determinação. Uns poucos segundos depois, ele vence.

Harrison Baichwal abre a porta do apartamento de Amir e me encara. Seus olhos são dragados pela caixa nas minhas mãos.

— Amir acabou de sair para o trabalho. Como você conseguiu subir? Não ouvi o interfone.

Dou de ombros.

— Alguém estava entrando e aproveitei.

Agora que a porta está aberta, ele consegue me ver melhor e percebe que não sou uma entregadora de pizza. Não estou vestida adequadamente. Não tenho uma bolsa térmica ou um uniforme. Seu medo pulsa para fora do corpo como um campo magnético.

— Q-quem é você?

— Alguém que está com tanta fome quanto você e que sabe seu nome, Harrison. Você quer conversar aqui sobre aquela noite em que uma mulher foi morta na sua loja ou podemos ter alguma privacidade?

Depois de uma hesitação breve, ele faz sinal para eu entrar. Uma vez lá dentro, vejo que ele está usando seu tempo para fazer a limpeza do apartamento. Não há um sinal de pó em nenhuma superfície. Os móveis são esparsos e as peças não combinam, provenientes de diferentes bazares, mas não posso criticar a limpeza. Me pergunto se Harrison Baichwal estaria disposto a dividir suas habilidades comigo, mas Whisper nunca o deixaria entrar no porão. Ela é bem fechada em relação ao seu espaço. Desde que estamos morando juntas, ninguém além de nós duas entrou lá.

Harrison desaparece na cozinha e volta, momentos depois, com dois pratos.

— Já disse que não vou testemunhar, tá bem? Fiz tudo que vocês me pediram. Ninguém sabe que estou aqui.

— Eu sei.

Ele franze o cenho para mim e pega a caixa de pizza. Uma fatia por prato e um prato estendido obedientemente para mim.

— Fui contratada pela advogada da criança — explico.

Harrison congela, uma fatia escorrendo queijo a meio caminho da boca dele.

— Você não está com... ?

— Não.

Ele devolve a fatia de pizza para o prato e tira do colo.

— Você contou à polícia que estou aqui?

— Ainda não. Fugir de uma intimação para comparecer ao tribunal é uma coisa séria. Só queria te dar uma chance de fazer o certo sozinho.

Baichwal não se comove com minha tentativa de manipulá-lo. Ele se levanta e caminha pela sala.

— Acha que não sei? Moro neste país há vinte anos, trabalho 14 horas por dia, pago todos os meus impostos, sempre obedeço às leis. Acha que eu ignoraria minhas obrigações se tivesse escolha?

— Mas o que é então? A gangue que domina este prédio ameaçou tacar gasolina no seu negócio se você depuser? Você tem seguro, não?

Ele balança a cabeça, enojado.

— Vocês. É sempre sobre dinheiro, sempre sobre trabalho. Ninguém ameaçou meu negócio. Não precisaram fazer isso. Eles sabem onde eu moro! Entende o que quero dizer? — Ele desvia o olhar, tenta se recompor. Há um desespero silencioso em seus olhos quando ele se volta para mim, e me lembro de Everett Walsh e nosso encontro na lanchonete. É a súplica de um pai. — Por favor... Por favor, não conte à polícia onde estou. Prometi aos traficantes que não iria depor. Até me escondi aqui no apartamento de Amir para que nem os advogados me encontrassem. Preciso proteger minha família.

— Aquele menino que entrou na sua loja e matou a mulher. Ele não agiu sozinho.

— Importa se ele estava sozinho ou não? Ele entrou na minha loja com uma arma! — Ele dá cinco passos de uma parede a outra, então faz a mesma coisa no sentido inverso. Passa as mãos como um ancinho pelos cabelos e toma uma decisão. — Ok, quer saber? Havia outro desses bandidos esperando na entrada, do lado de fora bem onde as câmeras não conseguem filmar, mas aquele garoto entrou lá pra me roubar! Eu estava entregando o dinheiro pra ele, mas a mulher estava nos fundos. Ele não a viu antes e, quando a viu... Ele se assustou, então disparou a arma. Foi um acidente. Mas ele tomou a decisão de estar lá.

— Por que Amir não estava na loja? Era esse o plano, certo? Os traficantes daqui conhecem a loja, sabiam que era Amir quem deveria estar no caixa naquela noite, então por que não estava?

— Não jogue a culpa nele. É um bom rapaz. Eles seguiram Amir um dia nas escadas, disseram que iriam entrar na loja e não queriam nenhuma gracinha da parte dele. Disseram que, se ele não fizesse o que mandavam, iriam voltar quando a Bidi ou eu estivéssemos trabalhando. Falaram que não queriam assustar a gente porque somos velhos, temos filhos, então voltariam quando Amir estivesse na loja. Ele... bem, ele não tá acostumado com esse tipo de coisa. Não conseguiu dormir depois de voltar pra casa do trabalho na noite antes do dia marcado e por isso tomou remédio pra dormir.

— E perdeu o turno.

Harrison assente.

— Ele não chegou pra me render, e foi aí que eles apareceram pra me roubar.

— Se contasse o que aconteceu, a polícia tentaria proteger você. — Normalmente eu não diria algo do tipo, mas, quando mães são assassinadas, a polícia costuma dar atenção. Ainda assim, as palavras parecem fingidas ao sair da minha boca, e Harrison Baichwal não acredita nelas mesmo.

— Sim — escarnece ele —, porque a polícia é bem confiável nesta região, né? Não, eu não confio em ninguém para cuidar da coisa mais importante da minha vida. Minha família. Minha esposa, meus filhos. São eles que importam. Vim pra cá pra dar a eles uma vida melhor. Que tipo de homem eu seria se não fizesse o possível pra mantê-los seguros? Que tipo de pessoa eu seria? Depois do julgamento, vou voltar pra minha loja e tudo vai ficar bem. É o que eles me falaram.

— Os traficantes? — Sequer tento disfarçar o ceticismo da minha voz.

— E daí se eles forem isso mesmo? Não tenho escolha a não ser confiar! Não entende?

Ficamos sentados ali sem conversar por um tempão, este homem assustado e eu. Sei o que é temer pela própria vida. Me pergunto se tem pesadelos, se seu subconsciente lhe prega peças quando ele fecha os olhos, trazendo de volta lembranças do que viu naquela noite.

Estamos ambos imersos no passado e em nossos erros. A pizza fica fria, mas nem ele, nem eu fazemos um movimento para tocá-la. Quando já não sei absolutamente mais o que fazer, me levanto e vou embora. Paro do lado de fora do prédio e olho para a janela dele. A luz do apartamento agora está apagada, mas um dos cantos da cortina está um pouquinho erguido. Posso sentir seu olhar sobre mim, me observando, esperando pelo que farei a seguir. O destino dele está em minhas mãos. Ele sabe disso tanto quanto eu.

19

Quando chego ao escritório, percebo que Seb e Leo estão aqui ainda, fazendo serão, mas tem algo errado. A porta de Leo está fechada. A porta da sala de Leo nunca está fechada. Pelo vidro opaco da janela que cobre o terço superior da porta, vejo três silhuetas ali dentro. Duas são as formas familiares de Seb e Leo e a terceira paira sobre eles, apesar de os três estarem sentados. As vozes soam abafadas, mas se eu me inclinar bem sobre a figueira perto da parede entre minha mesa e o escritório de Leo e puser minha orelha na porta, consigo ouvir quase tudo.

— ... Você está dizendo que ela é especialista em detectar mentiras? — pergunta o estranho. Há uma surpresa genuína em sua voz. Não consigo identificar o sotaque, mas tem algo nele que me soa familiar.

— Amadora — explica Seb.

— Uma especialista amadora?

— A amadora mais talentosa que já conhecemos. Põe no chinelo alguns dos especialistas nacionais em detecção de mentira que consultamos — emenda Leo. Ele está mentindo, é claro, mas o estranho não parece notar porque não é nem um especialista, nem um amador, nem nada do tipo. Eles nunca consultaram nenhum outro detector de mentiras porque têm a mim a um preço camarada.

— Então as responsabilidades dela não são apenas de secretária?

— Não estamos discutindo as responsabilidades dela. — Percebo pela voz de Seb que a paciência dele com esta conversa está acabando. — Pode, por favor, nos dizer qual é a questão aqui?

— Vocês sabem quem é essa mulher?

— O que quer dizer? — pergunta Leo. — É claro que sabemos quem ela é. — Ele está ultrajado em minha defesa, mas posso notar seu constrangimento.

— Nora Watts, nascida em Winnipeg. O pai se suicidou. O paradeiro da mãe é desconhecido. Entrou e saiu de orfanatos na adolescência. Sem endereço fixo desde que deixou as Forças Canadenses, foi presa uma vez por agressão em uma briga num bar.

— Foi condenada? — inquire Seb.

— Não, a acusação foi retirada.

— E quando foi isso? — É por isso que amo Seb. Não dá para ganhá-lo no apelo sentimental antes de ele ter todos os fatos. É o que o torna um jornalista brilhante, mas um péssimo companheiro amoroso. É quase impossível manipular uma pessoa assim.

— Seis anos atrás — conta o estranho.

Leo se levanta de detrás de sua mesa e anda até a janela.

— Então, por que você está aqui agora? O que quer com ela?

— Ela é suspeita de uma invasão.

— E você é da WIN Security?

— Sim.

— A invasão foi em um dos seus estabelecimentos ou em um dos seus clientes?

O homem hesita, como se não quisesse admitir que passaram pela própria segurança da WIN.

— Não tenho autorização de comentar. Ficaria grato por qualquer informação do paradeiro dela.

— Bem, ela não faz mais muitos trabalhos para a gente — diz Leo. — Cortes de orçamento, sabe. Nosso escritório não está exatamente cheio de serviço no momento.

— Nós ligamos para ela quando ficamos tumultuados, mas não pedimos mais que venha com frequência — completa Seb. Se esse não policial tiver qualquer experiência com interrogatórios, não vai cair nessa. — Faz semanas que não a chamamos.

— Por qual número vocês costumam falar com ela?

Seb hesita.

— Se um policial entrar em contato conosco, vamos compartilhar essa informação. Por ora devo pedir que vá embora.

Há uma pausa enquanto os homens no escritório se medem. Mas não há de fato nenhum requerimento legal que obrigue Seb a dar meu número, e o homem sabe disso.

— Entendo — diz o estranho. A voz dele ainda é calculada, mas ficou mais suave, da maneira como um fora da lei fala nos breves momentos vitais antes do amanhecer, quando sua arma carregada pende em seu quadril e o pistoleiro à sua frente tem mãos ansiosas. — Na próxima vez que falar com ela, peça que me ligue. — Um cartão é entregue e a sombra se move na direção da porta.

Ah, merda. Me afasto da figueira. O único lugar aonde posso ir é para a copa aberta do escritório ou para algum lugar do lado de fora.

— Espere um pouco.

A sombra se vira ao ouvir a voz de Leo. Ele não tem certeza do que está acontecendo, mas sabe que não gosta daquilo, seja lá o que for. Ganho tempo suficiente para me esgueirar para fora do escritório e subir ao segundo andar, onde uma clínica de massagem alugou o andar todo. A porta da clínica está trancada, então estou presa no saguão do andar. Da escadaria ouço passos atravessarem o saguão e pararem na entrada da frente, na base das escadas que levam ao segundo andar. Esses passos não estão com pressa de ir embora. Parecem pensativos, como se Seb e Leo tivessem dado ao dono desses pés muito em que pensar. O que mais eles lhe contaram e por que ele quer saber? O fato de ele ter informações sobre meu passado me tirou do eixo.

Arrisco espiar pela beirada e vejo a figura de um homem grande com a cabeça raspada careca abrir a porta da frente. Ele está prestes a dar um passo para fora, mas algo o faz virar a cabeça na minha direção. Me abaixo e espero vários segundos sem respirar enquanto ele olha para a clínica de massagem. Dou uma olhada em volta em busca de uma arma, mas não há nada. No maior silêncio possível, tiro meu molho de chaves do bolso. Nele há cinco chaves. Uma do Corolla, uma da entrada principal, uma da entrada dos fundos, uma do escritório em si e a última do porão, onde Whisper está me esperando. Prendo cada uma das chaves entre meus dedos e fecho meu punho no chaveiro. É tosco, mas é o melhor que tenho.

Somente alguns segundos se passaram.

— Tem alguém aí? — chama o estranho. Ele dá um passo na direção da escadaria.

Sem porta entre nós dois, posso ouvi-lo claramente. Minha respiração se enrosca na garganta e emperra ali como se fosse uma espinha de peixe errante, e sinto a bile subir do meu estômago para encontrá-la. Quinze anos não alteraram essa voz em nada. Agora sei onde a ouvi. Em ordens baixinhas, quase abafadas, enquanto enrolava meu corpo mole em um lençol. Lampejos de vermelho que entendi errado como meu sangue, mas não, lembro agora que perdi a maior parte do meu sangue no chão. O vermelho ficou comigo, contudo, além do timbre dessa voz que ordenou o descarte do meu corpo.

O tecido do meu sudário e a voz deste homem.

Tenho uma sensação agora que me arranca o ar do peito, uma sensação de que meu passado não veio só dar uma olhadinha. Ele me achou. Então não é coincidência que, agora que a garota sumiu, é justamente este homem quem aparece fazendo perguntas. Que, de qualquer que seja a gravação granulada que a WIN Security tem da minha invasão, é justamente este homem quem me reconhece. E sei que, onde quer que ele esteja, o outro não estará muito atrás. O outro com suas mãos suaves e manicuradas que me empurraram contra uma cama, me arrastaram por um chão de madeira e me puxaram para a floresta.

E não consigo conter a risadinha sem humor que se esgueira de mim nessa hora. Que por pouco não seguro na garganta para que não escape pelos lábios. Porque talvez Everett Walsh não estivesse tão errado ao perguntar sobre o pai biológico de Bonnie. Talvez eu não devesse ter descartado tão depressa essa possibilidade. Talvez tudo isto esteja conectado de algum modo e só agora estou começando a ver.

Ouço outro par de passos se aproximar.

— Pode deixar que abro a porta para você — diz Seb.

O estranho hesita.

— Obrigado — diz ele por fim. Ouço a porta fechar atrás deles dois e espero no mesmo lugar por dez minutos, com as chaves da minha vida enfiadas entre meus dedos e o chaveiro umedecido de suor na minha palma.

20

Posso sentir Whisper me encarando e sei em que deve estar pensando. Ela está se perguntando por que sua fornecedora pessoal de comida está sentada no escuro com quatro tubos de analgésicos diante dela, com as tampas abertas. São analgésicos básicos, que ficam sobre o balcão da farmácia, nada parecido com fentanil ou Percocet, apesar de que eu conseguiria esses se realmente quisesse. Numa quantidade enorme, as coisas que ficam sobre o balcão da farmácia serão suficientes.

É quase meia-noite e meu celular está em algum lugar pela sala, onde joguei depois de ter passado pelas imagens do laptop da WIN Security. A ausência de três nomes na lista de clientes deles confirma o que comecei a suspeitar. Sem Bonnie, sem Lynn nem Everett Walsh. Seja lá o que esteja acontecendo aqui, que esteja acontecendo com Bonnie, saiu do controle. De tal modo que a vigilância feita pela WIN na casa dos Walsh é oficialmente não sancionada, mas não oficialmente presente.

Estou tentada a pegar os tubos, mas algo me impede. Ainda.

Você sabe o que é transtorno de estresse pós-traumático? Não a expressão usada casualmente na televisão, mas a realidade de fato? Transtorno de estresse pós-traumático não é reservado a soldados que vivenciam turbulência emocional por causa do que viram em combate. É quando uma pessoa vive algo tão perturbador para a mente que ela não consegue absorver o que aconteceu. Você sabe quando sente que uma parte da experiência humana saiu dos trilhos. Uma parte de você reconhece isso.

No período em que estive alistada, que, admito, não foi muito longo, não vi nada que poderia se comparar ao que aconteceu depois que saí. Não sei como explicar o horror de acordar após uma longa noite de sono cheia de pesadelos e saber que tinha uma criança crescendo no seu ventre, um lembrete de que às vezes os pesadelos também acontecem quando se está acordada. Uma barriga imensa, distendida, como evidência de que algo lhe aconteceu muitos meses antes, mas você não consegue se recordar do quê nem do quando, apesar de o como ser bem óbvio e você ter visões nebulosas do quem. Não sabe o restante, mas ali, enraizando-se dentro de você, está a prova de que algo horrível, algo para o qual não disse sim, de fato aconteceu. E você vasculha desesperada suas memórias, torcendo para encontrar qualquer coisa que traga alguma luz. Mas só não consegue se lembrar. Tudo o que deseja é que a evidência deslize tranquilamente pela noite, e está disposta a se deixar ir junto com ela.

Mas a evidência não desliza, tampouco faz isso tranquilamente. Ela corre, disparando uma sequência de eventos que me trazem aqui hoje. No limite.

Whisper se ergue de sua vigília do outro lado da sala e vem devagar até mim. Ao passar pela mesa, seu rabo toca os tubos e os comprimidos se espalham pelo chão. Apesar de parecer um erro inocente, não tem como ser acidente. Porque eu a conheço. Porque ela é o único anjo da guarda que já tive. A cachorra fez isso de propósito e, mesmo se eu permitisse dizer que seu coração está bem-intencionado, ao contrário de sua falta de vontade de encontrar um novo fornecedor de comida, ela pagou para ver. Não vou catar comprimidos do chão. Não estou tão no fundo do poço assim.

Recupero meu celular, felizmente intacto, do outro lado da sala e ouço antigas mensagens. Aquelas que fingi não existirem, mas que também não consigo apagar.

Sinto que estou vendo um fantasma do meu passado, mas não esta noite. Envio uma mensagem de texto. A resposta vem quase imediatamente, como de alguma forma eu sabia que viria. *Amanhã.*

21

Na tarde do dia seguinte, aguardo meu fantasma no prédio mais lindo da cidade. Elíptico do lado de fora e construído para parecer o Coliseu romano, a Biblioteca Pública de Vancouver tem nove andares e faz parte de um complexo que domina um quarteirão inteiro. Duas portas em cada ponta conduzem a uma calçada coberta onde de um lado se vê a biblioteca envidraçada e, do outro, lojinhas e um edifício comercial anexo.

Estou no sexto andar, onde assisto aos pássaros que ficam presos neste casulo de vidro bonito passarem em busca da saída. À minha frente, logo acima das lojas cobertas, olho para os banners de arte e sinto, como de costume, uma profunda reverência. Em cada banner há uma mão estendida, cada uma em uma posição ligeiramente diferente da outra, mas todas num gesto de boas-vindas.

Porque gosto da vista, não me importo de esperar uma hora e meia até enfim aceitar que levei um bolo. É quando sei que tem algo errado mesmo. E quando isso fica claro para mim, vejo um homem magro e musculoso abrindo caminho por entre um grupo de excursão em direção à entrada da biblioteca. Ele não combina com os outros visitantes, com seus pesados casacos impermeáveis e expressões diligentes. Porque ele não está dentro de um carro nem está mastigando um lanche saudável, não reconheço imediatamente o não policial do lado de fora da casa de Kerrisdale. Ele para no meio do pátio e olha para cima. Seus olhos encontram os meus, brevemente, mas o tempo é suficiente para eu registrar um piscar de reconhecimento em seu rosto. Pode ser que ele se lembre de mim andando pela casa de Bonnie, ou talvez de imagens de segurança da WIN. Ou talvez seja simplesmente a intensidade com que o estou encarando. Não paro para pensar muito, porque agora estou me movendo depressa pelas estantes.

Tomar o elevador seria idiotice, pois me deixaria à mercê de quem quer que estivesse do outro lado quando as portas se abrissem, por isso pego a escada rolante central e desço para o quarto andar, que ainda tem áreas em reforma da grande ação centralizada que a biblioteca está fazendo.

Eu me agacho entre dois carrinhos de livros a serem devolvidos a suas estantes. Descobri que surpresa é o fator mais importante ao se lidar com um agressor, especialmente se ele for maior que você. Surpresa e uma estratégia ofensiva que usa meu centro de gravidade baixo para subverter o dele, que é mais alto. Uma pessoa menor nunca pode jogar o elemento surpresa rápido e de qualquer jeito. Esse tipo de atitude "deixa acontecer" pode te deixar pelada e inconsciente em uma floresta em algum lugar.

Ouço passos se aproximando e, sentindo sua localização sem vê-lo, lanço um carrinho desgovernado na direção do som. O não policial tenta desviar, mas o carrinho bate em sua canela e ele cai no chão com um grunhido. Empurro uma fila de prateleiras, mas ela não se move. Está aparafusada ao chão, porque esta é uma biblioteca grande e importante que não deixa nada ao acaso, nem mesmo mobiliários desprotegidos. Xingo baixinho e pego outro carrinho, que uso tanto como escudo quanto como arma para correr direto até ele. Ele puxa as pernas contra o peito para sair do caminho, e seus olhos estão arregalados de um jeito cômico, como em um desenho animado. E, como em um desenho animado, ouço um *crac* horrível quando o carrinho se choca contra ele, mas não tenho interesse em parar para ver o resultado.

Um segurança de meia-idade está subindo a escada rolante de dois em dois degraus com seus joelhos estalando.

— Tem um homem ali... Acho que ele está causando problemas — digo, ofegando e apontando na direção do agente caído da WIN Security. Posso ouvi-lo gritar ao telefone, me descrevendo. Para minha sorte, a audição do velho guarda não está tão apurada quanto a minha. — Ele tentou assediar uma mulher e ela o atropelou com um carrinho. — Não tem sentido mencionar que a tal mulher sou eu. De novo, não paro para ver o que acontece. Sigo até a escada rolante para descer e torço para que uma discussão com o segurança me dê um tempo a mais para sair do prédio.

Na entrada da biblioteca, noto um homem elegante com um andar atlético marchando pela praça norte direto na minha direção. Não pode ser coincidência, não quando o não policial está, presume-se, ainda no quarto andar. Este epítome de uma matrícula bem aproveitada numa academia ainda não me viu. Passo depressa pelas portas sul, mas há ainda outro modelo masculino fitness avançando pela rua Howe e entrando na praça sul, e um amigo dos esteroides se aproximando pelo outro lado. Estou presa em todas as direções exceto para cima, por isso subo uma escadaria à minha esquerda, na direção do prédio de escritórios anexo ao complexo.

Eles soltam um grito quando me veem.

Posso ouvi-los atrás de mim, cada vez mais perto. Eles estão em melhor forma, têm pernas mais longas, e estão nos meus calcanhares assim que chego ao próximo andar. Abro caminho pela multidão pela passarela até o prédio comercial. O não policial que eu vi no pátio da biblioteca está vindo na minha direção por esse sentido. Fico pressionada entre os dois que estão me alcançando por trás e este que vem pela frente, e não tenho para onde ir senão para baixo. Solto meu cinto dos passadores da calça. Não é muito, mas é tudo o que tenho.

— Não fique com medo. Só queremos conversar — diz o não policial que vem pela frente com um tom doce, como se estivesse falando com um cãozinho malcriado. Seus olhos relanceiam para os outros dois que se aproximam atrás de mim. Eles se movem com cautela, caso eu tenha alguma coisa escondida além do cinto.

— Você está totalmente a salvo conosco — emenda aquele imediatamente atrás de mim, numa voz nada convincente que se estica por cerca de três decibéis.

— Só venha com a gente quietinha e não vamos reportar a sua invasão à polícia — rosna o homem em esteroides.

Pensam que nasci ontem?

Todos estão mentindo.

Felizmente, nenhum deles pertence à voz que ouvi no escritório. Não acho que seria capaz de lidar com isso. Estreito meus olhos para o que está à minha frente. "Não fique com medo", ele disse. Mas essa é a pior coisa que se pode dizer numa situação como esta. Medo é nosso sistema de alerta. É o que nos mantém vivos. Ele deveria ter dito "Fique com bastante medo, você está em desvantagem". Eu teria respeitado isso.

Havia uma mulher nos Estados Unidos que tinha danificado a parte do medo de seu cérebro e por isso vivia experiências constantes de quase morte. Ela não sabia identificar situações perigosas porque tinha se tornado inerentemente destemida. Sua vida estava sempre em risco. Medo, apesar do que parecem pensar vários gurus de autoajuda, é uma resposta perfeitamente saudável. E neste momento, uma bem necessária. Minhas costas ficam tensas e meus ombros se arqueiam. Mesmo que eu não me lembre da violência que meu corpo sofreu, ele se lembra. E está me protegendo, porque fiz isso muito mal no passado. A violência está ausente na minha mente, exceto por alguns fragmentos de memória que vêm à noite quando relaxo e fecho os olhos, mas meu corpo nunca se esquece. Ele segue vigilante, pronto para se proteger ou correr a qualquer sinal de perigo. Ele não confia em meu julgamento. Então não sou totalmente culpada pelo que acontece depois. Parte disso é apenas meu corpo pesando as opções e decidindo que tipo de dor preferiria.

Agora, todo mundo sentado encostado ao vidro da biblioteca do outro lado nos encara boquiaberto. A arquitetura visualmente aberta do edifício levou diversos usuários da biblioteca a acreditarem que ocorrerá um espetáculo ali. Eles pegam seus celulares para gravar e poder compartilhar com os amigos. Os não policiais estão tão desconfortáveis com isso quanto eu. O segurança postado na entrada da biblioteca lá embaixo no chão está tão chocado quanto os demais. Não vai demorar muitos segundos até ele se sentir compelido a pegar o próprio celular.

No banner de arte pendurado na parede, há uma mão estendida retratada em lindos tons de vermelho, amarelo e preto. Um símbolo não apenas de boas-vindas como também de reconciliação. Esse gesto é imitado pelo homem à minha frente, cuja expressão amena se retorceu em fúria conforme tenta me alcançar com um movimento tão oposto a um reconciliatório que é quase obsceno.

— Você não tem mais para onde ir, querida.

Acho que é o "querida" que me tira do sério.

Ouço um arfar coletivo dos usuários da biblioteca quando passo meu cinto pela grade e pulo para o vão. O não policial mais perto de mim agarra meu casaco, mas sua pegada é tênue demais e escapo de seus dedos. O cinto não me ajuda a descer muito, mas é o suficiente para, com dificuldade, agarrar uma ponta do banner com minha mão enluvada durante a descida. Solto o cinto que segurava com a outra mão e ouço um barulho de tecido rasgando quando o banner é arrancado de seus pontos de sustentação no topo; a queda dele é também a minha. Eu estava mirando para o pátio abaixo, mas o chão se aproxima tão depressa que não solto do banner a tempo. Em vez disso, balanço até a parede, e agora somente a parte de baixo do banner permanece presa, mas é o suficiente para eu deslizar pela extensão dele enquanto vou balançando na direção do segundo andar e executo um rolamento ao atingir o chão.

— Droga! — grita alguém de cima.

Os não policiais acima não ousam seguir minha rota; suas articulações são preciosas demais para tal feito. Meu tornozelo cede sob meu peso enquanto corro para a escadaria da praça norte, contudo, ainda não sinto dor. Sei que ela virá, mas não até que a adrenalina tenha se esvaído. Essa acrobacia me deu uma ligeira vantagem, mas eles estão em melhor forma e vão me alcançar a menos que eu acelere.

Mais ordens são vociferadas quando os não policiais se apressam para a saída de emergência, mas, mesmo mancando por causa do tornozelo torcido, assim que eu estiver nas ruas da cidade, posso desaparecer como se nunca tivesse entrado na biblioteca. Nas ruas, tenho a vantagem. Conheço as pistas e os becos, os recantos escuros e as passagens secretas. Dormi nessas ruas e andei nelas a todas as horas do dia e da noite. No claro e no escuro. Nada me assusta mais aqui, porque este é o meu domínio. Sou transparente, como a água da chuva que cai sobre nós agora em uma névoa fina, e assim me derreto no pavimento úmido e no fluxo da cidade, mantendo-me próxima das poças sujas e do fedor de lixo humano: os lugares aonde ninguém cogita ir.

22

SENTO-ME EM UM BECO na parte de trás do escritório da rua Hastings, perto de uma lixeira, até escurecer. Mais cedo, numa loja de conveniências no fim da rua, comprei sacos de lixo, um jornal e faixas elásticas. Depois de enfaixar meu tornozelo, uso os sacos plásticos como barreira entre o chão e mim, e amasso as folhas do jornal. Esses papéis embolados vão para dentro das minhas roupas e servem como isolamento térmico.

A chuva está implacável hoje, mas de alguma forma parece que sempre foi assim. Estou de mau humor, por isso penso na minha irmã.

Não me recordo exatamente de quantos anos eu tinha quando percebi que Lorelei e eu não éramos iguais. Que jamais seríamos. Mesma mãe e mesmo pai (acho). Aproximadamente o mesmo material genético. Porém, ao longo de nossas vidas, o sol brilhava sobre ela enquanto uma nuvem de chuva parecia flutuar sobre mim. Aonde quer que eu fosse, as pessoas se afastariam para evitar se encharcarem, enquanto com ela acontecia o exato oposto: elas se aproximariam e ela brilharia ainda mais. Mas eu? Ainda hoje minha nuvem não me dá um descanso. Ela me segue aonde quer que eu vá, e comecei a esperá-la, até mesmo a desfrutar do toque úmido do ar contra meu rosto. Quando não há chuva, há neve. Sou uma precursora da precipitação. Mas o céu não está chorando por mim; é apenas um lembrete de que não devo ficar muito confortável. De que uma nuvem escura acima está aguardando seu tempo, enviando alguns esguichos para baixo de vez em quando para me informar que continua lá. Para que eu esteja pronta.

Olho para a parte de trás do prédio. Meu corpo está todo molhado, mesmo com o isolamento de jornal, e meu tornozelo direito está queimando. O mesmo mendigo para quem dei uma barra de cereal antes vagueia nas proximidades, catando no lixo.

— Tem mais daquelas barrinhas, querida?

Que história é essa de "querida" hoje? Porque seu tom não é condescendente, procuro no bolso e lhe entrego outro pacotinho. Ele o abre na minha frente e parte a barra ao meio, devolvendo um pedaço para mim. Com um toque em seu chapéu encardido, ele vai embora com passos vacilantes, e eu fico com meia barrinha de cereal encharcada na mão, me perguntando quanto tempo faz desde que alguém de fato olhou para mim e pensou em "querer".

A chuva engrossa e não posso esperar mais sob este dilúvio repentino. Whisper já deve estar acordada a esta hora, pensando em urinar do lado de fora. Passo pela porta dos fundos e estou quase indo direto para o porão quando alguma coisa, não sei bem o quê, me faz virar para o corredor principal. A porta do escritório está fechada, mas uma luz sai dali de dentro, visível pela fresta sob a porta. Ninguém além de mim costuma ficar até tão tarde no escritório, e isso só acontece porque eu moro no porão do prédio.

Lá dentro, encontro Seb bebendo — num bom ritmo — da garrafa de uísque que ele guarda na última gaveta de sua mesa. Estava cheia da última vez que conferi, e agora está quase pela metade. Ele me encara quando entro, seus olhos vermelhos por trás dos óculos. Vejo meu nome rabiscado num envelope de papel-manilha sobre a mesa.

Ele não comenta sobre o fato de eu estar mancando com minha perna direita ou estar pingando no chão e ter chumaços de sacos de lixos e bolas de papel-jornal enfiadas debaixo do braço.

— Sente-se, Nora.

Apesar de ele não ter dito isso alto nem com vigor, sei que não está para brincadeiras. Normalmente fico ofendida com esse tom de voz, mas devo uma a Seb, e ele sabe. Então me sento enquanto ele se recosta à cadeira e tenta organizar as ideias. Empurra a garrafa de uísque para mim, e por um segundo meus dedos vão na direção dela antes que eu me lembre de que essa é a minha maior fraqueza e que, por causa de Whisper e da garota, não posso me dar ao luxo de ceder. Nem um pouquinho. Nem uma vez. Meus dedos se recolhem e encontram seu caminho até o braço da cadeira, onde enfio minhas unhas na madeira e depois passo a ponta dos dedos pelas marcas que ficaram.

Seb devolve a garrafa à gaveta e assim consigo respirar fundo de novo. Percebo que ele acabou de me testar, e mais uma vez fico admirada com sua esperteza. Nunca admiti a ele que sou alcoólatra, mas de algum modo deve ter descoberto.

— Nos conhecemos há bastante tempo — começa Seb. Esta é sua técnica padrão de interrogatório. Começa com alguma coisa irrefutável, de preferência leve. Deixa a outra pessoa confortável.

Confirmo com a cabeça sem dizer nada em resposta.

— Nunca perguntei onde Mike Starling, do *Post*, conseguiu seu nome. Ele só disse que conhecia alguém que poderia me ajudar com aquele texto que eu estava escrevendo sobre Rebecca Pruitt. Você lembra?

Depois da segunda recaída e antes da terceira. Sim, eu lembro, provavelmente melhor do que ele.

— Os ataques às profissionais do sexo em East Van — respondo.

Ele sorri. Tem um calor genuíno aí, um calor que nem sempre senti merecer.

— Você fez um excelente trabalho para mim com aquelas entrevistas.

Não digo nada. Ele não teria me contratado depois se não tivesse sido assim.

— Eu não lhe teria dado um trabalho depois se Starling não tivesse te defendido.

Oh.

— Dito isso, nunca me arrependi dessa decisão.

E aquele sorriso de novo.

— Então Starling atravessa o oceano, se torna um correspondente internacional, e não recebo notícias dele por anos. Semana passada, ele me liga do nada procurando você. Ele não quer vir ao escritório, reclamando que está sendo seguido. Eu dou seu número a ele, então... — Seb pausa aqui e seu comportamento amigável se torna frio. — Ele desaparece. Sabe de alguma coisa a respeito disso?

Hesito. Isto não é uma questão de confiança. Se alguém tem minha confiança, é este homem. É uma questão de envolvê-lo numa história que não compreendo totalmente e que pode, a julgar pelo que aconteceu na biblioteca há apenas algumas horas, colocar ele e Leo em perigo.

— Ele queria se encontrar comigo, mas não apareceu.

— Por que ele queria se encontrar com você?

— Não sei.

— Por que você invadiu a WIN Security? O que estava procurando lá?

— Ainda não tenho certeza.

— O que é isto? — Ele me entrega o envelope. Vejo que foi aberto. Há uma única chave ali dentro.

Encaro a chave, perplexa.

— Quem mandou?

— Starling — responde ele logo que eu chego a essa conclusão. — Quando trabalhamos juntos, vi suas anotações o suficiente para reconhecer a caligrafia. O que esta chave abre, Nora?

— Não sei. Nunca a tinha visto antes.

— Parece haver muita coisa que você não sabe ultimamente — diz ele, com uma frieza na voz que só ouvi em suas conversas com Melissa. De uma hora para outra, sou relegada ao nível ex-esposa no espectro encheção de saco. Ele tira os óculos e os limpa com a barra da camisa. Por um momento, ficamos ali sentados no escritório e fitamos as placas dos três prêmios da Associação Canadense de Jornalistas, orgulhosamente dispostas próximas ao diploma da Universidade de Queen e ao certificado de conclusão do curso de pâtisserie francesa, nível um, de uma escola de culinária em Montreal.

Ele passa os dedos pelo cabelo escuro e me olha por cima dos óculos.

— Meu trabalho é muito importante para mim — diz ele, por fim. — Por muito tempo, foi a única coisa que eu tinha de verdade neste mundo, que eu podia chamar de minha. A única coisa que me fazia feliz.

Com a internet, todo mundo se diz jornalista. Todo mundo tem acesso à câmera no celular. As antigas instituições de notícias estão desmoronando porque ninguém mais quer pagar pela informação se podem consegui-la de graça. Mas existe uma arte para a reportagem dedicada, para a pesquisa necessária para se ter a visão completa. Seb é um artista no modo como processa a informação, em como a retransmite aos outros. O que há de sensacionalista em sua obra chega ali naturalmente e tem mérito próprio. A ética de trabalho dele é o que o manteve empregado e respeitado. E, aparentemente, agora sou uma suscetibilidade à sua excelente reputação.

— Uma pesquisadora associada que está invadindo lugares e mentindo sobre onde está e o que está fazendo... Não sei o que pensar. Se tivesse ao menos me contado... — Sua fala vai morrendo, e ele me encara com uma súplica desesperada nos olhos. Com um filho que ele só vê nos fins de semana, um casamento acabado e um amante que não entende muito bem, Seb é um homem que gosta de examinar um assunto até deixá-lo nu, com os ossos expostos, perdendo-se nas minúcias de pesquisa que enlouqueceria a maioria dos acadêmicos. Ele está lidando aqui com algo fora de sua zona de conforto.

— Vou embora — digo depois de um momento de silêncio. Boto a chave no bolso.

— Não, não foi isso o que quis dizer. Estou tentando... O que diabos está acontecendo aqui, Nora?

Balanço a cabeça.

— Não sei. — É a verdade, mas não a que ele quer ouvir.

— Você pode confiar em mim.

— Sei disso — sussurro. — Mas você não tem como me ajudar nesta.

A voz de Seb me faz parar antes de eu ter atravessado a soleira da porta.

— Liguei para meu antigo editor. Faz uma semana que ninguém vê nem fala com Mike Starling. Ele deveria ter ido a uma reunião hoje, mas não apareceu. Aconteceu alguma coisa com ele? O que você sabe do desaparecimento dele?

— Nada.

— Nora, se o jornal não tiver notícias dele até amanhã, vai reportar como uma pessoa desaparecida. E, se a polícia vier até mim, terei de contar que ele estava procurando você.

Eu me viro para ir embora. Ele não diz nada para me fazer ficar, e saio devagar com meu tornozelo machucado, como uma amante desprezada que espera ser chamada de volta para braços abertos. Por um instante, fico triste, fico brava, porque esta nunca foi minha história.

Estou no porão, acariciando os pelos de Whisper, quando recebo uma mensagem no celular com um endereço. Ainda que talvez não aprove o que estou fazendo, ou o sigilo com que estou fazendo isso, Seb decidiu me dar uma chance de acertar as coisas. No que diz respeito a chefes, ele deve ser o melhor que alguém poderia esperar ter.

— Venha — digo para Whisper. — Temos trabalho a fazer.

O Corolla não dá a partida, mas o lugar para onde vamos não é tão longe. Só cerca de uma hora e meia a pé. Andamos sob a chuva, Whisper feliz em poder esticar as pernas, completamente tranquila em relação a este clima e a estas ruas.

23

NÃO TENHO INVEJA DE jornalistas investigativos. Eles têm que empregar seus próprios detectores de mentiras, com graus variados de sucesso. Se tiverem sorte, descobrem algum tipo de esquema gigante e recebem prêmios e louvores e, eventualmente, começam a escrever o livro oficial sobre como *isto* realmente aconteceu ou como *aquilo* acabou vindo abaixo. Eles se colocam no papel de observador imparcial com nervos de aço e ética impressionante. São defensores da justiça e, quer venha o inferno ou a inundação, vão lhe entregar a verdade, porque, para eles, a verdade é primordial. Para outros, nem tanto. É uma carreira excitante, pois, mesmo que não ganhem muito dinheiro, os jornalistas investigativos trabalham duro e parecem ocupados e importantes. Se forem azarados, são alcoólatras que passaram por três divórcios e sofrem de transtorno de estresse pós-traumático depois de relatar as linhas de frente da guerra, assombrados pelas histórias que vieram à luz por causa de fontes singulares.

Este jornalista em particular está numa pior. Para um repórter determinado e fumante inveterado, ser relegado a artigos de interesse humano sobre mulheres é insultante. Quando penso que ele está fazendo uma cobertura extensa da minha história, fico envergonhada. Ele deve ter ficado arrasado quando recebeu a tarefa.

No endereço do apartamento que Seb me enviou por mensagem de texto, enfio a chave do envelope na fechadura. Não entra, mas não importa, pois a porta está destrancada. Alguém esteve aqui antes de mim, deixando marcas de terra na soleira e pela sala. Bom. A terra das patas de Whisper vão combinar certinho, mas paramos logo ao entrar, de qualquer forma. Alguma coisa aqui não está muito certa. Não sinto outra pessoa, outra presença, mas há uma inquietação. Tento escutar algum som estranho, mas não há nada fora do comum. Whisper vai à minha frente, seguindo o cheiro. Ela desaparece banheiro adentro. Naturalmente.

Olho pelo apartamento de Mike Starling, com caixas de histórias e arquivos antigos empilhadas ao acaso em cada canto disponível, e fica claro que ele não desistiu de seus fantasmas. Ele os deixou entrar em sua casa, e agora eles assombram seus espaços íntimos. Há pratos empilhados na pia e o lixo está transbordando de embalagens de comida para viagem. O leite está vencido há pelo menos uma semana. Há lembretes presos à geladeira de compromissos e reuniões. Dois compromissos para esta semana: um com um quiroprático e o outro com seu advogado para assinar os papéis do divórcio. Em cima do último, ele rabiscou: *Para Amy... Onde diabos está o edredom rosa-choque?*

Prossigo. Uma olhada superficial pelos arquivos revela uma obsessão com a corrupção no mercado imobiliário, com a corrupção na prática médica, com a corrupção nas maquinações políticas das indústrias de extração. Suas anotações são categorizadas por data e enchem dezenas de cadernos e blocos espalhados pela casa.

Afasto-me dos arquivos, fico de costas para a porta e olho para a sala. Não há nenhum quadro nas paredes, nenhum móvel exceto um aparador embaixo da televisão fixada à parede, uma escrivaninha onde deveria haver uma mesa de jantar, e um sofá de couro antigo que provavelmente serve como cama. Há uma sensação de vida vivida aqui, e os cheiros que vêm junto com isso, mas não é nada que alguém chamaria de lar. Paredes desnudas, caixas empilhadas. Um cobertor esfarrapado no sofá. Nada parecido com mobiliário. Um edredom rosa-choque seria uma afronta a esta decoração minimalista.

Whisper aparece ao meu lado. Ela esfrega o nariz contra meu quadril e deixa uma marca molhada de focinho. É só então que percebo que o cheiro no apartamento não é apenas de mofo, lixo e sonhos moribundos. A abertura da porta do banheiro liberou um cheiro na sala que eu estive preocupada demais para notar. Um cheiro podre.

No banheiro, encontro Mike Starling pelado em uma banheira cheia de água sangrenta.

Quando eu costumava viver em abrigos e precisava de uma noite para não dormir com um olho aberto, quando não estava chovendo muito forte, eu ia ao parque Stanley e passava a noite aconchegada no mato ou no pé de uma árvore. Eu conhecia alguns lugares tão escondidos dentro do parque que me sentia relativamente segura. Mais segura do que em um abrigo, pelo menos. Certa vez, encontrei um homem vestido com trapos aninhado entre um arbusto e uma raiz de árvore. Seu rosto tinha uma expressão tão pacífica que eu soube imediatamente que estava morto, porque não dorme em parque quem é do tipo que tem sonhos agradáveis, felizes. Os olhos dele estavam fechados e seus músculos faciais relaxavam em repouso. Havia uma garrafa meio vazia de Johnnie Walker ao lado dele, então soube que ele tinha seguido o caminho que queria. Peguei o JW antes de abandoná-lo lá — não sou nenhum anjo —, mas tropeçar em um corpo morto como aquele no bosque não foi tão horrível quanto se poderia pensar. Além disso, eu tinha meia garrafa para me ajudar a superar o trauma. Quem quer que fosse aquele homem, morreu aquecido de dentro para fora na companhia de sua amada.

Mike Starling é uma história diferente. Ele não morreu bem. Apesar de parecer fácil cortar os pulsos e sangrar em uma banheira de água, o rompimento da pele, o corte da artéria ulnar, é uma decisão que, não importa o quanto analiso em minha mente, não parece que ele tomaria. Se ele fosse cometer suicídio, seria com pílulas em sua mesa ou uma arma na boca.

Seus olhos estão bem abertos e me encaram enquanto fico parada dentro do banheiro. Não sou perito forense e não assisti a procedimentos de crime suficientes na televisão para adivinhar com qualquer precisão há quanto ao tempo ele está ali; mas, se tivesse que chutar, diria que em algum ponto entre nossa troca de mensagens para marcar o encontro na biblioteca e o momento em que aqueles não policiais apareceram no lugar dele.

Whisper e eu nos retiramos do banheiro, do apartamento. Uma vez longe o suficiente do fedor da morte, encontro um banco para sentar enquanto organizo as informações. Meu tornozelo torcido me agradece pelo descanso, mas não vai durar muito. Pego o telefone e faço uma busca de guarda-móveis na área. O mais próximo fica a quatro quarteirões de distância deste edifício residencial e é um local de acesso 24 horas.

No caminho para lá, Whisper vê um vira-lata vagabundo na rua em um estacionamento vazio. Ela solta a coleira da minha mão com um puxão rápido e corre para encontrá-lo. Eles se cercam com cautela. Não grito para ela voltar, porque ela sabe muito bem que está fazendo algo errado e porque não quero chamar atenção para nós. Não demora muito para o outro cão entrar na onda dela e, antes de eu alcançá-los, ele monta nela e a encoxa por vários momentos exuberantes. Acaba tão rápido quanto começou, e ela retorna para mim com a cauda entre as pernas e a cabeça baixa. Eu não a puno, no entanto, porque todos nós lidamos com a vida como podemos. Apenas bato a sujeira da ponta da coleira e a seguro mais forte para evitar outro episódio. Ainda temos muito a fazer esta noite.

24

— Com licença, senhora — diz o jovem segurança. Estamos parados do lado de fora do guarda-móveis e ele está a alguns poucos metros de distância, mirando uma lanterna nos meus olhos. — Você não deveria, hm, estar fazendo isso.

Whisper sai das sombras e rosna quando o segurança se aproxima. Ela está se sentindo culpada pelo que fez mais cedo com o vira-lata vagabundo no estacionamento e está tentando compensar sendo especialmente protetora. Quando o segurança a vê, reduz o passo e para a uma distância segura. Desisto de tentar enfiar a chave do envelope na fechadura da unidade do guarda-móveis externa do primeiro andar do prédio e ponho uma mão tranquilizadora nas costas de Whisper. Esta é a quarta unidade que tento, na esperança de que o segurança na guarita da frente do prédio estivesse tirando uma soneca. Parece que não.

Decido ser franca.

— Estou procurando por uma unidade registrada no nome de Starling. Mike Starling.

O segurança olha para Whisper. A mão que não está segurando a lanterna se move inconscientemente para proteger a virilha.

— Não podemos dar esse tipo de informação. Você é... hm... o contato de emergência dele?

Talvez esta seja sua primeira semana no trabalho ou talvez Whisper o tenha deixado atrapalhado, mas o jovem e adorável segurança só quer ajudar. É revigorante, mas bobo. Ele me deu o que eu preciso sem nem perceber.

— Amy Starling? — falo, torcendo para que ele não perceba que eu não disse que sou Amy Starling. Tenho um limite de mentiras diretas que sou capaz de suportar. Mas, se quero acessar este guarda-móveis, preciso fazer sacrifícios. Uma garota está desaparecida e um jornalista está morto. Ambos estão ligados a mim. Essas duas coisas não podem ser coincidência.

O segurança tira do bolso um pequeno tablet fino e navega pela tela.

— Oh, sim. Aqui está você, sra. Starling. A gente precisa pegar seu documento, mas... — Ele dá uma olhada para Whisper. — Talvez você possa passar ali na guarita antes de ir embora, aí pode deixar o cachorro no portão. Então tiro uma cópia do seu documento.

— Boa ideia. — Minha voz tem uma alegria falsa tão evidente que estou certa de que ele percebe que tem algo errado... Mas ele não parece notar. Está ocupado demais vigiando Whisper, que, de sua parte, está ocupada o vigiando.

— A unidade que procura é a 108, sra. Starling. É por ali. — Ele aponta para uma unidade do outro lado do lugar, bem mais longe da guarita, depois olha para Whisper. — Você consegue chegar lá sozinha?

— Sim — respondo. Meu rosto se contorce num sorriso luminoso. Maldita alegria. Maldita seja. Não tem nada de alegre em invadir um guarda-móveis no meio da noite. Não tenho motivo para sorrir por levantar suspeitas tentando acessar a unidade de armazenamento de um homem assassinado antes que seu corpo seja encontrado. Se eu for pega, como vou explicar?

— Ótimo — diz o jovem segurança, claramente aliviado de aumentar a distância entre nós. — Não se esqueça de passar na guarita depois.

Whisper relaxa e trota ao meu lado enquanto sigo para a unidade 108. A chave entra perfeitamente na fechadura. Abro a porta e acendo a luz.

Assim como seu apartamento, a unidade de Starling tem caixas e mais caixas de arquivos, mas, em vez de pilhas espalhadas ao acaso, os arquivos estão empilhados certinhos e parecem organizados por data e por tópico de pesquisa da reportagem. Há uma escrivaninha com uma luminária de mesa plugada na única tomada do guarda-móveis, junto com um aquecedor de ambiente. Sobre a escrivaninha estão um laptop e um modem portátil. Então é aqui onde ele estava trabalhando em seus projetos pessoais.

Antes de começar, Whisper e eu dividimos uma garrafa de água, primeiro eu por causa da baba dela. Me sento à escrivaninha de Starling e, tomando o cuidado de manter as mãos enluvadas, uso o laptop. As pesquisas mais recentes não foram sobre corrupção. Ele estava investigando transplante de medula óssea. Um pouco de pesquisa particular sobre células-tronco embrionárias. Os poderes curativos de tratamentos com células-tronco. Me pergunto se Starling estava doente e precisava de um transplante. Se sim, um divórcio poderia tê-lo feito passar do limite. Mas não foi doença que o matou. Tenho quase certeza. Ainda que o colocar numa banheira e cortar seus pulsos tenha sido uma ideia inteligente, não vai esconder o fato de que ele foi assassinado. Na minha mente, ouço a mensagem de voz que ele deixou no meu celular e sei que não estou enganada. Um medo real transparecia ali.

Prossigo com a busca. Depois de uma hora e pouco, acho o pote de ouro.

Levo um tempo, mas agora tenho uma ideia aproximada do que ele estava procurando, só não entendo o porquê. O interesse de Starling em corrupção e propinas de indústrias a políticos parece mirar nas Indústrias Syntamar, uma companhia canadense de mineração. Em sua maior parte, tem operado com discrição na província, raramente vivendo grandes eventos tais como os das empresas petrolíferas. Havia alguns empreendimentos no exterior em parceria com outras companhias, mas mesmo isso parecia não chamar atenção.

A Colúmbia Britânica é um dos lugares mais lindos do mundo. Montanhas e oceanos, lagos e recursos não renováveis. O apelo da costa oeste é maior que a agitação de Vancouver, o principal centro econômico da província. A maior parte do território indígena aqui é terra não cedida, e a maior parte dessa terra apoia ecossistemas inteiros que abrigam e protegem, por uma reviravolta do destino verdadeiramente perversa, esses valiosos recursos. Há anos, Lorelei vem me encorajando a participar com ela dos protestos contra a mineração, mas ela nunca consegue me encontrar quando a data se aproxima. Não que ela tenha tentado com afinco. Starling provavelmente devia ter trombado com ela vez ou outra, e me pergunto se ele tinha ideia de que uma das líderes do movimento ambientalista da província é ninguém menos que minha irmã. Se ele estivesse vivo, teria salivado diante da perspectiva dessa história.

Uma fotografia da diretoria das Indústrias Syntamar de vinte anos atrás está circulada em um recorte de jornal sobre a escrivaninha. Sentada em volta de uma mesa de conferência, a diretoria é composta por homens brancos de formas e tamanhos variados, mas todos com mais de 50 anos e roupas iguais: terno escuro e gravata num tom mais claro. Eles estão sorrindo, suponho que de felicidade por serem ricos e importantes. Na ponta mais distante, seja na cabeça da mesa ou no pé dela, está um homem asiático magro, também com seus 50 anos. Seu semblante é educado, mas inescrutável. Se está ou não satisfeito por ser rico e importante não fica óbvio de imediato. Faço uma pesquisa na internet da imagem da fotografia, mas nenhum resultado ajuda a identificar o homem asiático.

Há um nome escrito na margem do papel velho. Dobro o recorte e guardo-o no meu bolso traseiro.

Além da pesquisa sobre a Syntamar, Starling também puxou detalhes sobre a imigração de Hong Kong para o Canadá nos anos noventa. Algo a respeito disso me chama atenção, mas não encontro muita coisa.

Logo depois das três da manhã, acordo Whisper e vamos embora do guarda-móveis. Tranco a porta ao sair e passo disfarçadamente pela guarita da segurança. Não prendo Whisper do lado de fora e não volto à guarita para conversar com o jovem e gentil segurança. Alguém tem de ensiná-lo a ser mais cuidadoso a respeito da política de acesso às unidades, e parece que esse alguém sou eu.

Não está chovendo quando andamos para casa, porém as ruas ainda estão escorregadias da precipitação anterior. Elas cintilam nos pontos onde as luzes se refletem, então desvanecem para a escuridão. Por um tempo, cantarolo um pouco de Howlin' Wolf, porque estou com humor para isso, mas não avanço muito além de alguns poucos compassos de "Back Door Man". Não importa o quanto eu tente tirar a outra voz da minha cabeça, ela persiste. Está ali desde que vi o jornalista na banheira com os pulsos cortados... Não, quem eu quero enganar? Ela está ali há anos, escondida em algum canto escuro da minha mente, mas repetida sem cessar desde que a ouvi enquanto me acovardava na entrada do escritório. Isso foi ontem? Não sei. Minhas memórias estão particularmente intrusivas esta noite.

Livre-se dela, disse a voz cerca de 15 anos atrás. Ou foram 16? Perdi tantos meses depois do ocorrido que não consigo me lembrar direito.

Alguém do outro lado da sala responde alguma coisa, mas não consegui ouvir bem porque minha cabeça estava coberta.

Estou pouco me lixando. Enrole-a no lençol, não tem necessidade de espalhar ainda mais o sangue dela, seu idiota, e jogue-a numa vala qualquer. Não me importo onde, só precisa ser fora da cidade. E pare de dar a eles essa merda. Alguém vai pegar, mais cedo ou mais tarde. O que seu pai vai dizer se descobrir?

A outra pessoa soava abafada, suplicante, enquanto o homem da voz que assombra meus pesadelos se virou. Passos seguiram pelo corredor. Passos baixinhos e confiantes. Os passos de um homem que sabe que suas ordens de descartar meu corpo serão obedecidas.

E foram. Em uma vala qualquer, fora da cidade, onde ninguém poderia tropeçar em mim.

Mas alguém tropeçou.

Esse alguém foi Mike Starling.

25

Whisper e eu chegamos em casa com a alvorada. Passo uma xícara de café fresquinha porque estou muito agitada para dormir. Minhas mãos tremem. Não me lembro de terem feito isso antes, mas percebo que fazia um bom tempo desde a última vez que vi um corpo violentado. Estou tremendo por causa do que vi esta noite.

Starling está morto.

Seus olhos, bem abertos e cegos, me seguem mesmo aqui. Será que alguém duvidaria da ideia de ele ter cometido suicídio? Divorciado, falido, vivendo numa pocilga, um repórter das antigas num mundo onde a mídia social e a internet transformaram completamente o velho clube do Bolinha de jornalismo. Quem não ficaria tentado em cortar os pulsos? Starling, porém, era miserável e argumentativo demais para se despedir desse jeito. Alguém mais perceberia isso?

Pego meu laptop e começo a pesquisar. Whisper ficou melancólica desde que chegamos em casa e se recusa a me olhar nos olhos. Agora que voltamos à nossa vida no porão, ela deve estar arrependida de seu encontro com o vira-lata abandonado e está se limpando com uma intensidade que beira a obsessão, começando pelas patas dianteiras e seguindo o caminho até a parte traseira. Isso não é incomum para ela e não estou preocupada porque sei que vai passar em alguns dias, então vai se lembrar de que ela é quem manda.

Levo poucos minutos para descobrir que a Syntamar, antes baseada em Vancouver, está extinta. Não tem muito mais informação on-line além do que Starling encontrou. Encontro um artigo sobre a diversificação da empresa nas concessões para mineração, alguns empreendimentos conjuntos no Canadá e minas de terras-raras no Congo, mas nada que aponta por que Starling estava tão interessado no assunto antes de morrer. Seria de se esperar que, se vai deixar mensagens lúgubres no telefone de alguém, a última coisa que pesquisou tem algo a ver com seu senso de perigo.

Faço uma busca do nome escrito no recorte de jornal e descubro que pertence a um professor associado do Centro de Sustentabilidade Ambiental na universidade. Que chique. Encontro-o na página "quem somos" do site da instituição e ligo para o departamento dele. Demora apenas um minuto para a chamada ser transferida. Me envolvo com os braços porque sei que, de novo, terei de ser mais evasiva que o normal. Mas Starling está morto e a garota ainda está desaparecida. Não tenho muita escolha.

— Você trabalha com Sebastian Crow? — diz a voz cálida e masculina ao sermos conectados.

— Sim — respondo. — Eu o ajudo com pesquisa.

(Isso é verdade.)

— E você quer saber alguns detalhes de uma empresa em particular?

— Indústrias Syntamar.

(É verdade também.)

Há uma pausa curta.

— Bem, sim, posso ajudá-la com isso. Qualquer coisa para o sr. Crow. Eu gosto muito do trabalho dele.

É interessante quando alguém conhece determinado jornalista investigativo por sua reputação; é suficiente dizer que ele está familiarizado com o trabalho de Seb. Mas, é claro, este homem vive no mundo acadêmico, onde conhecimento de coisas fora do âmbito público é parte da descrição do seu trabalho.

Combinamos um encontro no campus da universidade amanhã antes das aulas. Estou empolgada com isto, apesar da natureza da visita. Andei por aquele campus muitas vezes. É um mundo à parte, situado dentro de terras de dotação da universidade e perto de algumas das vistas mais caras na cidade. A área elitista é brochante, mas o campus em si é algo especial. Tem uma sensação diferente no ar dali e até mesmo meu coração frígido fica comovido. Juventude. Sede pelo conhecimento. Esperança. Possibilidade. Coisas que mirram e morrem quando o tempo põe as mãos na pessoa.

— Então — diz ele de repente, antes de desligarmos. — O sr. Crow vem também?

— Não. Ele está fora no momento, mas me pediu para entrar em contato. Ele leu seu último artigo na *Science* e achou esclarecedor.

(Uma mentira enorme e vaga. Ao menos estou ficando boa nisso.) *Science* é um dos periódicos mais prestigiosos que existem. O assunto dá para adivinhar.

A adulação funciona e o desarma. Sua voz ganha um tom espesso e gutural de expectativa por um relacionamento profissional — talvez até mesmo pessoal — gratificante com um dos jornalistas mais dedicados do país. Então haveria honorários de orador para cobrar. Entrevistas e painéis de discussão para participar, e ele está bem ciente disso.

— Bem, será um prazer falar com ele quando tiver voltado. Nesse meio-tempo, estou ansioso para conhecê-la, Nora.

Ok, tem algumas coisas que se percebe em jornalistas como Seb se você souber o mínimo sobre eles. A primeira delas é que, mesmo que tenham ajuda nas pesquisas, raramente mandam outra pessoa para conduzir as entrevistas em seu lugar. Eles preferem fazer o trabalho externo pessoalmente. Segundo, somente os mais inescrupulosos da área precisam recorrer à adulação sem-vergonha para conseguir entrar. Terceiro, e talvez o item mais importante da lista, eles sabem guardar rancor.

Ao usar o nome de Seb para fazer esse homem falar, cruzei com firmeza uma linha que não poderei descruzar, com uma das únicas pessoas na minha vida que sempre me deu o benefício da dúvida.

26

Durmo pelo restante do dia e acordo logo quando a noite cai. Já que terei de estar apresentável para minha reunião com o acadêmico, vou lá para cima depois que Seb e Leo já foram para casa. Eles não trocaram as fechaduras, pelo que estou grata. Depois que deixei Seb no escritório aquela noite, tive cautela nas aproximações. Ele não disse que eu não era bem-vinda, mas espera que eu lhe dê respostas que não tenho.

Quando entro na sala, tenho plena consciência da garrafa de uísque que pode ou não estar no escritório de Seb. Solto o ar bem fundo e viro à esquerda, para o escritório de Leo. Um cardigã verde-escuro está pendurado na parte de trás do encosto da cadeira e uma echarpe cinza macia como manteiga se estende do gancho para casacos. Pego os dois itens e, antes de sair, pego também os sapatos de couro que ele deixa perto da porta para usar quando tira as galochas ao chegar da rua.

De volta ao porão, coloco um tubo de aço do tamanho do meu braço perto de mim na cama e, em seguida, rastejo para debaixo das cobertas. Whisper salta e se acomoda aos meus pés. Mesmo que seja uma cama pequena, há espaço para nós duas. Talvez ela perceba que estou assustada ou talvez só queira meu calor. Seja lá o que for, estou feliz por ela estar aqui comigo. Então eu durmo.

Na manhã seguinte, depois de levar Whisper para passear, coloco os sapatos de Leo e visto o cardigã e a echarpe com minha camisa e meus jeans mais limpos. Estou satisfeita com o resultado. Lésbica masculinizada e estudiosa é o que vem à mente, mas isso não é necessariamente uma coisa ruim.

Me despeço de Whisper, que me ignora porque é hora do cochilo, e saio pela porta do porão. As roupas de Leo têm um aroma agradável de sândalo e couro e me dão uma sensação peculiar de que sou outra pessoa, prestes a encontrar um indivíduo respeitável para tomar café. Consigo pegar um ônibus já de saída e me acomodo num assento ao lado da janela. Durante a viagem até a universidade, a fantasia toma o controle, fortalecida pelo bom gosto de Leo em relação a perfumes e sapatos. Há um pouco de trânsito a esta hora do dia, e começou a chover, mas as pessoas ainda estão nas ruas cuidando de suas vidas.

Estou com tanto bom-humor que penso sobre minha juventude, algo raro. Costumo separá-la em Antes e Depois. Estive bêbada na maior parte do tempo do Depois, e não tenho vergonha de admitir que não me lembro de quase nada desse período. Antes, naturalmente, é um lugar especial em que sou tão inocente que as memórias repousam em minhas entranhas como uma bolinha de chumbo, me imobilizando de vergonha. A irmã do meu pai, antes de ficar doente, trabalhava para uma família rica em Winnipeg que tinha uma rede de mercadinhos. Ela atuava como cozinheira e às vezes como babá. Trazia livros antigos para mim e para Lorelei, e eu sempre deixava Lorelei tê-los primeiro, porque sabia que mais cedo ou mais tarde ela me pediria para ler para ela. Algumas das minhas memórias mais queridas são de abrir uma mala de mão e tirar dali itens rejeitados pelas crianças ricas que jamais conheci, mas que de vez em quando conseguia espiar a distância.

Por um tempo, esses livros e brinquedos de segunda mão eram tesouros, até que Lorelei ficou grande o bastante para compreender que eram somente caridade, então não quis mais nada. Concordei com ela à época, mas ainda assim eu lia os livros depois que ela dormia, para evitar discussões. Esses livros velhos com suas costuras soltas e páginas manchadas eram os melhores que tínhamos. Bem, os melhores que eu tinha. Lorelei sempre esperava mais para si e, com sua absoluta força de vontade e boa aparência, conseguiu conquistar o que queria.

O ônibus desliza pelas ruas bem-cuidadas na direção da universidade. A fantasia de ser outra pessoa evapora quando desembarco do veículo e fico de pé no pavimento para pegar minhas coisas. É importante acertar minha história. Entro na cafeteria em que combinamos de nos encontrar, um lugar que também funciona como galeria de arte. A arte nas paredes consiste principalmente de paisagens luminosas da cidade no verão, uma piada com os clientes, considerando que faz semanas que não vemos o sol. Avisto o professor, que reconheço da foto do site. Ele aperta minha mão com vigor quando chego à mesa, que já está lotada com três fichários empilhados direitinho e uma xícara de café.

— Você deve ser Nora. Sou Angus Holland — apresenta-se ele, sem soltar minha mão. Ele tem uma testa larga e traços nórdicos pálidos que combinam com olhos também pálidos. São azuis ou cinza, mas não consigo confirmar, mesmo neste espaço bem iluminado, pensado para dar uma boa visão do café e das obras de arte. Tudo a respeito dele se mistura às paredes brancas atrás, os espaços entre cada obra de arte; tudo exceto suas bochechas vermelhas, que o fazem parecer um menino arteiro. Quando o encaro rapidamente, ele parece inclusive ganhar um brilho nos olhos. Imagine só.

Assinto com a cabeça de um jeito profissional, porém amigável, para indicar que ele deve soltar minha mão, mas sem perder a animação.

— Prazer em conhecê-lo.

— O prazer é meu, *sra.* Watts? — Sua frase se perde enquanto ele olha discretamente para meu cardigã em busca de sinais de seios. Fica sem achar nada, como tem sido para mim nos últimos vinte anos. Se quiser achar carne em mim, vai ter que olhar atrás. Mesmo lá vai ser difícil, mas no fim dá para encontrar algo que compensa o esforço.

— Isso mesmo.

— Você tem uma voz grave, sra. Watts.

Não é sem motivo que sou uma contralto, mas as pessoas não costumam comentar. Holland olha para algum ponto atrás de mim enquanto nos sentamos, e ao me virar, vejo entrar uma estudante maquiada e com marias-chiquinhas que despontam por baixo do capacete de ciclista. A bermuda de ciclista que a estudante usa não deixa dúvida de que se trata de uma genitália anatomicamente masculina, mas a maquiagem e as marias-chiquinhas contam outra história. De repente compreendo a ênfase no *senhora* e a observação sobre minha voz. Por alguma razão, minhas cordas vocais são mais espessas que as da maioria das mulheres e ele acha que estou tentando ludibriá-lo. Ele não está enganado. Estou mesmo tentando ludibriá-lo. Só não a respeito disso.

— O *campus* é um lugar muito seguro — prossegue ele ao perceber que notei a pessoa com bermuda de ciclista. — Aqui ninguém precisa fingir ser quem não é.

— Exceto se você for uma grande companhia de mineração, certo? — comento alegre, vendo que este encontro está bem perto de descarrilar por causa da minha aparente ambiguidade de identidade de gênero. Talvez lésbica masculinizada e estudiosa não fosse o visual certo, afinal. Tiro a echarpe de Leo do pescoço para mostrar um pouco da minha clavícula. Não é muito, mas é minha melhor opção. — Eles devem ser *persona non grata* por estes lados.

Ele pigarreia e fica sério.

— Pelo contrário. Temos um programa robusto de engenharia de mineração aqui na universidade. É trabalho do centro investigar questões relativas a, entre outras coisas, impacto social e ambiental da indústria extrativista. Então, o sr. Crow está escrevendo um artigo especial ou se trata de um livro?

— Por ora, estamos no estágio de pesquisa, apenas, para um trabalho especial, mas estamos abertos a expandir o projeto se conseguirmos dinheiro. Não temos como saber até que a ideia seja apresentada ao editor dele.

— Mas por que a Syntamar? Tem algumas empresas canadenses fazendo estrago pelo mar e no país. Eu não a colocaria no topo da lista.

Dou de ombros.

— Também não tenho certeza. São várias as peças aqui e eu só faço o que me pedem. — Consigo vender isso a Holland porque diversos trabalhos do Seb nos últimos anos vieram com a informação *Com contribuições de N. Watts.*

Alguma coisa que eu disse o diverte. Ele dá risadinhas enquanto toma um gole da xícara e suas bochechas ficam mais vermelhas.

— Parece muito com meu trabalho. Ensine isto, mas não aquilo. Pesquise isto com nosso dinheiro, mas aquela outra coisa terá de ser com seu próprio dinheiro. Você gostaria de um café? — Ele gesticula para sua xícara, como se fosse compartilhá-la.

— Não, obrigada. Estou com prazo apertado para entregar isto ao sr. Crow.

— Certo, é claro. A Syntamar, então. O que quer saber?

— Vamos começar com a mina no Congo. — Era o único projeto da companhia fora do Canadá.

— Ok. — Ele olha para os fichários sobre a mesa, mas não se move para abri-los. Ele não precisa fazer isso. Tenho a impressão de que sabe tudo o que está ali de trás para a frente. — A Syntamar teve dificuldade em se estabelecer fora do Canadá. Tentaram umas duas vezes com promotores obscuros que estavam levantando dinheiro para projetos que nunca foram viáveis. Isso foi antes de o Canadá implementar a NI 43–101... Desculpe — diz ele ao ver meu semblante. — Não sei quanto de contexto você já tem. Basicamente, mineração pode ser uma coisa obscura e a Syntamar perdeu muito dinheiro em empreendimentos que nunca iam dar certo, projetos para os quais os promotores levantariam duas vezes o capital, conseguiriam duas vezes a grana em mercados diferentes, então deixariam os investidores à deriva. A Syntamar teve uns dois projetos bem-sucedidos no Canadá, mas tomaram algumas decisões ruins antes de ir para o Congo.

— Então eles estavam desesperados para fazer dar certo.

— Sim, estavam. — Ele fita um quadro na parede. Em tons de vermelho, um casal amante, bocas entrelaçadas, mãos dadas. — Você sabe qual é a parte mais difícil do processo de mineração? — Ele não espera por uma resposta, pois está entrando completamente no modo professor. Recosto-me à cadeira. Seu humor mudou, passando de satisfeito para inesperadamente sombrio em questão de segundos. — Não é conseguir as autorizações ou contratar equipamento ou técnicos habilitados. Tem a ver com o custo humano e ambiental nesse processo de escavar fundo a terra e trazer à tona materiais brutos que, dizem, seria melhor deixar onde estavam. Extração pode destruir o ambiente nas imediações dos sítios usados. Não há como negar. E são mais tóxicos e prejudiciais nos arredores de onde acontece a mineração, a perfuração ou o fraturamento hidráulico.

— As populações locais.

De novo aquele brilho nos olhos, que desaparece quase imediatamente.

— Exato! Ninguém quer uma porcaria de operação de mineração ou perfuração no quintal, mas às vezes essas pessoas são atropeladas por governos que estão no bolso da indústria. Jogam alguns empregos para eles. As pessoas ficam cautelosas a princípio, mas elas precisam comer e não há como negar que um salário qualquer é melhor que salário nenhum. A confusão tem início quando animais começam a morrer, pessoas começam a adoecer, e a água da região deixa de ser potável.

Assinto.

— E nem sempre tratam bem os empregados locais, não é?

Ele suspira e toma o gole final de seu café.

— Não, nem nisso eles acertam. Aqui no Canadá, não muito. Não somos perfeitos e os sindicatos não têm mais o poder de barganha de antes, mas temos algumas garantias. No exterior é outra história. Nossas companhias de mineração em particular têm um registro horrível de violação de direitos humanos. Simplesmente terrível. Um relatório de uma comissão de especialistas sem fins lucrativos mostrou, vários anos atrás, que as empresas canadenses estão entre as mais abusivas. Não combina muito com nossa reputação de educados e pacíficos, não é?

Tudo isso é bem interessante, mas não consigo ver a conexão.

— Qual é o papel da Syntamar nesta história?

— Como eu disse, não é a pior, mas como se pode qualificar o que é abuso e exploração e o que não é? O Congo tinha mais do que umas poucas companhias operando por lá. Na região onde a Syntamar tinha a mina de ouro, havia também dois projetos americanos e um chinês. A aparelhagem canadense era menor que as outras e teve problemas tanto com os trabalhadores como com a população local. Greves, protestos, agitação geral. Eles estavam perdendo dinheiro rápido e, por acaso, uma milícia que foi usada para abafar a agitação em outra mina apareceu de repente na mina da Syntamar uns meses depois. Muitos relatórios locais sugerem que os criminosos eram os mesmos. Os trabalhadores que protestavam e faziam greve foram tratados com brutalidade, de uma maneira que é horrível demais para descrever entre estas paredes, minha querida. — Ele desvia o olhar por um minuto, perdido em pensamentos.

Eu não desvio o olhar, contudo, pois súbito fico perturbada. Minha impressão inicial dele ao telefone estava bem errada. Parece que o julguei muitíssimo mal.

— Então tanto a Syntamar como essa outra companhia usaram a mesma milícia para lidar com a situação.

— Sim. A mina foi rentável por um tempo, então uma companhia americana tomou o controle da Syntamar de um jeito hostil vários anos depois. Todos os direitos que ela tinha foram repassados, exceto dois, ambos no Canadá. Esses dois se tornaram empreendimentos conjuntos, nos quais a Syntamar assumiu um papel coadjuvante. Um na tundra do norte, que desde essa época se tornou uma região muito disputada, e outra em uma mina de cobre na Ilha de Vancouver.

— Não era incomum isso de vender a empresa e outra pessoa ficar com dois projetos?

— Não muito, mas algo nessa história chamou minha atenção na época. Acordos de bastidores acontecem o tempo todo, mas esses dois projetos tinham potencial de serem bastante rentáveis no longo prazo.

— Você está dizendo que a Syntamar ofereceu esses dois projetos para outra companhia em troca de ajuda na mina do Congo?

Ele suspira.

— Não tem como saber com certeza porque não existem registros oficiais de quem financiava as milícias... Porém, eu suspeito muito de que seja o caso.

— Se havia animosidade com os americanos, isso nos deixa com a companhia chinesa.

Ele sorri.

— Você é muito boa. Quando eles precisaram de ajuda no Congo, recorreram à única opção que tinham: Indústrias Zhang-Wei. Eles mudaram a sede para Vancouver no fim dos anos noventa. Até então, não negociavam publicamente, por isso não tínhamos muita informação sobre eles.

Ele me encara e de repente seu olhar fica intenso, quase suplicante.

— Tenho uma aluna me esperando para tratar da tese dela, mas, por favor, fique à vontade para entrar em contato comigo se precisar de mais informações. Admiro muito o trabalho do sr. Crow. Ele preza pelos mínimos detalhes e, para alguém como eu, essa é uma qualidade valorosa num jornalista. Veja, as pessoas daqui estão chateadas por causa dos nossos oleodutos e dos projetos de extração dentro da província, mas é uma situação bem rara quando as populações locais se fazem ouvir. Nenhuma empresa vai sancionar assassinatos e estupros em massa aqui no Canadá. Mas isso acontece em outros lugares do mundo onde as pessoas não são tão protegidas. Espero que você e o sr. Crow possam nos ajudar a divulgar a questão.

Aperto a mão dele e o deixo ali, com suas bochechas coradas pelo altruísmo e determinação. Minha mente está tão cheia que parece que vai explodir. O que quero agora escavar e examinar é quão mal julguei esse homem. Talvez eu tenha visto maldade demais ou apenas convivido com isso por tempo demais, porque perdi a noção. O que pensei ser um entusiasmo oportunista para elevar o valor dos honorários dele como orador por ser a fonte principal de uma denúncia era, na verdade, uma preocupação genuína de um ativista pelo bem-estar dos outros.

Penso na minha irmã, em como esses dois se dariam bem. Eles teriam muito sobre o que conversar. Sobre salvar o meio ambiente e tal. Eles ficariam em sintonia, próximos um do outro ao tratar das coisas do mundo que os incomodam e precisam ser mudadas. E, para completar, ele não a confundiria com um homem.

27

Minha irmã é uma benfeitora no pior sentido da palavra. Ela tem sido ativista durante a maior parte de sua vida, e faz isso por uma crença verdadeira de que suas ações podem de fato impedir a construção de um oleoduto nas entranhas da terra, que transportaria betume e outras toxinas nojentas desde as areias betuminosas até o lindo litoral que ela agora chama de lar. Lorelei olha para fotos de baleias, ursos, lobos e salmões e defende seus direitos. Eles a levam às lágrimas.

Mas ela não se comove comigo.

Quando ela abre a porta de sua casa em East Vancouver, a expressão assustada e curiosa em seu rosto se torna hostil. Sua postura se petrifica e seus ombros sutilmente bloqueiam a entrada da porta. Ela olha para minha calça jeans salpicada de tinta e meu suéter surrado.

— O Exército da Salvação fica descendo a rua. — Essas são as primeiras palavras que saem da boca dela.

Faz um ano que não nos vemos.

Sempre foi assim. Ela tem um rosto angelical, mas uma língua ferina. Se alguém pudesse deter uma força imutável como a ganância pura e simples, seria ela. Ela sabe disso, por isso se equipou com um marido mais novo sem graça, louros acadêmicos e relações cuidadosamente cultivadas com organizações ambientalistas importantes da província. Há um novo tipo de envolvimento político nas comunidades locais, e Lorelei quer estar na linha de frente. Ela está se preparando para algo grande, e eu sou a pedra no sapato.

Naturalmente, ela finge que não existo na maior parte do tempo.

— Os oleodutos já ruíram? — pergunto por educação.

Aprendi que, se você quer uma coisa, precisa dar algo em troca. Para ela, é esta civilidade e a manutenção da aparência cuidadosamente construída de alguém que não foi marcada pelos males sociais que são parte do nosso legado colonial, que alguns chamam de genocídio cultural enquanto outros omitem o "cultural". Ela é uma estrela brilhante, uma que escapou, totalmente legítima, com mente afiada e pernas bem torneadas. Enquanto está ocupada conectando-se com partes da herança do nosso pai que decidiu lhe pertencerem, minhas conexões com ele têm aos poucos se deteriorado ao longo dos anos. Isso porque ela ignora o que me recuso a ignorar, que é o fato de ele ser apenas parte da nossa história. A outra parte é a nossa mãe, sobre quem não sabemos nada além de que era uma estrangeira que nos abandonou muito antes de nosso pai morrer. E nunca olhou para trás.

Agora sua boca está fechada numa linha severa. Eu causo esse efeito em muitas pessoas, mas ainda mais na minha irmã.

— Por que você está aqui, Nora? — Ela dá um passo para ficar na varanda e fecha a porta atrás de si, colocando-se entre seu lar e eu. — Precisa de dinheiro?

Por que todo mundo pensa isso? Considero investir em roupas novas.

— Preciso pegar seu carro emprestado. — Olho para a nova SUV na entrada da garagem, brilhando prateado. Apesar de David, o marido, ser advogado, ele acampa umas duas vezes por ano e acha que isso é motivo para ter um queimador de combustível. Mas não uso isso contra ele. Ninguém é perfeito.

Lorelei leva alguns segundos para processar o pedido, então ri.

— Ah vá, Nora. Fala sério.

— Estou falando sério. — A desaprovação dela me faz grudar na varanda. De repente tenho 7 anos de novo, e ela 4. Me lembro da barra de chocolate roubada derretendo na minha mão enquanto ela, chorando, foi dizer à nossa tia que eu era uma ladra. Me lembro de ela me encarar acusatoriamente através de um oceano de lágrimas de crocodilo. Me lembro de ter levado uma surra de cinto no quintal, e de lágrimas quentes caírem pelo meu rosto. Eu queria dizer que nem mesmo gostava de chocolate, mas as palavras nunca emergiram. Já Lorelei... Ela amava chocolate.

— Nora — prossegue ela, com a voz tomada de preocupação falsa, como se eu não tivesse falado nada. — Você é uma alcoólatra. Sequer tem habilitação. Não posso emprestar a SUV de David. Ele precisa dela para trabalhar.

Olho para ela através do véu de desconfiança que sempre se estendeu entre nós. Ela está mentindo em relação a David. Ele é um sócio júnior que quase sempre vai de trem à cidade, para evitar o engarrafamento impossível de Vancouver. Ele não precisa do carro. Entretanto, ela não está ciente de que sempre acompanho os acontecimentos de sua vida, e não vou lhe contar. Tenho mantido um olho nela desde que ela nasceu, mas ela nunca saberá.

— Ok. — Eu me viro para ir embora. Será que eu esperava mesmo que ela dissesse sim? Eu poderia lhe contar sobre Bonnie, poderia lhe contar que estou com problemas, mas algo me impede.

— Espere, Nora.

Paro, mas ainda fico de costas. Dói olhar para ela por muito tempo.

— Para que você precisa do carro? — Ela está curiosa de verdade agora, mas não pelo fato de eu precisar de ajuda. Ela sempre tomou isso como certo. Mas porque eu nunca tinha pedido ajuda a *ela*.

Considero dizer a verdade. Abrir o jogo. Mas percebo que algumas coisas nunca mudam.

— Nada de importante.

Porém, nós duas sabemos que é importante. Nós duas sabemos que eu ter vindo aqui pedir um favor é um ponto crucial no nosso relacionamento. Sua recusa é uma tentativa de me botar de volta no meu lugar, e de se manter no dela. Não a culpo por ser como é. Agarrando-se ao que quer que possa controlar, tentando se encaixar do jeito que puder. Eu desisti disso há muito tempo. Somos retalhos, Lorelei e eu, diferentes tecidos costurados um ao outro. O dela é mais bonito, mas o acabamento é tão imperfeito quanto o meu. Ela não permite que suas costuras sejam vistas, e talvez eu seja a única pessoa do mundo que sabe que ela as tem. É por isso que mal nos falamos hoje em dia. Eu sempre deixei minhas costuras à vista.

Nessa noite, depois que as luzes da casa se apagam, abro a fechadura da porta lateral, entro escondida e pego a chave reserva da SUV que está na garagem e uma fatia de pão deixada sobre o balcão da cozinha. Uma garota precisa comer, afinal. Lorelei não sabe que eu descobri a senha do alarme, senão já teria mudado. É a data do casamento dela ao contrário.

28

Bato à porta de Seb segurando apertado um boá de plumas vermelhas que alguém esqueceu no ônibus. Ele fica chocado quando abre. Não faço visitas a domicílio, nem ele. Entrego-lhe o boá.

— Presente.

— Obrigado. Isto é... — Ele não sabe muito bem o que dizer. Acha que o estou estereotipando, mas, apesar da nossa discussão recente, ele me valoriza como funcionária, por isso está considerando o que responder.

Leo o empurra com o ombro e enrola o boá no pescoço.

— Nora, eu te amo! Como sabia que eu tinha perdido meu boá na última mudança? Era azul, mas ainda assim... Isso aqui é *maravilhoso*.

Eu não sabia, mas aceito o crédito de qualquer forma. Eles fazem sinal para eu entrar. Fico parada na varanda.

— Vou passar uns dias fora — conto.

Seb franze o cenho.

— Nora, acho que precisamos conversar e estou contente que tenha vindo até aqui. Mike Starling foi encontrado morto ontem e acho... Acho que você pode estar em perigo. Quem era aquele homem que veio no nosso escritório?

— E você invadiu mesmo uma firma de segurança? — emenda Leo, sem querer ficar de fora.

Seb se vira para Leo. Um olhar se passa entre os dois.

— Se isto tem a ver com você morar no porão, podemos achar um lugar mais seguro para você ficar.

— Não — respondo, surpresa. Eu não sabia que eles sabiam, mas, agora que sabem, decido usar isso em meu benefício. — Mas se pudessem cuidar da minha cachorra...

Assobio. Whisper salta da caçamba da SUV de David e pousa no gramado. Leo arqueja.

— Isso é um lobo?

— Espere aí — interrompe Seb, dando um passo involuntário para trás. — Durante todo esse tempo você teve um cachorro?

Leo fica onde está. Ele olha para Whisper, encantado.

— No nosso porão?

— Ela é bem silenciosa. — Me viro para Seb. — Disse que eu podia confiar em você.

Whisper se aproxima, cautelosa. Seb se ajoelha e estende a mão. Whisper a cheira, então dá uma lambida superficial. Ela enfia o focinho na virilha de Leo e investiga a situação ali.

Seb me encara por um bom tempo.

— Eu disse isso mesmo, mas não estava falando de um cachorro.

— Entendo. — Tento manter minha voz inalterada, mas não consigo esconder a frustração.

Ele suspira.

— Entende mesmo, Nora? Às vezes duvido disso. Vamos ficar com a cachorra, mas, se você não voltar em uma semana, ela vai para o canil. — Leo abre a boca para protestar, mas Seb coloca uma mão no ombro dele, para acalmá-lo. — Você tem uma semana.

Faço carinho atrás das orelhas aveludadas de Whisper. Seb jamais deixaria minha cachorra num canil e ele sabe que Leo jamais o deixaria fazer isso. O que ele está me dizendo é que eu tenho uma semana até ele começar a procurar. Uma semana para achar a garota. É tempo de sobra, considerando que eu poderia estar morta ao cair da noite. Dada a minha sorte… Tiro a coleira do meu bolso traseiro e a entrego a Leo.

— Certo. O nome dela é Whisper e ela não tem frescura. Come o que tiver, mas gosta mais de bife e frango assado. — Então tomo a decisão de lhes estender a confiança que posso. — O que vocês sabem sobre a imigração para o Canadá nos anos noventa?

— Esse é um tópico bem extenso — diz Leo. — Tem como especificar?

Penso no que descobri no guarda-móveis de Starling e da conversa com Angus Holland.

— Da Ásia, suponho.

Leo balança a cabeça.

— Sempre tivemos aqui na costa oeste uma conexão via Pacífico com comunidades asiáticas. Dá pra especificar mais?

— Na verdade, não. Não sei bem o que estou procurando. Só alguma coisa que chame atenção.

Seb fica em silêncio por um tempo, depois olha para mim.

— Tem uma coisa de que me lembro do meu tempo no *Post*. Foi um escândalo e tanto na época. O consulado canadense em Los Angeles era notoriamente corrupto. Eles aprovavam solicitações de imigração sem checar o histórico. Algumas pessoas com conexões criminosas não eram vetadas e, se pagassem a propina certa, eram aprovadas. Então elas podiam trazer suas famílias e seguirem livres para continuar com suas atividades criminosas em seus países de origem, e às vezes aqui também.

— Alguém em particular? Em quem Starling pudesse estar interessado?

— Um homem que diziam ser o chefe de uma organização criminosa de Taiwan foi o principal rosto da época, mas havia outros. Aquele consulado continuou sem controle por uns bons anos depois. Se tornou bem conhecido em círculos criminosos. Especula-se que as conexões da costa oeste com a tríade[2] se formaram a partir das solicitações aprovadas nesse período, e por esse consulado.

Seb pausa quando algo lhe ocorre.

— Mike Starling trabalhou bastante nessa história. Ele até investigou outras ligações criminosas potenciais, e ficou obcecado com um homem de negócios de Hong Kong que, ele suspeitava, estava profundamente envolvido com uma tríade em particular. Mas ficou paralisado. Lembro que ele não conseguia obter fontes, ficava só perdendo tempo e não estava lidando muito bem com suas outras matérias. Foi mais ou menos nessa época que o puseram de licença e, quando ele voltou, lhe deram matérias fracas por mais um ano. Ele não ficou feliz.

— Oh, é mesmo! — exclama Leo. — Lembro que ele fez uma série sobre vítimas de abuso sexual, em particular uma que ele encontrou na floresta. Foi uma série ótima de artigos. Você ficou com bastante inveja dele, amor. O que foi que ele ganhou? Um prêmio da Associação Canadense de Jornalistas?

— Ele foi indicado — responde Seb com o semblante sombrio. Ele toma o cuidado de não olhar para mim.

— Foi por isso que você pediu a ele por ajuda em pesquisa quando estava fazendo seu artigo com a Rebecca Pruitt — continuou Leo. — Foi aí que você conheceu Nora.

Leo sorri para nós, então o sorriso se esvai do rosto. Seb e eu cuidadosamente olhamos para qualquer coisa exceto para ele. Ele percebe uma nova conexão que nunca tinha notado, uma que por muitos anos esteve debaixo de seu nariz.

— Oh.

É sempre dolorido para mim olhar para o rosto de alguém que acabou de entender. Piedade, seguida de alegria falsa. Isso altera relacionamentos, não que eu tenha tido muitos desde Depois. Starling tomou o cuidado de não revelar a verdade

2 Tríades são ramificações, normalmente envolvidas com o crime organizado, de uma sociedade secreta chinesa originada no século XVI e que se estenderam por vários países do mundo, inclusive o Canadá. (N.T.)

sobre meu passado quando me apresentou a Seb, e eu nunca falei nada, mas tenho certeza de que Seb compreendeu há muito tempo. Leo agora está em silêncio, conforme meu comportamento e meus hábitos se encaixam no lugar.

Seb pigarreia e tenta aliviar o clima.

— Antes de você ir... E quanto ao caso de Melissa? Você achou Baichwal?

Balanço a cabeça.

— Ele sumiu faz tempo. Stevie talvez tenha mais sorte.

— Ele está com outra coisa, e sabe como ele é. — Leo suspira. — Seria muito bom se a gente conseguisse esse dinheiro.

Seb só me encara com a testa franzida de um jeito peculiar. Apesar das minhas esquisitices, eu sempre era bem-sucedida nos casos. Mas não consigo me esquecer do medo no rosto de Harrison Baichwal. Medo por sua família. Isso mexeu com algo em mim.

Afasto-me deles sem olhar de novo para Whisper. Tenho medo de mudar de ideia se lhe disser qualquer coisa ou se fitar aqueles olhos tristes. Antes de a conhecer, esse tipo de afeição por cães teria sido inimaginável para mim. Deixo-a ali na varanda e entro na SUV. Meus pés doem quando piso fundo no acelerador, mas acho a dor boa e a uso para focar o que tenho diante de mim em vez do que estou deixando para trás. Enquanto sigo em frente, decido que estou apenas imaginando o uivo longo e desesperado que enche o ar.

29

A GAROTA AGORA LEMBRA O próprio nome.

Ele se esquivou dela durante todo o tempo em que se abrigou, com frio e exausta, no coração da árvore. Desde que rastejou das pedras e entrou na floresta, ela não sabia seu nome nem de onde tinha vindo. Tinha apenas lampejos do castelo de vidro aninhado na floresta, imagens obtidas das olhadelas assustadas que lançou para trás enquanto mergulhava o remo na água, para manter os braços fracos em movimento.

O nome dela... Bem, ela não tem forças para dizê-lo, mas ao menos sabe qual é. Sente certa conquista nisso, porém não dura muito, pois, agora que sabe como é chamada, tem de desvendar as outras partes também. Perguntas, sempre perguntas. Girando na cabeça dela, cutucando o cérebro. Ela se encolhe na árvore oca e fecha os olhos. Então os abre de novo. Há um barulho lá fora. A garota se enrola em si mesma e aguarda, atemorizada. Está começando a lembrar quem elas são, as pessoas que a levaram, o quarto sem janelas numa casa cheia deles, os gritos agudos que parecem vir de dentro das paredes...

Se eles a encontrarem agora, vão levá-la de volta. A exaustão logo se sobrepõe ao medo que sente, entretanto. Ela sabe que o medo vai retornar, mas por ora está cansada demais.

DOIS

1

Ah, a estrada aberta. O Canadá não é o segundo maior país do mundo à toa. Aqui, estrada aberta conduz a outra estrada aberta, então a uma rodovia vazia e de volta a mais estradas abertas onde é possível ver montanhas tão altas, florestas tão verdes e lagos tão cristalinos que parecem saídos de uma fotografia. Se estiver na costa, como eu estou, e dirigir pelo continente por mais de duas horas, verá tanto espaço inutilizado que sua visão vai começar a borrar com tamanha vastidão. Quando o terreno, de úmido e cinza, vira ensolarado e coberto de neve, fico grata pela previdência que me levou a roubar a SUV de Daniel, equipada com pneus robustos para todas as estações, em vez de tentar a sorte com meu Corolla. Apesar de os não policiais terem uma vantagem e tanto sobre mim, espero que ainda não tenham alcançado Tommy. Improvável, eu sei. Mas estou com um humor perigoso desde que deixei Whisper para trás.

Sinto-me disposta a arriscar.

Esfrego o sono dos olhos, bebo tanto café que o canto da minha boca contorce involuntariamente, e brinco de adivinhação para matar o tempo. Lorelei e eu tentamos brincar desse jogo certa vez, quando saímos da casa da minha tia e fomos levadas para nosso primeiro orfanato. De algum modo eu sabia que nossas vidas estavam mudando para sempre, mas minha irmã era nova demais para entender o sentimento que afeta uma pessoa quando alguém abre mão dela. Lorelei tinha apenas 5 anos. Ela sempre escolhia a mesma coisa para eu adivinhar (placas vermelhas de PARE) e, depois de vinte minutos, passei a ignorá-la. Ela foi ficando furiosa e beliscou meu antebraço até machucá-lo e fazê-lo inchar. Depois, ela acabou beijando a pele que tinha apertado muito forte, só para ver se podia fazê-la sarar, e ficou em silêncio pelo restante da viagem.

Nesta viagem, no carro que roubei do marido dela, brinco sozinha. É uma viagem longa até Kelowna.

Escolho mais algumas árvores para adivinhar. Na costa oeste, o que não falta é árvore.

Escolho uma caminhonete azul adiante e um sedã prata atrás.

Escolho uma montanha à direita e um lago à esquerda enquanto faço uma curva sinuosa a mais de cem quilômetros por hora. A SUV de David é uma coisa linda, projetada para viagens puxadas e velocidades altas. Piso fundo e sinto que estou planando.

Escolho um trecho de estrada tão reto que consigo ver quilômetros à frente e atrás.

Escolho o sedã prata que reduz a velocidade até quase sumir do meu espelho retrovisor. Alcanço o final do extenso trecho em linha reta da estrada e uma montanha se ergue da terra. O carro prata brinca de esconde-esconde conforme espiralamos a montanha.

Escolho a paisagem verde ficar coberta de neve diante dos meus olhos conforme sigo mais para o norte.

São poucos os postos de gasolina nesta estrada, por isso há sempre a necessidade de encher o tanque ao ver um, senão você vai ficar parado no acostamento com uma lata de combustível vazia, xingando sua própria estupidez e contando com a gentileza de estranhos. No posto que avisto a seguir, logo depois de Merritt, paro atrás da lojinha e aguardo. Penso em Whisper e me pergunto se ela está feliz com pessoas que podem lhe dar mais do que eu. Está bem, com pessoas respeitáveis como Seb e Leo, que levam a sério coisas como alimentação saudável e check-ups de rotina. Imagino-a deitada na frente da lareira — embora eu não tenha certeza se eles têm uma —, dormindo tranquila. Seb passa e dá uma coçadinha na barriga dela, e Leo aproveita que ela está numa posição boa para escovar seu pelo. A ideia de Whisper sendo bem-cuidada e mimada é tão atraente que quase me perco nessa fantasia, exceto... exceto.

Exceto que a situação de Bonnie me deixou calejada. Sei que o único jeito de ter certeza de que alguém está seguro, confortável e feliz é não tirando os olhos de cima dele. Não confie em cuidadores, não importa quantas cartas de recomendação esperançosas tragam consigo. Deixei Whisper com Seb e Leo num ato de fé, mas mesmo a fé tem limites.

Cerca de quinze minutos depois, vejo o sedã prata deixar o posto de gasolina e voltar para a rodovia. Dou a volta com a SUV de David, encho meu tanque — o preço me deixa transtornada e me faz sentir violada, do jeito que só nos sentimos quando pagamos muito caro por algo que não vale tudo isso —, então sigo pela estrada. Ganho velocidade até ver um cisco prateado bem à frente, depois reduzo até o perder de vista de novo. Não preciso ficar ansiosa aqui. É sempre mais fácil ser o caçador que a caça. Sei que vou alcançar minha presa. Esta estrada é muito longa e não tem nada que possa sustentar um jogo. Tão logo começa a escurecer e o indicador cai para a reserva, outro posto de gasolina aparece como uma miragem, aninhado no pé da montanha, com a pista que conduz até ele coberta por árvores.

Reduzo até quase parar e, pela janela, vejo somente o frentista. Estacionado nos fundos está o sedã prata. Tiro uma foto da placa do carro e envio para Leo e, depois de refletir, também para Brazuca. Então reviro a SUV em busca de equipamentos. Agradeço aos céus por David ser tão prevenido no que diz respeito a segurança na estrada. Depois de ter encontrado o jornalista morto, todo cuidado é pouco.

Eu me aproximo dos fundos da construção a pé. Há somente uma luz acesa, em cima da porta do banheiro. Assim que a alcanço, a porta se abre e um homem emerge da cabine individual mal iluminada, com os olhos fixos na tela luminosa do celular. Tenho um único segundo fugaz para abordá-lo, mas, antes que eu possa começar, ele pausa, murmura "Merda", e se vira para acionar o interruptor.

É então que me movo.

A corrente de pneu cintila sob a luz fraca no instante em que a mão dele atinge o interruptor. Meu rosto e braço estendido são estranhamente congelados pelo espelho por um breve momento, mas, no pequeno banheiro, o homem não tem tempo para fugir nem espaço para desviar do golpe. Ele cai contra o secador automático de mãos, arrancando-o da parede. O secador se espatifa no chão. O homem geme e se contorce no piso, engolido pela escuridão. Acendo a luz de novo, principalmente para benefício dele. Ninguém merece rolar no chão do banheiro de um posto de gasolina sem ao menos ter alguma ideia dos germes à disposição.

Ele se coloca sentado, com as costas apoiadas contra a parede e as pernas esticadas na direção da pequena pia, enquanto agarra a cabeça com as duas mãos. Inspiro fundo, tomando um ar fortalecedor.

O homem é Brazuca.

2

— Mas que porra, Nora? — diz ele depois de passarmos um minuto olhando um para o outro, ele estreitando os olhos por causa da luz fluorescente e eu tentando disfarçar minha surpresa.

Mas é tarde da noite e dirigi o dia todo, por isso tudo o que consigo é dar uma encarada meia-boca.

— Por que você está me seguindo? — A frase sai com tom de acusação, mas não é minha intenção afastá-lo. Por alguma razão, estou absurdamente satisfeita de vê-lo, de saber que é ele quem encontrei embaixo da minha corrente de pneu.

— Porque estou preocupado com você!

— Você deveria se preocupar consigo mesmo. — O golpe foi forte o suficiente para derrubá-lo e provocar um ferimento bem feio, mas não tão forte a ponto de causar um estrago permanente. Pelo menos acho que não, mas, para ser honesta, como é que vou saber? Estou longe de ser especialista.

— Não diga. — Ele tenta se levantar, mas suas pernas estão molengas e não o sustentam. Enfio a corrente de pneu no cós do jeans e o ajudo.

— Se você está preocupado que eu tenha tido uma recaída...

— Oh, pelo amor, só cale a boca por um minuto. Jesus amado. Você me acertou com uma maldita corrente de pneu. — Ele bota as mãos na cabeça e geme.

— Eu poderia ter batido com mais força.

— Mas não fez isso porque queria informação, certo? Puta merda. Achou que estava sendo seguida e me deixou passar, me acertou com uma bosta de uma corrente de pneu, mas não tão forte que me mutilasse, porque não está com receio de que eu me levante e te estraçalhe. Não está com receio de se ferir. Tudo o que quer é informação! Você não tem nem um pouco de compaixão humana, mulher?

Eu o encaro sem disfarçar meu fascínio. Nunca o tinha visto xingar tanto assim. Pela minha experiência, padrinhos costumam ser bem responsáveis no uso da linguagem. Com os cabelos em pé, os olhos vermelhos e um hematoma feio se formando logo acima da nuca, Brazuca parece um louco. Uma linha de saliva escorre pelo canto da boca e ele a seca com a manga da camisa.

Eu o conduzo à pia, onde ele lava as mãos e o rosto com sabão e água quente. Mantenho uma mão nas costas dele para ajudá-lo a ficar de pé, e sinto que não há buracos em seu casaco de lã. Dois bolsos discretos com zíper dão estilo ao traje. Mantenho uma mão nas costas dele porque ele também é um sobrevivente, assim como eu, e o gesto sugere um breve momento de ternura. Um sobrevivente do alcoolismo, de um ferimento a bala, de um divórcio e agora de um ataque violento com um objeto contundente. Ele precisa de todo apoio que conseguir no mundo.

— Por que você está me seguindo? — repito depois de ter lhe dado um minuto para se recuperar.

Ele suspira e me olha pelo espelho.

— Arrume um gelo pra eu botar na cabeça e depois te conto tudo.

O frentista estava esperando pacientemente que eu desse as caras e comprasse alguma coisa. Pego um saco de gelo, o menor, e um energético, e já deixo pago um tanque de combustível. O tempo que levo para encher o tanque desanuvia minha cabeça. Quando volto ao banheiro com o gelo, Brazuca parece mais consigo mesmo. Apoiado na beirada da pia e me fitando com olhos cansados. Ele tem um sorrisinho no rosto e me pergunto que raios o estaria divertindo. Ser agredido por uma mulher que tem metade do seu tamanho não me soa particularmente engraçado.

Ele pega o gelo, enrola-o numa camiseta branca que suponho ser a que estava usando por baixo do casaco que acabou de tirar, então posiciona o pacote na nuca.

— Ah, isto é bom.

— Batem em você com frequência, então?

— Especialmente as mulheres.

— Esse tipo de merda deveria acabar depois de se divorciar, sabe?

Ele ri, mas soa um pouco patético.

— Peguei o gelo — digo, trancando a porta do banheiro atrás de mim. — Sua vez.

— Aonde está indo?

— Não, não é assim que funciona. Você primeiro.

Mais silêncio, mais olhares profundos. Seria romântico se eu não tivesse acabado de agredi-lo com uma arma que roubei da SUV do meu cunhado, que também roubei.

— A WIN Security reportou uma invasão semana passada — começa Brazuca, virando o rosto.

Pego o telefone dele do chão, tocando-o apenas com a pontinha dos dedos, e o coloco no bolso do casaco dele, junto com as chaves do carro. E pauso por um momento, minha mão apoiada levemente logo acima do quadril dele. Então eu a puxo de volta. Ele não notou a hesitação nem o toque.

— E daí? — falo.

— E daí que, quando ouvi que era a mesma empresa que você estava investigando, pedi a um amigo que estava no caso para ver as imagens. — Ele desvia o olhar por um momento. Tem algo esquisito no jeito como ele diz. Talvez se sinta culpado por ter querido cuidar de mim ou talvez tenha sofrido uma concussão. O que quer que seja, o momento logo passa. — O intruso nas câmeras de segurança se parecia demais com você vestida de mensageira ciclista. Eu não sabia que você cantava.

Dispenso o comentário com um gesto.

— Isso não explica por que você está aqui. Por que está me seguindo.

Ele suspira.

— Você estava procurando por informações que justifiquem a vigilância naquela casa, não é? Lista de clientes, arquivos sobre o caso? Você achou alguma coisa no laptop?

— Não — admito. De repente estou cansada de ludibriar Brazuca. O longo dia na estrada cobra seu preço e não há nada que eu queira mais do que uma compressa fria para o tornozelo, um banho quente para o resto do corpo, e a melhor pizza que conseguir achar. E ele está entre mim e meus poucos confortos na vida.

— Bem, às vezes a única maneira de encontrar o que você precisa é indo direto na fonte. — Ele sorri e, ao relaxar, volta ao seu normal, charmoso, porém efusivo. Seus dentes são imaculados e brancos, e brilham para mim em meio a uma barba de dois dias por fazer. A higiene dental deve ser muito importante para ele, se essa é a brancura que consegue ter mesmo viciado em café.

— Achei que uma invasão fosse exatamente isso.

— Não.

— Não?

— Não ajudou, não é? Estamos falando de uma firma de segurança. Metade do que essas companhias fazem não constam nos registros e beiram a ilegalidade.

O método dele de argumentar por meio de artifícios retóricos já tinha cansado. Cruzo os braços e espero ele prosseguir.

— Então, às vezes, antes de ir direto à fonte, é bom dar uma conversada com o cara que é dono da fonte, só pra ter uma ideia do que vai encontrar lá. No que diz respeito à WIN Security, o cara em questão é um dos donos. James Whitehall ou Lester Nyman. Daqui a dois dias, um deles vai estar no elegante resort de esqui que construíram logo depois de Kamloops. Um chalé enorme. A WIN está fazendo um evento pequeno e exclusivo de negócios. Alguns poderosos. Podem ser pessoas com quem valha a pena falar.

— Não sou boa em falar com pessoas.

— Então está com sorte, pois eu sou. — Ele fala sem um fiapo de modéstia.

— Qual dos dois vai estar lá, Whitehall ou Nyman?

— Que diferença faz? Não sei ao certo, mas ouvi que um tem que estar lá pra apertar mãos ou puxar sacos, ou algo no meio-termo.

Aprende-se algumas lições valiosas em orfanatos. Coma tudo o que houver no prato. Nunca se sabe quando se dignarão a alimentá-lo de novo. Fique atento a passos do lado de fora da porta do quarto. Por razões óbvias. Não confie em pessoas que são gentis sem pedir nada em troca. Essas são as que querem alguma coisa e normalmente você precisa descobrir o que é. Então, eu o encaro e me pergunto o que será que ele quer. Não sei qual é o lance dele e considero a possibilidade de que talvez ele não tenha um. Nada do que disse me pareceu uma completa mentira. Então considero a oferta. Um esquema Sherlock e Watson. Butch Cassidy e Sundance Kid. Batman e Robin. Uma parceria. Alguém para ajudar a aliviar o fardo. Olho para ele, com sua perna manca e seus olhos cansados, e súbito fico comovida e assustada por essa exibição inesperada de apoio. Na última meia hora, trocamos mais palavras do que durante o primeiro ano em que ele foi meu padrinho. Desta vez, não está tentando me convencer a me afastar da beira do abismo; está se oferecendo para escalar junto comigo para o precipício estreito. Para o frio.

— Venha — diz ele, me encarando com olhos tão gentis que não consigo desviar. — O que você tem a perder?

Faço um sinal com a cabeça para a compressa improvisada que ele tem pendurada na nuca, começando a encharcar.

— Cuide disso aí, pode ser? Eu espero aqui fora.

Ele sorri.

— Ok, saio daqui a pouquinho.

Quando me afasto da porta, respiro fundo e passo os dedos pelas chaves do carro que peguei do bolso dele. Depois de um momento de hesitação, durante o qual reflito sobre a pessoa de merda que me tornei e peso minha suspeita habitual contra o desejo de ter companhia durante a viagem de carro, lanço as chaves de Brazuca na floresta que margeia o pequeno posto de gasolina.

Conforme a SUV de David levanta cascalho da pista que conduz de volta à estrada, sinto uma pontada momentânea de decepção. Comigo mesma, principalmente, mas a vida tem um papel a desempenhar nisto tudo. Espero que a estrada conectora traiçoeira esteja aberta para mim e fechada para Brazuca. Com a rigidez de sua perna ruim e o ferimento na cabeça, ele provavelmente não é um bom candidato para este tipo de viagem, de qualquer maneira.

Mas espero que ele consiga sair daqui sem problemas. Sabe, de um sobrevivente para outro.

3

IDENTIDADE É UMA COISA escorregadia. Você acha que a tem firme nas mãos, então *oops*, ela escapa e se despedaça ao cair no chão à sua frente. E, não importa o quanto tente remontá-la, de algum modo os pedaços não parecem se encaixar. Vi pelas fotos de Bonnie que ela foi feliz na infância, mas, conforme se passaram os anos, o sorriso ficou mais débil, mais cauteloso.

Talvez a consciência de si afetou sua capacidade de fazer boas escolhas. Ou talvez ela só tenha se tornado adolescente e, a extensão natural disso, uma malditinha cheia de hormônios que tenta punir a família ao fugir com o namorado. Seja o que for, quanto mais aprendo sobre ela, mais de mim mesma vejo, e isso me assusta demais.

Tommy Jones sai da escola todo vestido de preto, com cabelo comprido que cai na testa e uma atitude confiante e suave. Sei que é ele pelo vídeo no celular de Mandy, que não faz jus ao rapaz. Este é um jovem bonito e esperto também, considerando que faz poucas semanas que voltou à sua cidade natal e já está matando aula na cara dura, inclusive dando tchauzinho para a professora que o observa pela janela. Se consegue se safar com esse tipo de coisa, tem mais que uma bela aparência. É o tipo de problema que garotas adolescentes amam, mas que torcemos para que elas superem antes de engravidar e de se mudarem juntos para o porão da mãe dele.

Na SUV fria que aguarda do lado de fora da escola por umas boas três horas, eu o observo partir na velha caminhonete na qual chegou. Há somente uma escola de ensino médio em Enderby e, por um acaso do destino, hoje ele resolveu aparecer e facilitar minha vida. Então não precisarei sair pela cidade em busca de uma mãe solteira com um filho adolescente, e possivelmente Bonnie escondida no quarto dele.

Esta cidade tem uma única via principal, que conduz para a rodovia. A saída é marcada com clareza. Mas Tommy não está seguindo para a rodovia nem para a casa. Ele cruza o rio Shuswap e dirige pela estrada Mabel Lake. Agora sei para onde ele está indo por causa do mapa que peguei no último posto. Está indo para os penhascos. Pelo que sei de cidadezinhas canadenses como esta, é para lá que os jovens vão para beber cerveja, fumar maconha ruim e perder a virgindade. É para esse tipo de lugar também que, eu me recordo, ursos vão pilhar quando estão com fome.

Quando chego a um estacionamento particular na trilha para os penhascos, passo pela velha caminhonete. Tommy não está nela. Estaciono no lado oposto para não chamar muita atenção e sigo a pé pelo caminho que entra na floresta. As roupas que estou vestindo são para o inverno suave e úmido de Vancouver, não resistem ao ar gelado que desce dos penhascos e se instala como um cobertor sobre mim. Estou enregelada até os ossos, e por dentro deles também. Cercada pela vida selvagem, longe das ruas sujas que se tornaram meu lar, me sinto deslocada. Me pergunto por que continuei pensando em Bonnie, essa garota que nem conheço. Estou a procurando porque me importo ou porque acho que ninguém mais vai fazer isso?

Se for honesta, essa pergunta tem crepitado em meu cérebro desde que encontrei o não policial vigiando a casa em Kerrisdale, e não estou mais perto de uma resposta. É bem provável que atormentar Tommy Jones sobre o desaparecimento de Bonnie não vá me aproximar da verdade sobre o que está acontecendo dentro de mim, mas talvez possa me ajudar a encontrá-la. E aí talvez eu encontre a resposta.

Menos de cinquenta metros depois, ouço o som de uma arma destravando vindo de um arvoredo de abetos à minha direita. Agacho-me e me movo rápido para a cobertura de árvores à minha esquerda.

— Só diga quem é você, porra, e talvez eu a deixe viver — fala a voz de um menino adolescente, tentando soar mais velho e mais durão.

Peso minhas opções e decido que vou ter de abrir o jogo, pois rapazes com armas jamais devem ser ignorados.

— Quero apenas fazer algumas perguntas, só isso.

— Ah, é? Bem, eu não quero responder a suas perguntas, dona, então fique longe de mim! Pare de me seguir! Você e aqueles cuzões!

Então os não policiais estão aqui, e ele percebeu. Faz sentido agora a minha presença na escola ter dado a dica. Ele sabe que está sendo vigiado e acha que faço parte desse jogo.

— Não estou com eles, juro.

Ele dispara a arma na direção de uma árvore próxima, o tiro tão alto que ressoa em meus ouvidos por vários segundos depois.

— Você vai atirar na mãe da sua namorada, Tommy? — grito para ele, tomando cuidado para não me mexer. Esta é a segunda vez que me identifico como mãe de Bonnie para um dos amigos dela. Não há como negar que o pânico permanece ali, mas a arma apontada para mim pode ser um fator que contribua.

O silêncio que se segue à declaração se estende por quase um minuto inteiro, até que ouço um farfalhar por entre as árvores atrás das quais ele está escondido e botas triturando neve. Ele está tentando ser silencioso, e teria conseguido se não estivéssemos sozinhos na floresta a mais ou menos 15 metros de distância, a julgar pelo som da arma de fogo. Deslizo para dentro da mata e dou a volta. Sou menor que ele, e mais silenciosa também. Ele não me vê chegando por trás, tão ocupado está em se arrastar até onde pensa que estou. Entro em sua visão periférica tarde demais para que ele possa fazer alguma coisa antes de eu agarrar a mão que segura a arma e bater com o cotovelo no rosto dele. A arma pende e a arranco dele antes de dar um passo atrás. É uma Browning 9 mm, e parece familiar em minhas mãos.

O nariz dele ficou travado num ângulo esquisito no rosto, mas não sinto remorso. Odeio armas, apesar de não mandar mal com elas, e sinto uma raiva irracional pelo fato de esse garoto ter tido a ousadia de apontar uma para mim. De dar um tiro numa direção próxima a mim. Tommy me olha com sangue escorrendo pelo queixo. Algumas gotas carmesins mancham a neve diante dele.

— Você quebrou meu nariz, dona!

— Você vai ficar bem. Onde está Bonnie?

— Eu não sei!

— Ela tentou ligar pra você recentemente?

Ele encara o sangue no chão e um grunhido baixo se forma no fundo de sua garganta.

— Nossa! Não, está bem? Devolva minha arma.

Dou um passo atrás para ficar fora do alcance.

— Armas não são coisas de criança. Você sabe onde ela está?

— Eu não sou criança — diz ele, com os olhos começando a marejar. — Você precisa me levar ao médico.

— Onde está Bonnie? — repito. Baixo a arma e a seguro bem perto da minha coxa. — Vou ajudar você, mas vai ter de me ajudar antes.

— Está bem, ok, que seja. Ela está... — Ele pausa e dá uma olhada para trás. A princípio acho que ele está enrolando, então o som se torna distinguível para mim também. Passos sobre neve compactada.

Não estamos sozinhos.

Eu me movo para o lado de Tommy e o puxo para mais perto.

Ele se encolhe.

— Me devolva minha...

— Alguém vinha encontrar você aqui? — sibilo em sua orelha.

Esperto como é, ele logo compreende.

— Não. Mas diversas pessoas vêm aqui, só que não quando tá tão frio assim. Às vezes gente passeando com cachorro de manhã.

Estamos no meio da tarde. Eu o conduzo mais para dentro da mata, para mais longe dos passos. Ele percebe minha pegada firme na arma e franze o cenho.

— Você pelo menos sabe usar?

É claro que sei, porém não conto. Faço sinal de silêncio com um dedo nos meus lábios. Tenho um pensamento irracional de que talvez tenhamos acordado um urso, mas é bobagem. Eles estão hibernando. Se for quadrúpede, provavelmente é um lobo. E, se for um lobo faminto, magro pelas escassas coletas no inverno, estamos enrascados. Isolados e com apenas uma arma entre nós.

O lobo-cinza norte-americano corre entre cinquenta e sessenta quilômetros por hora. O homem mais rápido do mundo, o detentor atual do recorde olímpico em corrida, faz um pouco menos de 45 quilômetros por hora. Uma mulher fora de forma no limiar da meia-idade e um adolescente com menos bravura que bom senso sequer chegariam perto de 45, especialmente não sobre a neve no meio da floresta. Para eu atirar num lobo em movimento, na velocidade em que ele atacaria, preciso saber de qual direção ele vai vir. Se for uma alcateia, aí estamos ferrados de verdade. Depois de uns poucos momentos, não ouço mais nada, mas sinto algo ou alguém ali. Não sei ainda dizer se humano ou animal.

Baixo a voz para um sussurro.

— Você disse que tem uns cuzões te seguindo?

Ele assente.

— Eu os vi do lado de fora da escola e depois na casa da minha mãe. Mas estavam só olhando. Pensei que o idiota do namorado da minha mãe tinha feito alguma burrada. Ele fez parte de uma gangue de motociclistas uns tempos atrás.

— Quem quer que sejam, parece que estão fazendo mais do que só olhar.

Tommy toca minha arma e aponta para uma pequena fenda entre as árvores. Uma trilha estreita através de um denso matagal.

— Trilha diferente. Leva de volta à estrada.

Conforme seguimos pelo caminho entre as árvores, lanço um olhar para trás e vejo um feixe vermelho cortar a neve. Ele chega a um galho de árvore logo acima da minha cabeça no momento que entro na mira de um fuzil. Quando me abaixo, sinto uma rajada de ar quase tocando minha orelha e pedaços de casca de árvore explodem.

— Caramba! — grita Tommy, parando para olhar a perfuração fumegante na árvore, mas então eu o puxo mais para dentro da mata. — Quem são esses caras? Caçadores ou o quê?

Algo me diz que eles não são típicos caçadores em busca de carne de veado para o jantar. É o mesmo algo que me diz que não me pareço nadinha com um veado, e nem Tommy, aliás. Empurro Tommy à minha frente e corremos pela floresta, sem mais nos importar com o barulho e sem parar para conferir quem está nos perseguindo. O caminho se abre, mas Tommy segue para uma trilha ainda mais estreita, mais coberta por troncos de árvores. No verão, quando a folhagem está cheia, seria difícil passar por aqui. Contudo, conseguimos deslizar pelo caminho, ambos menores e mais leves, presumimos, de quem estiver nos caçando.

Preciso dar crédito ao garoto. Seu aeróbico é excepcional. Ele mal está respirando fundo enquanto sinto que um ataque de asma é iminente, mesmo com toda a adrenalina nas minhas veias. O ar do inverno é tão puro aqui que fere meus pulmões. Se frescor é isso, acho que dispenso.

Tommy para de repente diante de um aglomerado espesso de espinheiros cobertos de gelo que se ergue sobre nós. Olho para os galhos emaranhados e espero que ele não pretenda passar por cima, então ele se ajoelha e começa a cavar sob os espinheiros. A neve, compactada e dura, é difícil de puxar, e estamos perdendo um tempo precioso.

— A estrada é logo depois disto aqui — murmura ele. — Vamos...

Ajoelho-me perto dele, e estamos os dois cavando freneticamente enquanto ouvimos neve sendo triturada em algum lugar atrás, se aproximando... até que finalmente a neve cede e um pequeno túnel nos conduz para o outro lado: primeiro Tommy, depois eu. Ouço uma bala zumbir perto e sei que estão próximos. Empurro Tommy pelo resto do caminho e fico em pé. Meu tornozelo, o que torci ao pular do balcão da biblioteca, cede sobre mim, mas dou um jeito de me manter em pé. Não sinto mais o frio, mas sei que logo irei, então, antes que isso aconteça, tento aumentar a distância entre mim e as pessoas que estão atirando. O carro de David está parado alguns metros à frente, bem mais perto do que a caminhonete de Tommy, e uma SUV preta está estacionada entre os dois. Desta direção não consigo ver se tem alguém dentro dela, por isso ergo a arma e atiro no pneu de trás, o que está mais próximo a mim. Outra bala usada, mas não tinha como evitar.

— Entre! — grito para Tommy, que está me olhando como se de repente eu tivesse ganhado um par de asas e estivesse prestes a alçar voo. Antes fosse. Pulo no assento da SUV de David e Tommy não perde mais tempo. Ele desliza para o assento ao meu lado. Duas balas acertam a traseira do carro enquanto saíamos em disparada.

4

Apenas quando já estamos na rodovia, e a paisagem voa num borrão de neve e árvores, é que Tommy se recupera o suficiente de nossa experiência quase mortal para falar de novo.

— Caramba, quem eram aqueles caras?

— Eu falei, sou...

— A mãe da Bonnie é ruiva. Eu a vi uma vez quando ela deu uma carona à Bonnie até o shopping. — Ele me encara por um momento. — Você é... a mãe biológica dela, certo?

— Sim.

Está nevando de novo, e sigo na maior velocidade possível porque não tem nada mais desagradável do que levar um tiro. Primeiro um tiro de alerta do Tommy e depois daqueles homens na mata. Mas esta rodovia é traiçoeira, e a cada minuto que passa se torna mais difícil de navegar, mesmo com tração nas quatro rodas.

— Onde você aprendeu a atirar daquele jeito?

— Isso não importa...

— É, meio que importa sim — diz ele, com os olhos brilhando. — Você atirou naquele pneu a mais de dez metros de distância sem sequer parar para mirar...

— Eu mirei.

— Você... você é tipo *profissional.*

De onde eu venho, isso pode significar outra coisa.

— Falamos disso depois. Por ora, quero saber da Bonnie. Ela veio encontrar você?

Ele fica em silêncio por um momento.

— É por isso que aqueles caras estavam me vigiando também? O que foi que ela fez? Porque eu a conheço e sei que não estaria enrascada assim sozinha. A amiga dela, Mandy, deve ter causado algum tipo de problema.

Olho para ele. Está tremendo, saindo da onda de adrenalina, sentindo o frio nas mãos e nos pés.

— Tenho certeza que não tem nada a ver com Mandy e ainda não sei o que tem a ver com Bonnie. Talvez nada. Até onde sei, ela fugiu, só isso. Não sei por que aqueles caras estão atrás dela.

— Mas ela está encrencada.

— Acho que sim. — Então hesito. Não quero assustá-lo, mas, se tem alguém que é bom em perceber quando adultos estão mentindo, são as crianças. Antes que a vida apague esse instinto natural. — Você sabe por que ela fugiu? — Verifico o espelho retrovisor. Nenhuma SUV preta, não ainda. Se eu não estivesse tão apressada, teria atirado no outro pneu também. Agora estou pensando que eles devem ter um estepe. Quanto tempo levariam para trocar um pneu?

— Sim, ela não estava numa boa com a mãe e o pai. Ela descobriu que a mãe estava traindo e que o pai era idiota demais pra perceber ou fazer algo a respeito. O pai dela estava sempre fora, a negócios. Era zoado naquela casa, cara. Aqueles dois se odiavam. Bonnie achava que a mãe tinha começado a odiá-la, inclusive. A outra mãe dela, sabe.

A rodovia se estreita para uma única faixa por um trecho sinuoso, e o carro à nossa frente está rastejando. Tento manter a voz firme, tento manter a calma, mas a ansiedade ainda se espalha por mim. Perdemos tempo andando devagar por causa do clima e agora estou empacada atrás de uma lesma. Vai entender.

— Ela veio pra cá te encontrar?

— Ela ia fazer isso, umas duas semanas atrás, mas não apareceu. Achei que só tivesse furado comigo. Foi esquisito, no entanto, porque ela disse que tinha uma notícia pra me dar e eu achei que ela estava…

— Grávida.

Ele enrubesce.

— É, acho que sim. Mas sempre usamos… sabe, quando fizemos…

— Sei.

— Quando ela não veio, achei que tinha sido um alarme falso e ela tinha ficado com vergonha ou algo do tipo.

— Então você não teve mais notícias dela?

— Não. Mandy me mandou um monte de mensagem de texto dizendo que ela tinha desaparecido e que os pais estavam desesperados, mas pensei que era exagero. Mandy faz qualquer coisa pra chamar atenção. Mas não faz o menor sentido... Por que aqueles caras atiraram em nós?

A estrada se abre em duas faixas de novo e acelero o máximo que ouso. Está abaixo de zero lá fora, por isso a neve está grudando no asfalto, tornando-o duro e escorregadio.

— Não sei, mas é melhor você manter a discrição de agora em diante, Tommy. — Olho para ele, que me encara brevemente. — Entende o que estou dizendo?

Ele assente.

— Vou ficar na minha. Não precisa dizer duas vezes, dona. Comecei a levar sempre comigo a arma do namorado da minha mãe quando percebi que aqueles caras estavam me vigiando, mas não sei usar, pelo menos não como você. Talvez pudesse me ensinar.

Ele prossegue com isso por um tempo, mas quase não ouço as palavras. Desta vez, não preciso brincar de adivinhação para saber que tem alguém na minha cola. A SUV preta toma o cuidado de sempre se manter a três carros de distância. Mesmo com as estradas ruins e gente lerda à frente, é cedo demais para terem trocado o pneu, a não ser que, além de serem mercenários, sejam mecânicos do nível da Fórmula 1.

E essa era minha preocupação.

A SUV não se esforça muito para disfarçar sua presença, o que me leva a crer que medo é o objetivo deles. Querem que eu cometa algum erro, que entre em pânico, que deixe minha imaginação solta. Passamos a saída seguinte e os dois carros à frente da SUV pegam a rampa de acesso. Agora somos os dois únicos automóveis na estrada.

— São eles? — A voz em pânico de Tommy me traz de volta à realidade. — Achei que você tivesse atirado no pneu!

— Parece que eles têm pneus *run-flat* — explico. — Esses pneus vêm em carros blindados e nos veículos top de linha de algumas marcas.

— Caramba!

— Me ouça com bastante atenção. Não temos muito tempo. Ao meu sinal, vou reduzir a velocidade e quero que você salte, ok?

Ele me encara com olhos arregalados.

— Do que é que você tá falando?

— Escute! Não tem mais saídas próximas e vamos entrar num trecho sinuoso. Não tenho como ir tão rápido. Eles vão se aproximar e você não pode ficar comigo. Eles já atiraram em nós dois. Faça exatamente o que eu mandar e vai viver. Entendeu?

Ele nega com a cabeça, mas sei que entendeu.

— Quando eu reduzir — prossigo —, abra a porta, salte, curve-se e role. Fique encolhido e fora do caminho até ter ouvido eles passarem por você, então corra que nem doido na direção oposta.

— De volta pra cidade?

— Pra qualquer lugar. Tire a bateria do celular assim que começar a correr. Pegue emprestado o telefone de alguém, ou roube um, não me importo. Não ligue pra sua mãe; ligue para o namorado dela, peça que ele pegue você, então dê o fora. Você disse que ele tem contatos, certo? — Tommy confirma com a cabeça. — Que bom. Você vai precisar usá-los. Fique longe por uns dois meses. — Não sei que tipo de vigilância eles mantêm sobre Tommy, mas estou começando a suspeitar do pior.

— Mas e a escola...

Dou risada.

— Você não se importa de verdade com a escola, não é?

Os olhos dele se arregalaram assustados.

— Não entendo o que está acontecendo...

— Alguém está procurando Bonnie e não quer mais só vigiar. Isso é tudo o que você precisa saber.

— Mas... Ela está viva?

— Não sei. Mas vou encontrá-la de algum jeito, ok? — A promessa me surpreende. De certa forma, tudo sempre esteve conduzindo a isto. Ao inevitável. Era isto que Everett Walsh queria desde o começo, o que ele tinha esperado quando me ligou naquela manhã.

Uma montanha se ergue diante de nós e a estrada se eleva gradualmente. Acelero e faço veloz a primeira curva. O carro de David fica um pouco desgovernado. A SUV desaparece do retrovisor. Na segunda curva, desacelero o máximo possível.

— Agora — falo para Tommy e dou um empurrãozinho com a mão direita.

Assim que o corpo dele cai na neve atrás de mim, dou uma única olhada pelo espelho retrovisor para ter certeza de que ele rolou para fora do caminho, então acelero. A porta pela qual Tommy saltou continua aberta, golpeada pelo vento, até que uma rajada súbita a fecha com uma pancada. Não fechou certinho — a luz no painel que sinaliza uma porta aberta pisca para mim —, contudo é suficiente para evitar que o carro em meu encalço suspeite de algo.

Dirijo por um minuto, tensa de repente, fitando o retrovisor, mas relaxo ao ver a SUV atrás. Que bom. Significa que Tommy tem chance. O que se segue não é bem uma perseguição em alta velocidade, e sim uma viagem pelas montanhas, reduzindo nas curvas e acelerando pelos curtos trechos retos. Eles são implacáveis na busca. À minha frente eis o trecho reto mais longo até agora, e a SUV acelera. Vejo um brilho de metal no espelho retrovisor, então o carro de David dá uma guinada brusca. Eles atiraram em um dos pneus traseiros. Agarro o volante, tentando controlar o veículo, mas a velocidade é alta demais e o carro dá um pinote em protesto. Eles aproveitam a distração para se aproximar de mim e ficam quase no meu para-choque. A estrada aqui é perigosamente estreita, com uma única faixa em cada sentido.

A pista faz uma curva à frente e eles estão a meros segundos de me capturar quando desapareço de novo. Outro tiro ressoa e outro pneu explode. A SUV, difícil de controlar sem um pneu, é quase impossível agora sem dois. Quem quer que esteja no controle da arma neste momento está fazendo um trabalho bem melhor que o cara que nos perseguiu na floresta. A opção mais sábia seria parar aqui mesmo, levantar a bandeira branca e deixar que esses capangas armados, que parecem ter entrado no modo guerrilha, façam o que quiser comigo. Porém, nunca fui do tipo que levanta bandeira branca. Na verdade, acho que nunca tive sequer uma peça de roupa branca na vida. Além disso, não se atira nos pneus de um veículo em terrenos como este para apenas interrogar a pessoa. Nem a mim, nem a Tommy. Eles estão dando os nós nas pontas soltas. Aqui, nestas estradas, com gelo do inverno e fortes rajadas de vento, capazes de empurrar para fora da pista automóveis do dobro do tamanho da SUV de David, não estão mais interessados em conversar. O momento de levantar uma bandeira branca já passou. O que faço, em vez disso, é acelerar na direção da curva adiante, reduzir a velocidade logo antes de entrar nela, e seguir as mesmas instruções que dei a Tommy.

Uma explosão de ar gelado bate no meu rosto conforme salto do carro, então o ar é substituído por um punhado de neve. Uma dor abrasadora toma minhas pernas já doloridas, pernas que suportaram o impacto de uma queda menos de uma semana antes. Há um ruído alto e agudo quando a SUV novinha de David passa pela mureta da estrada e mergulha no vale abaixo. A arma de Tommy se solta da minha mão e voa atrás do carro. E, por fim, um *crash* ao longe.

Estou bem na frente de um montinho de neve entre a estrada e a grade de proteção. Rastejo o mais distante possível do campo de visão e, em seguida, me entoco em um banco de neve. Segundos depois, a SUV para derrapando e as portas se abrem. Eu me encolho, congelando em silêncio, e forço para estabilizar minha respiração irregular. Pés com botas pesadas seguem até a borda da barreira que o carro atravessou.

— Merda! — exclama o homem. — Que mulher louca. Era ela quem estava com o garoto na floresta, certo? A que invadiu nosso escritório? Você tem certeza?

Ocorre uma pausa, então a voz que assombra meus sonhos quebra o silêncio.

— Tenho certeza — diz ele calmamente. Como se não estivesse com a menor pressa. Como se mulheres e crianças capotassem para os limites das estradas todos os dias, e Tommy e eu fôssemos as baixas de hoje. — Vamos.

— Você não quer ver se ela está morta... e o garoto também?

— Não. Não podemos ser vistos aqui. Vamos ficar por perto e aguardar notícias.

Eles retornam ao carro. Fico escondida até não ouvir mais o barulho do motor deles, depois me levanto e vou mancando até a rodovia. Não há carros por quilômetros à vista, e estou com tanto frio que tenho que manter a língua no fundo da boca para evitar mordê-la de tão forte que bato meus dentes. Então começo a andar.

5

Depois do atentado contra minha vida, minha mente se recusa a relaxar. Vale a pena ser morta por causa da minha investigação de uma garota desaparecida? Drogas, sexo e álcool são o caminho pelo qual Bonnie seguiu. Ela fugiu para ficar com o namorado, não para escapar das garras de funcionários de uma empresa de segurança particular que agem mais como capangas e mercenários que qualquer outra coisa. Quanto mais descubro, mais complexo se torna o cenário, e estou nervosa porque, se tem uma coisa que está ficando clara para mim, é que ela está em perigo. E que eu me importo.

Espero várias horas no limite de Kelowna, até que as autoridades tenham remexido nos escombros do acidente. A esta altura, já devem saber que não estou num amontoado sangrento no fundo do penhasco. Minha primeira ligação é para Seb. Suspeito que eles, quem quer que sejam, muito provavelmente estão monitorando a linha do escritório, por isso digo a Seb que estou ligando de um hospital, não posso lhe dizer onde, mas que estou ferida. E não vou conseguir cumprir meu prazo de uma semana. Quando Seb se recompõe o suficiente para gritar profanações no meu ouvido antes de implorar para que eu lhe conte onde estou, para que possa me buscar, respondo apenas "oeste" e desligo. Então tiro a bateria do telefone.

Com sorte, eles virão me procurar. Quanto mais tempo perderem comigo, maiores as chances de Bonnie.

Isso se ela estiver viva.

Um husky velho e triste geme para mim da janela quando saio dirigindo do hospital veterinário e abrigo de animais no velho Honda que encontrei no pátio. Eu tinha passeado com ele, tirado a coleira para vagar pela clínica comigo, e lhe deixara água e comida suficiente para durar até que o plantonista, seja lá quem fosse, voltasse. Um aviso na janela diz que o hospital não funciona em fins de semana exceto para emergências, mas deixaram a chave reserva do Honda em uma gaveta do escritório.

Tecnicamente, eu não menti para Seb a respeito do hospital ou de estar no oeste. Oeste tem relação com um ponto fixo, que optei por não especificar.

Penso na jornada que estou prestes a encarar e desejo em vão pelo ar úmido e céu nublado com os quais me sinto mais confortável. Um sem-fim de dias chuvosos e ruas encharcadas não costumam ser a primeira opção de ninguém, mas são muito melhores do que o que vou encontrar. Mais neve.

6

Bonnie, esse é o nome dela.

Ela até o repetiu em voz alta algumas vezes, suas palavras soando fracas, arranhadas e estranhas neste lugar. Ela não ouviu nenhuma outra voz desde que chegou aqui, nada além de pássaros e árvores chamando uns aos outros. Gravetos caídos e galhos tinham criado uma barreira decente para sua nova casa. O suficiente para manter o pior do frio do lado de fora, e grandes animais, mas Bonnie sabia que era besteira depender de gravetos para se proteger. Eles não vão impedir qualquer criatura que queira mesmo entrar. Mas aqui, abrigada e sozinha, bebendo água de um riacho próximo, Bonnie enfim sente alguma segurança. Não de animais quadrúpedes — ela não é idiota —, mas dos bípedes pelo menos.

Ela quer a mãe e o pai, mas eles não fazem ideia nem de como começar a procurá-la. A última coisa que ela lhes disse foi uma mentira. Nem disse adeus à mãe, ela se lembra disso com clareza. Lynn, é assim que vinha chamando-a nos últimos tempos. Não era mais "mãe". Lynn estava na cozinha com uma xícara de café, esperando Bonnie descer. Havia um único prato na mesa da cozinha com uma pilha de panquecas. Elas ignoraram uma à outra enquanto Bonnie comia, mas, quando a garota se virou para pôr o prato na lava-louça, pôde sentir o olhar de Lynn. Isso não era incomum. Lynn preferia olhar para a filha quando ela não estava vendo, porém, quando Bonnie se virou, a mulher encarava a xícara que tinha nas mãos. Fazia mais de um ano que ela não era capaz de olhar a garota nos olhos.

Só que Bonnie tinha outra mãe. Ela até mesmo lhe escreveu uma carta quando estava com 12 anos, apesar de não ter um endereço para postar. Aquela carta levou tanto tempo para ser escrita que ela se recorda de cada palavra — se recorda porque jogou fora rascunhos e mais rascunhos. Ela levou horas compondo-a e, no fim, jogou a versão final da carta fora, junto com as outras. Mas sabe o que escreveu.

Querida mamãe,

Sei que você não me conhece. Meu nome é Bronwyn, mas você pode me chamar de Bonnie. Gosto de música e de praticar esportes, e só. Meus pais (os pais com quem eu moro) são Everett e Lynn. Eles não são ruins, mas não entendem. Tipo, nada. Simplesmente não entendem. As pessoas sempre encaram a gente. Às vezes eu não quero sair com eles porque não suporto que fiquem olhando para nós.

Você nunca me procurou, mas eu procurei você. Não sei por que me deixou para adoção, mas tenho certeza de que tinha uma boa razão.

Não te culpo, tá? Só quero conversar.

Da sua filha,

Bronwyn (Bonnie)

Então escreveu o endereço de e-mail dela e o número de telefone no fim da carta, só para garantir.

Bonnie está feliz por ter jogado a carta fora. Era cheia de mentiras, de qualquer modo. Nunca gostou de verdade de música ou de praticar esportes, e sem sombra de dúvida culpava a mãe verdadeira de tê-la dado para adoção. Quem não culparia? A única pessoa que a entendia era Tommy, cujo pai o abandonou e à mãe quando ele era só um bebê, mas Tommy está tão longe agora que daria na mesma se fosse num outro planeta.

Ela fecha os olhos e dorme. Deitada de lado, com o corpo enrolado e a bochecha pressionada contra a terra, não escuta o passo baixinho que se aproxima. Ela não vê o olho que espia por um buraco na barreira improvisada. Ela não vê a pessoa se afastar com um celular na mão.

TRÊS

1

ALGUMAS COISAS SÃO FÁCEIS demais para os fabulosamente ricos. Como um resort de esqui normal, onde há uma estrada pela qual você pode dirigir sua Bugatti direto até a porta de entrada, dar uma gorjeta ao valet que vai estacioná-la, então adentrar no hotel para tomar uma bebida quente antes de seguir para os declives. Não, pois isso é muito simples. Esse tipo de resort de esqui é para milionários do tipo comum. Se você for rico de verdade, irá para o resort de esqui referido como "Chalé", que só permite a entrada via helicóptero vindo de um aeroporto particular próximo; uma alternativa é pedir ao seu motorista que o leve até a base da estrada, onde um veículo do hotel o aguarda. Porque sua Bugatti não vai conseguir andar pela traiçoeira estrada de acesso reservada somente para transportes e para funcionários do hotel que necessariamente devem morar na propriedade ou que foram recrutados de uma cidade próxima. A única maneira de dificultar ainda mais o acesso ao resort seria cercá-lo com um fosso cheio de camponeses moribundos.

Paro numa cidadezinha próxima da base da estrada de acesso; estou com o corpo dolorido, a cabeça latejando, um tornozelo provavelmente torcido para sempre (se não estiver quebrado) e um ombro talvez deslocado por causa do salto de um carro em movimento. E, para completar, estou vestida para o clima úmido de Vancouver, e não para um lugar que por dois anos seguidos coleciona o recorde de maior precipitação de neve do país. Meus trajes para chuva simplesmente não deram conta e congelaram meu corpo, incapazes de sequer funcionar como uma barreira contra o vento.

Estaciono o Honda dos cuidadores diante de um restaurante, numa vaga em meio a dois carros que já estavam parados, um deles um caminhão de conserto, e sigo estremecendo até a porta da frente. Todo barulho é engolido por um vácuo assim que entro. A mulher atrás do balcão para de passar o café para me encarar, e os dois clientes homens de meia-idade se viram para me olhar. Eles estão com casacos grossos e calças para a neve, e a mulher está empacotada num suéter de lã vermelha.

— Você é a nova faxineira? — pergunta um dos homens, levantando-se da banqueta. — Do grande arrasta-pé?

— Ah… — Quero assentir, mas tudo o que consigo fazer é ficar parada, dizendo sons ininteligíveis enquanto bato os dentes.

O homem franze o cenho, tomando como resposta afirmativa.

— Eles costumam contratar mulheres mais novas, com mais… — Ele desiste de falar, então olha para a mulher detrás do balcão, em busca de apoio.

— Peito? — tenta ela.

— Cabelo? — arrisca o outro homem.

— Os dois? — digo quando chega a minha vez. Estou um pouco mais aquecida agora, e sílabas se tornam possíveis.

O homem passa a se apoiar no outro pé e murmura alguma resposta inaudível.

— O que você disse? — falo alto. — Não consegui ouvir.

— Eu disse: estou indo pra lá agora, sou o supervisor noturno de manutenção, então, se você quiser uma carona… Esse carro aí não vai conseguir passar pela estrada, especialmente sem pneus para neve, dona. — Ele olha para o Honda. — O que raios você tinha na cabeça de vir dirigindo pra cá com essa coisa? Sou Carl, aliás.

Aceito isso como um tipo de pedido de desculpas pelo insulto ao meu peito e cabelo. Ele não é exatamente o espécime com melhor físico.

— O Carl fala algo de que se arrepende pelo menos duas vezes ao dia, querida, por isso não o leve tão a sério. Ele pode te dar carona numa boa até lá em cima — diz a mulher detrás do balcão.

— Você não vai mesmo conseguir chegar lá com essa lata-velha. Sem ofensas — intervém o outro homem.

Viro para Carl.

— Você não pretende me matar e jogar meu corpo em algum lugar na neve, pretende?

Carl, abençoado seja seu coração simples, fica muito vermelho.

— É claro que não!

A pergunta é tão despropositada que não é possível ele ter inventado tamanha indignação meros segundos depois de tê-la ouvido a não ser que estivesse falando a verdade. Parte de mim compreende que, ainda que as intenções dele fossem mesmo essas, eu arriscaria e aceitaria. Há um cavaleiro na montanha que talvez saiba alguma coisa sobre o desaparecimento de Bonnie. Ou, no mínimo, por que a WIN Security está tão preocupada com isso.

A mulher detrás do balcão dá risadinhas.

— Imagine só — diz ela, balançando os cachos de um loiro platinado. — Carl matando alguém e jogando o corpo na neve. — Ela sorri e volta a limpar o balcão.

— Venha — chama Carl, tomando o resto do café e indo na direção da porta. — A Lucy do RH disse que você não iria conseguir chegar hoje, mas resolvi esperar por aqui, só por garantia.

Estaciono o Honda na parte de trás e sigo Carl até sua caminhonete velha, equipada com pneus para o inverno. Começamos a subir para a montanha em silêncio, meu tipo favorito de companhia.

2

CARL NÃO ESTAVA BRINCANDO a respeito da estrada. Eu achei que a rodovia para cá fosse ruim, mas esta pista de acesso é memorável... ou seria, tenho certeza disso, se pudesse ver mais que um metro à frente. O que vejo é suficiente para me fazer agarrar o apoio de braço entre nós dois como uma corda salva-vidas.

Ele não fala quase nada durante a viagem traiçoeira que parece contornar a montanha acima. Para piorar, começa a nevar e nossa visibilidade fica limitada ao que está diante dos faróis. Carl liga o rádio numa estação de música country e cantarola junto enquanto eu penso a respeito de renovar minha fé num poder superior. Mas parece egoísta invocar um somente quando preciso, então deixo os pensamentos sobre fé para lá e solto um suspiro de alívio quando uma construção se ergue à nossa frente, com luzes brilhantes, iluminando o vale sombrio que a cerca. Carl estaciona na parte de trás.

Não faço ideia de que horas são. Pode ser fim da tarde ou madrugada, não consigo distinguir.

A voz de Carl se intromete.

— Temos uma equipe de faxina diurna de cinco pessoas e noturna de duas pessoas. Maria costumava ser do turno da tarde, mas ela pediu demissão na semana passada. É um inferno arranjar gente pra trabalhar aqui. A maioria fica no alojamento dos funcionários lá atrás ou na cidade. Sou o único que vive a duas horas de distância, e minha esposa não gosta que estou sempre longe de casa. Você já fez a papelada?

Balanço a cabeça em negativa. Saímos do carro e lutamos contra as correntes de ar congelante da montanha até a entrada de serviço.

— Certo — diz Carl assim que entramos. Ele continua a andar, mas uma rajada de ar cálido me acerta e preciso de um momento para derreter. Ele dá uma olhada para trás quando percebe que não o estou seguindo. — Você se acostuma, não se preocupe. Venha.

Obrigo meus pés a se moverem. Estão desajeitados, presos a pernas que recentemente pularam de uma sacada e de um veículo em movimento.

— Lucy — prossegue Carl —, nossa garota do RH, não está aqui hoje, por isso vou dar a você uma chave e um uniforme. Pode falar com ela amanhã de manhã depois do fim do seu turno. Sabe, eles não costumam botar pessoas novas no turno noturno, mas, sei lá, acho que tiveram de fazer alguns ajustes quando esse bando de executivos lotou o lugar.

— Bando de executivos? — pergunto, seguindo-o por um longo corredor até um escritório pequeno no final.

— Para alguma reunião importante. Pessoal VIP e tudo mais. Alugaram o hotel todo, se dá pra acreditar, apesar que, pra falar a verdade, não é um lugar tão grande assim. Acho que usam isso pra subir os preços. Todas as pessoas que podem ficar aqui são VIP, mas a administração estava arrancando os cabelos por causa deste fim de semana. O heliporto do terraço teve um movimento que você não acreditaria. E todo mundo tem sua própria equipe de segurança, o que normalmente não tem muita razão de ser aqui em cima. — Carl se tornou um perfeito tagarela desde que saiu da caminhonete, e o esforço extra parece tê-lo cansado. Ele remexe num guarda-roupa no outro canto da sala e tira de lá um par de calças pretas e uma camisa preta com um monograma.

— O banheiro fica do outro lado do corredor. Vá lá jogar uma água no rosto e volte quando estiver pronta. Terei uma chave programada pra você. Oh, e isso é tudo o que você trouxe? — Ele indica minha mochila com a cabeça.

— Sim.

— Bem, podemos guardar aqui, por ora. Não tem sentido perder tempo no alojamento dos funcionários. O turno começa em cerca de dez minutos. Eles, ahn, preferem que as mulheres usem o cabelo preso. — A última frase foi pronunciada com Carl encarando um ponto fixo à esquerda do meu ombro.

Um minuto depois, me olhando no espelho do banheiro, percebo o problema. Emaranhado de um lado e como um ninho de rato do outro, e parecendo que assustaria até mesmo o pente mais resistente, meu cabelo já viu dias melhores. Levo dez minutos inteiros para domá-lo em um coque. Depois, me lavo na pia e aplico duas camadas novas de desodorante. Quanto se trata de desodorante, toda cautela é pouca. Então visto meu uniforme novo. É feito de um material morno e macio. Muito mais bonitos que minhas roupas, sem dúvida. Faço uma nota mental para levá-lo comigo quando for embora daqui.

Carl já está trocado quando volto ao seu escritório. Ele notou que estou mancando e a delicadeza com que seguro meu ombro. Ele é muito cavalheiro para comentar algo a respeito, mas sei o que está pensando. Que Lucy deve estar desesperada para contratar alguém como eu. Carl, no entanto, não é responsável pelas contratações, então dá de ombros e segue em frente. Ele me entrega um cartão-chave e me guia pelo prédio. Examino o chalé mais luxuoso deste lado do Pacífico. Elevado, tetos abobadados, tons amadeirados e janelas do chão ao teto com vista para o vale abaixo. Passamos pelo saguão, por salas de reuniões, banheiros e cozinhas. As cores são quentes e suaves, mas cada quarto ainda dá a sensação de estar num espaço grande. Todos os quartos de hóspedes estão ocupados, Carl explica para mim enquanto dá de ombros, mas as faxineiras diurnas é quem são responsáveis por atendê-los. Tudo, exceto os quartos de hóspedes, é limpo à noite.

Pergunto se ele tem uma lista de hóspedes com a identificação do número do quarto.

— Não, nós não limpamos quartos neste turno, lembra? Além disso, não nos passam essa informação. Toda manhã, o turno diurno recebe os números dos quartos que terão de cuidar.

Com isso, Carl me introduz aos quatro andares para hóspedes. Todos os hóspedes têm cartões de elevador exclusivos que levam essas pessoas elegantes somente para o andar delas. Apenas o primeiro andar para hóspedes funciona como um hotel comum, com 15 quartos-padrão.

— Para os assistentes e guarda-costas — explica Carl.

— Que evento é esse? — Brazuca não chegou a dizer exatamente o que era.

— Alguma coisa anual. Parcerias Asiáticas em Dar as Mãos e Tomar o País, ou algo do tipo.

Ele sorri, mas com certa confusão e raiva. Dada a natureza da crise de habitação em Vancouver, imigração tem sido um ponto polêmico na província. Vancouver se tornou uma cidade de fronteira onde estrangeiros ricos se apossam de espaços, impulsionam os valores de moradia e cobram o preço da classe média, enquanto subdeclaram seus rendimentos no exterior para reduzir os impostos devidos. Alguns sequer vivem em suas mansões caras durante a maior parte do ano, mesmo sendo os únicos que possuem os meios de viver bem na cidade e de ter luxos como um quintal. Ainda que Carl não viva em Vancouver, ele poderia ter querido em algum momento, até que seu saldo bancário o tirou da corrida.

— Maldito governo que deixa qualquer um entrar — continua ele. Talvez esteja desabafando ou talvez espere que eu morda a isca. Entretanto, nunca tive como pagar para ter uma propriedade, fosse de primeira ou não. Por isso, a imigração não me incomoda. Embora, antes de Bonnie desaparecer, eu estivesse poupando para me mudar com Whisper para um apartamento só nosso, talvez com varanda.

Apenas assinto como se fosse a coisa mais interessante que alguém já disse e fico de boca fechada. Carl por fim se cansa de ouvir o som da própria voz e se cala. Ele me dá um cartão para abrir portas para tudo, exceto os alojamentos dos hóspedes, e passo o restante da noite limpando os espaços públicos. Não sou muito boa na faxina, mas compenso a falta de técnica com a aplicação liberal de produtos de limpeza. Carl me deixou com um carrinho e uma lista de coisas para fazer. Ele deve estar de volta ao escritório, cochilando, depois de delegar todo o trabalho sujo para mim. Estou tão cansada que mal consigo ficar de pé, mas ainda não sei como descobrir qual dos sócios da WIN está aqui e como chegar até ele.

Nas primeiras horas da manhã, estou esfregando as cabines do banheiro masculino do saguão quando a porta abre e um homem entra. Franzo o cenho. A placa de sinalização de limpeza está do lado de fora, e fico me perguntando por que alguém estaria aqui embaixo a esta hora.

— Limpeza — digo alto.

— Desculpe, desculpe — responde o homem, prestes a sair. Ele escorrega um pouco no chão molhado que erroneamente lavei antes de limpar o resto. O homem se agarra à pia para se equilibrar. Saio da cabine, com a escova sanitária na mão, e nossos olhos se encontram no espelho.

O queixo de Brazuca cai, refletindo minha própria expressão espantada.

3

— Você fica esperando em banheiros para me surpreender? — questiona Brazuca, por fim. Foi preciso um minuto para que nós dois nos recuperássemos do choque. Ele está com as mesmas roupas de quando nos vimos pela última vez, agora amarrotadas a ponto de ficarem irreconhecíveis depois de dois dias viajando longas distâncias. Ele nota o uniforme de hotel, mais caro que minhas roupas comuns, o cabelo arrumado puxado para trás, e fica olhando meu rosto, que está fatigado e abatido e irritado pela proximidade com tantos produtos de limpeza. Como estou parada, ele não percebe, por enquanto, meu tornozelo torcido.

Abro a boca para falar, mas nenhuma palavra sai. *Desculpe por ter te acertado com uma corrente de pneu, por ter te interrogado, ter jogado suas chaves do carro na floresta e por ter te abandonado no meio do nada* não parece suficiente.

— Veja, sem armas desta vez — digo.

Ele olha para a escova sanitária na minha mão. Devolvo-a ao carrinho e me viro para ele com as mãos para cima.

Ele não fica arrebatado de gratidão.

— Que alívio — comenta, esfregando a parte de trás da cabeça. — Precisamos parar de nos encontrar em banheiros masculinos, Nora. Isso tá ficando um pouco esquisito.

— Pontes eram melhores.

— Mais seguras — concorda ele. — Pelo menos para mim.

Suspiramos, quase em uníssono. Lembro quando não passávamos de alcoólatras silenciosos, sem armas e encontros perigosos em banheiros. Sem dúvida, Brazuca gostaria de poder voltar à época anterior a quando aceitou ser meu padrinho. Às vezes, basta uma única má decisão para descarrilar sua vida. Sei disso melhor do que ninguém.

Ele ergue uma mão.

— Antes que você diga alguma coisa, só me dê um minuto.

Eu o observo jogar uma água fria no rosto, secá-lo com uma toalha de mão felpuda que estava bem enrolada (porque não fui eu quem a enrolou) e depois deixá-la num cesto discreto próximo à pia. Franzino o cenho, recolho a toalha e a coloco no meu cesto de itens para lavar. Então adiciono uma toalha limpa à pilha. Carl foi bem específico a respeito das quantidades. O carrinho de limpeza é de uma organização extraordinária, com compartimentos para cada detalhezinho.

— Então, tive de esperar até de manhã para achar minhas chaves do carro — diz Brazuca. — Caso você estivesse imaginando como foi.

Aí vem.

— O atendente do posto de gasolina não conseguia entender como eu tinha perdido as chaves na mata. Ele queria ligar para as autoridades, para avisá-los sobre uma "mulher esquisita numa SUV", mas o convenci a não fazer isso. Quer saber por quê?

— Porque você é um bom cristão? — proponho.

— Meus pais são budistas, na verdade.

Quem diria. Bem, é a costa oeste, afinal. E pais hippies poderiam ser explicação para o alcoolismo.

— Isso não significa que você não é cristão — replico.

Ele ignora o comentário.

— Eu não o deixei ligar para as autoridades porque não queria que você ficasse encrencada.

— Obrigada.

— Oh, não por isso — diz ele, sua voz suave como mel. É assim que sei que a coisa vai ficar feia. Brazuca é um homem charmoso, mas ele nunca usou esse seu lado comigo. Está exibindo um sorriso que não chega aos olhos. — Dei uma olhada no desaparecimento que você comentou — prossegue ele. — Há um boletim de ocorrência de pessoa desaparecida, o terceiro em nome da mesma garota. E não é que ela é adotada?

Estremeço. Não sou capaz de disfarçar o que sinto.

— Pois é. Também fiquei bem surpreso. Dei uma passada na casa dos pais dela pra bater um papo. O pai dela disse que entrou em contato com a mãe biológica, mas que ela não quis ajudar. Ele ficou decepcionado porque ela nem pareceu se importar… Mas ele não a conhecia muito bem, não é?

Ele aguarda uma resposta. Não cedo sob pressão, por isso ele toma meu silêncio como confirmação.

— A mãe biológica é um caso interessante, e olha que já vi de tudo. Ela passou por vários orfanatos na infância. Deixou as Forças Armadas canadenses depois do treinamento básico. Então, como um todo, se comportou mal. Tinha uma má atitude. Desapareceu do mapa por cerca de dois anos depois de ter sido dispensada… Quer saber o que aconteceu com ela?

— Vá se foder.

— Foi exatamente o que ela fez… Como você sabia? Então ela foi encontrada largada numa vala, enrolada num cobertor, depois de ter sido estuprada e espancada até a morte. Exceto que ela não estava morta, apesar das aparências. Estava no limiar. Ficou seis meses em coma, e nesse meio-tempo o agressor não foi encontrado. Ela acordou e descobriu que estava grávida, mas a província tinha parado de apoiar abortos para gestações com mais de cinco meses, por isso ela não pôde fazer nada. Além disso, não estava especialmente falante na época. Tentou abortar sozinha e cometer suicídio, e foi considerada uma ameaça a si e à bebê. Durante o restante da gravidez, ela se recuperou numa instituição. Quando a bebê nasceu, ela a deu para adoção e foi embora.

Empurro o carrinho de limpeza para a porta.

— Veja bem — diz Brazuca. — O que ele não entendeu é que alguém que sobreviveu a um estupro e a uma agressão a ponto de ficar por um triz, que gestou uma criança dessa violência, que enfrentou um vício e venceu… essa mulher é uma guerreira. Alguém assim não iria simplesmente dar as costas para a garota se ela estivesse encrencada. Em especial se a mulher acha que ninguém mais vai lutar pela menina. A mãe biológica já tem um problema com autoridades. Não gosta delas. Não confia. Então ela vai fazer alguma coisa, é quase certo. Mas vai fazer do jeito dela.

Felizmente, a porta do banheiro se abre e Carl quase me derruba ao entrar. Ele olha para meu rosto, isento de qualquer expressão, e só então nota Brazuca, rígido pela tensão, agarrando as laterais da pia.

— Vim ver como você estava se saindo — diz Carl, alto demais para um encontro de madrugada no banheiro.

— Está tudo bem — murmuro.

— Que bom — diz Carl, enganchando os dedões nas passadeiras do cinto da calça. Ele olha para mim e para Brazuca.

Brazuca coça a barba por fazer do queixo e acena superficialmente com a cabeça para Carl ao sair.

Quando a porta se fecha, Carl solta um suspiro.

— Aquele homem não a estava incomodando, estava?

— Não do jeito que você está pensando.

Ele franze o cenho e passa um momento considerando a que eu poderia estar me referindo, então decide que o esforço não vale a pena.

— Talvez eu devesse cuidar dos ambientes masculinos daqui pra frente.

Assinto.

— Vai ser melhor pra todo mundo.

Empurro o carrinho de limpeza para fora do banheiro e sigo na direção da sala de jantar, que é o próximo item da minha lista de afazeres. Limpo as mesas com um pano que poderia estar sujo ou limpo. Estou arrasada demais para prestar atenção. Brazuca tirou todas as cartas da manga, mostrando-se mais meticuloso e vingativo do que eu havia imaginado. Me incomodando de fato. Ele me incomodou mesmo, e com a única coisa que pode ter algum efeito verdadeiro sobre mim.

Meu passado.

4

TENHO UM PESADELO MAIS ou menos assim: estão me sufocando com um travesseiro e meus braços estão amarrados acima da minha cabeça. Até que um dos meus braços se solta e descubro um parafuso solto na cabeceira da cama. Talvez eu não o encontre já solto, mas o force até que caia na minha mão. Às vezes esse detalhe muda. Mas o que se segue a isso nunca muda. Meus pulmões gritam por oxigênio e meu corpo se debate, buscando algum tipo de impulso. Não consigo sentir nada abaixo da cintura. Nenhuma sensação, boa nem má. Nada. Conforme continuo a lutar, balanço o parafuso para baixo com minha mão livre e descubro que não há nada ali além de ar. Golpeio e golpeio com o parafuso, mas ele não encontra destino... então alcança um centímetro de carne e a rasga. Luto tanto que meu corpo fica exausto e pesado de medo. Então acordo, ofegando forte.

Costumava ter esse pesadelo toda noite, menos quando eu bebia tanto que o sono o extirpava da mente. Ele sumiu com o tempo, mas retorna uma ou duas vezes ao ano para me lembrar de como é quando todo o ar é retirado dos pulmões e ninguém escuta meus gritos.

Quando Carl me mostrou meu quarto depois do turno, com instruções de encontrar a Lucy do RH o quanto antes, caí no sono quase imediatamente, ainda com meu uniforme, e acordei duas horas depois com esse sonho, que decidiu dar as caras pela primeira vez neste ano. Eu não deveria estar surpresa, mas estou. Sabia que ele iria aparecer desde que encontrei Everett e Lynn na lanchonete, mas, maldição, eu não estava pronta. Dou voltas no minúsculo quarto no alojamento dos funcionários, e tento me livrar dos efeitos do pesadelo. Meu corpo está no piloto automático e não consigo lembrar de verdade da última vez que me alimentei com algo além de café ou barras de cereal dos postos de gasolina.

Batem à porta.

— Sou eu — diz Brazuca do outro lado.

Paro de andar.

— Sei que você tá aí.

Essa não é uma razão boa o suficiente para abrir a porta para alguém.

— Trouxe comida.

Com dois passos curtos, atravesso o quarto.

— Como você me encontrou? — pergunto ao deixá-lo entrar.

— Vi o velhote te trazer a este prédio, então esta luz acendeu.

O alojamento dos funcionários fica escondido no lado oeste do chalé, conectado ao prédio principal por um corredor curto e estreito de modo que não obstrua as principais vistas panorâmicas. Quando se está pagando um preço altíssimo por este tipo de vista, não se deseja ver os funcionários. Só se deseja tê-los por perto para quando quiser os lençóis dobrados ou tomar um café quente.

Brazuca ergue um saco de papel pardo.

— Oferta de paz do bufê de café da manhã.

Olho dentro do pacote e tiro uma caixa com torrada, geleia, ovos e bacon. Meu estômago se torce em um nó diante do cheiro de comida quente e gordurosa. Gesticulo para que ele se sente na cama enquanto eu como à mesa. Ele me encara com um interesse indisfarçado conforme enfio comida na boca.

— Está olhando o quê?

— Quando foi a última vez que você comeu algo?

— Ontem... acho.

Ele balança a cabeça.

— Vamos deixar isso pra lá.

— Como se você estivesse muito melhor. — Aponto meu garfo na direção da caixa torácica dele.

— Nora, acabei de descobrir que James Whitehall não vai estar aqui no fim das contas. Algum problema no escritório em Hong Kong. E Lester Nyman está fora a negócios. Desculpe, a empresa está cuidando da segurança da conferência e meus contatos disseram que Whitehall deveria fazer uma aparição. A introdução da conferência seria feita por um oficial da corporação que é um peixe graúdo da empresa. Eles foram o primeiro cliente da WIN quando ela abriu os negócios.

— Como eles conseguiram um cliente graúdo assim no começo?

— Nyman é o cérebro, mas Whitehall tem experiência militar. Dizem que fez uns serviços particulares...

— Mercenário.

— Não necessariamente, mas acontece com mais frequência do que as pessoas imaginam. Ouvi dizer que ele trabalhou para o velho Zhang quando estiveram baseados em Hong Kong. Mas isso foi algumas décadas atrás, então ninguém consegue de fato traçar a conexão.

— Velho Zhang? — Zhang soa familiar, mas as moléculas de carboidrato, gordura e proteína estão correndo pelo meu cérebro, deixando-o lento.

— Ray Zhang. Cabeça das Indústrias Zhang-Wei. Há anos correm boatos sobre ele, em sua maioria que nem tudo é legítimo. Alguns dos associados dele têm conexões com a tríade, mas ninguém jamais conseguiu descobrir nada.

Ficamos em silêncio por um momento, imersos em nossos próprios pensamentos. Lembro agora onde ouvi o nome. Angus Holland me disse que as Indústrias Zhang-Wei tinham negócios com a Syntamar no Congo. Syntamar, a empresa que Starling estava investigando antes de ser assassinado.

— O crime organizado não recebe muita atenção neste país hoje em dia — diz Brazuca. Ele ainda não percebeu que minha atenção está em outro lugar.

Assinto.

— "Terrorismo" é a palavra da vez em todo lugar. As gangues fazem o que querem.

— Não exatamente. Eles fariam o que querem de qualquer forma, mas não dá pra negar que o atual clima político facilita. Não sei se Zhang é da tríade, ou se só trabalhou com ela algumas vezes, ou se esses boatos não têm fundamento. Apenas não temos essa informação. De qualquer modo, isso não importa, na verdade. Se Whitehall iria aparecer aqui, seria para um evento das Indústrias Zhang-Wei. Para sua garota desaparecida, eu teria preferido colocar você de frente com ele numa sala para ao menos perguntar que tipo de aposta ele está fazendo com isto aqui.

— Então não vamos falar com o dono da fonte.

— Com este nível de segurança e os cronogramas, duvido. Suponho que você estava certa de ir direto à fonte fortuitamente daquele jeito.

De vez em quando ele emprega expressões e termos estranhos, o que me leva a pensar que, apesar de não ter sotaque britânico, talvez tenha passado um tempo do outro lado do oceano na juventude. Nunca ouvi um canadense com menos de 60 anos dizer algo como "fortuitamente".

Brazuca se deita na cama da qual acabei de me levantar, sobre meus lençóis amarrotados, e fecha os olhos. É surpreendentemente íntimo. Um empurrão vai mandá-lo para o chão, e fico tentada, porque trabalhei a noite inteira para merecer essa cama e ele não fez nada além de dirigir.

— Ah — suspira ele, esfregando o ponto dolorido na parte de trás da cabeça.

E me lembro de que provavelmente é minha culpa o fato de ele não conseguir se sentar ereto, ou ficar de pé e sair do quarto agora que ficou mais do que deveria. Não levo muito numa boa a questão de encarar as consequências dos meus atos, mas li em algum lugar que nunca é tarde para começar.

Devolvo a caixa vazia à sacola de papel e jogo-a na lixeira da mesa.

— O que você sabe sobre as Indústrias Syntamar?

Ele franze o cenho.

— Syntamar? Nada, na verdade, só que houve um bloqueio de estradas e uns protestos alguns anos atrás sobre uma proposta de mina ao norte, e que eram um dos investidores do projeto.

— Eles tiveram alguns empreendimentos conjuntos com a Zhang-Wei um tempo atrás, quando as duas trabalharam na mesma região do Congo.

— Como você sabe? Qual é a conexão entre a Syntamar e sua garota?

Preciso tomar uma decisão. Ele sabe o suficiente sobre meu passado para me ligar a Mike Starling, se é que já não fez isso, mas não estou preparada para lhe contar que não estamos mais investigando um desaparecimento. Talvez estejamos investigando o sequestro de Bonnie. E o assassinato de Starling.

— Nada que eu consiga compreender, mas veio à tona e achei interessante.

— Talvez eu conheça alguém que possa nos dar mais informações sobre a Zhang-Wei — diz ele devagar. — Possivelmente sobre a Syntamar.

— Você conhece?

— Talvez — diz ele em meio a um bocejo.

Eu me sinto sonolenta agora que meu estômago está cheio, por isso deito a cabeça sobre a mesa. Quando acordo três horas depois, Brazuca se foi. Tudo o que resta dele é um recado no canto da mesa. "Salão do segundo andar. 14h."

5

BRAZUCA ESTÁ ME ESPERANDO quando saio do elevador de serviço logo antes das duas da tarde. Entrei no andar principal pelo alojamento dos funcionários, só para evitar passar por alguém no corredor. De acordo com a agenda no escritório de Carl, está acontecendo uma reunião em um dos salões do primeiro andar neste momento.

— Um amigo meu está aqui para a conferência — diz Brazuca como cumprimento. — Ele talvez consiga nos dar alguma informação sobre a Syntamar.

— Como chama seu amigo?

— Bernard Lam — diz ele ao entrarmos no salão, antes de eu ter tempo de parar e encarar maravilhada o homem sobre quem Seb escreveu um perfil dois anos atrás.

Bernard Lam é o único herdeiro de uma fortuna de um bilhão de dólares. Ele estudou em Harvard, Oxford e até na Sorbonne, por um breve período. Sua filantropia é bem conhecida e seu rosto com frequência estampa as páginas da sociedade de Vancouver como um dos estrangeiros mais generosos da cidade. Não obstante, tamanha riqueza não corroeu sua graciosidade e seu senso de humor, nem o carisma que irradia dele em ondas.

— Bazucaaa! — chama ele afetuosamente quando vê Brazuca do outro lado da sala.

O ambiente aqui tem a luz baixa e é silencioso, por isso levamos um momento para distingui-lo da opulência de camurça, couro e acabamento em pele. O objetivo desta sala não é chamar atenção para o mobiliário, mas mostrar a incrível vista do vale lá embaixo. Interrompemos Lam, que cheirava um copo de líquido âmbar como se fosse uma flor rara e bonita enquanto contemplava o significado da vida. Ou algo assim. Lam ignora as tentativas de Brazuca de desviar do abraço, o que não parece ser uma tarefa fácil. Lam é alto, mas redondo. Suas bochechas estão cheias e vermelhas com o ar fresco da montanha. Embora ele pareça ter todos os dentes, de alguma forma ainda consegue me lembrar de um bebê grande e mimado. Ele abraça Brazuca, que, em comparação, parece um fracote doente se afogando em um tonel de massa de pão cara.

Brazuca é liberado e puxa o ar com um chiado. Lam agora se vira para mim. Pendurei meu uniforme de trabalho para o caso de precisar usá-lo hoje à noite e estou usando meu melhor jeans e o único suéter sem furos que possuo. Há uma mancha de café na parte de trás e, embora seja impossível que Lam a tenha visto do ângulo em que estamos nos encarando, tenho a sensação de que este homem-bebê aparentemente afável sabe que está lá.

— Esta deve ser sua...

— Ele é meu padrinho — falo.

— Estamos testando a determinação dela hoje — emenda Brazuca, mirando um copo de conhaque. Parece que também estamos testando a dele.

— Ah. — Lam baixa o copo. Meu olhar se fixa ali por uns bons dois segundos a mais do que deveria. É bem provável que a garrafa de onde isso veio custa mais do que meu salário mensal. — Bem, estou feliz que conseguiu. Como estão as coisas para você na...

— Falamos disso depois — diz Brazuca. O olhar deles se encontra por sobre minha cabeça.

Lam sorri como se nada disso tivesse acontecido e se volta para mim.

— Você deve ser a razão pelo meu grande amigo ter decidido fazer esta viagem. Venho tentando arrancá-lo da cidade há anos. Para se soltar um pouco.

— É, estamos aqui pra aproveitar. Estou fazendo uma pesquisa sobre asiáticos ricos.

Brazuca me lança um olhar de alerta, que eu ignoro.

Lam dá risada.

— Então veio ao lugar certo. — Ele pega meu cotovelo. — Venha, vamos dar uma volta.

Fito a mão dele até que Lam a retira. Ele olha para Brazuca por sobre minha cabeça. De novo. Estou começando a ver um padrão. Eu sou a estranha do grupo.

Lam dá um gracioso passo atrás.

— Peço desculpas se pareço íntimo demais. Veja, Jon e eu temos uma história de muitos anos. Qualquer amigo dele, bem, eu considero um amigo meu também. Então, por favor, me diga como posso ajudá-la.

— Indústrias Syntamar — digo, mostrando o recorte de jornal do guarda-móveis de Starling. — Você sabe quem é este? — Aponto para o homem de negócios asiático que se recusa a sorrir entre todos os outros executivos sorridentes.

Lam olha para a fotografia por um momento.

— Não — diz ele suavemente. — Não tenho ideia.

Existe um defeito na minha habilidade especial.

Sei dizer quando alguém está mentindo, mas não há nada que eu possa fazer para obrigar a pessoa a contar a verdade. Só posso olhá-la nos olhos e deixá-la ver que sei. Que não está me enganando. Se isso parece muito pouco, é porque é mesmo. Mas é tudo que tenho. Encaro Bernard Lam. Quero acreditar que ele é bom e honesto — só que querer não torna nada verdade. Agora estou brava.

— Você sempre mente para seus amigos?

— Perdão?

— Você acabou de dizer que um amigo de Brazuca é seu amigo. Então somos amigos agora. Por que está mentindo sobre o homem desta foto?

Lam olha para Brazuca em busca de apoio, mais uma vez, por sobre minha cabeça. Eu me aproximo, perto o suficiente para sentir o perfume de sua loção pós-barba fresca e amadeirada. Agora parece que estou me afogando num tonel de bilionário pastoso.

— Não olhe pra ele. Olhe pra mim. Uma garota está desaparecida! Uma adolescente, e estou tentando encontrá-la.

Toda a sua atenção se concentra em mim. Invadi seu espaço pessoal, porém, em vez de ele se afastar, sentindo-se ameaçado, parece ter gostado. Ou talvez só esteja acostumado a mulheres querendo se aproximar. Talvez querendo se aconchegar perto das pilhas de dinheiro sobrando.

— O que a Syntamar tem a ver com isso?

— Não sei direito. É o que estou tentando descobrir. E preciso saber quem é este homem.

— Queridinha — diz ele, mesmo que eu possa ser mais velha que ele —, talvez devêssemos dar uma volta.

— Doce de coco, não passeio com mentirosos.

O rosto de Lam se dissolve num grande sorriso.

— Gostei de você. Não dá ponto sem nó. Tudo bem, se você não vai ser dissuadida. — Ele dá uma olhada em volta, porém, exceto por um atendente no fim do salão cuidando de suas coisas, estamos sozinhos. — Este não é bem um lugar para franqueza, florzinha, mas se insiste. O homem na fotografia é Ray Zhang.

Olho para Brazuca. Ele balança um pouco a cabeça.

— Das Indústrias Zhang-Wei?

— Esse mesmo. Ele está bem velho agora e, dizem, muito doente. Não gosta de ser fotografado, por isso estou bem surpreso que ele tenha permitido tirarem essa foto. — Lam faz uma pausa, e parece tomar uma decisão. — Ray Zhang é um homem de bastidores, sempre foi, e construiu um império a partir de métodos subversivos. Ainda assim, duvido que tenha alguma coisa a ver com sua garota desaparecida. Não é muito o estilo dele.

— Tem alguém aqui que seja da Zhang-Wei? Alguém a quem eu pudesse perguntar?

Lam hesita por um momento.

— A nora dele vai fazer a introdução da conferência neste fim de semana. Ela representa a empresa agora, mas eles têm escritórios tanto em Hong Kong como em Vancouver, e ela costuma ficar a maior parte do tempo em Hong Kong. Atuam principalmente com extração de recursos e de minérios e, apesar de não me lembrar direito dos detalhes, ouvi dizer que costumam fazer negócios com a Syntamar.

— Por quanto tempo ela vai ficar aqui?

— No país? Não faço ideia. Não somos exatamente amigos. Eu não aconselharia aproximar-se dela a menos que seja absolutamente necessário. Jia Zhang não se importa com garotas desaparecidas. Ela vai engolir você viva, como muitas vezes tentou fazer com a empresa do meu pai.

Ele diz isso tudo com leveza, como se estivéssemos em um campo de golfe prestes a desfrutar de algumas tacadas e cervejas. Há certo respeito em sua voz em relação aos Zhang, mesmo que não goste deles.

— Perguntar não faz mal — observo.

Sinto que existe um fio que não consigo ver. Zhang está ligado à WIN, que, por alguma razão, está procurando Bonnie. Ele também de algum modo está conectado às Indústrias Syntamar, que Mike Starling estava investigando logo antes de ser assassinado. Então talvez o dono da fonte seja Zhang, e não James Whitehall ou Lester Nyman.

— Perguntar talvez faça mal, sim. Com Jia, é um risco que se corre. Ela mantém perto de si um segurança particular o tempo todo quando está no país. O nome dele é Dao. Ele não é do tipo que leva numa boa alguém que a incomoda... Vamos dizer apenas que ele tem um passado um pouco obscuro e uma reputação de brutalidade.

Considero a questão por um momento.

— Tríade, então?

Brazuca tinha mencionado a mesma coisa quando conversamos sobre Zhang.

Lam toma um gole do conhaque. Ele fecha os olhos de prazer. Imagino como deve ser a sensação da bebida descendo pela garganta dele e aquecendo seu estômago, e de repente esse lugar fica quente demais.

— Há rumores — ele me conta ao reabrir os olhos. — Mas, se eu fosse você, não sairia por aí compartilhando essa opinião.

Brazuca vai até a janela e olha para as montanhas cobertas de neve. Lam percebe o ferimento na nuca dele.

— Jon! O que aconteceu com você?

A voz de Brazuca soa deliberadamente leve.

— Um encontrão com uma corrente de pneu, nada com que se preocupar.

— Entendo. — A expressão de Lam é sisuda. — Então isto é sério.

— Isto é só um pequeno acidente — diz Brazuca, me olhando. — Já vivi coisa pior. Conte mais sobre Ray Zhang. Ele tem um apreço por garotinhas?

— Ninguém sabe tanto assim sobre a vida pessoal dele, mas eu ficaria chocado se fosse esse o caso. Não parece ser esse tipo de pessoa.

— Mas?

— Mas não sei de verdade. Quase tudo sobre ele é especulação pura. É um viúvo com um único filho e um neto. Encontrei o filho, Kai, uma ou duas vezes. Um pirralho mimado… e sei bem do que estou falando. Ele é totalmente ocidentalizado, mas gosta da ideia de gangsterismo à moda antiga. Embora eu duvide de que ele realmente tenha capacidade para isso. Consigo imaginá-lo mexendo com garotinhas, mas duvido que o papai dê permissão. — Lam sorri sozinho, apreciando alguma piada interna. É a vez de Brazuca e eu trocarmos olhares. — Jia, por outro lado… Eu não ficaria surpreso se ela tivesse uma ou duas gangues próprias, mas não acho que Ray Zhang daria a ela, ou ao filho, muita liberdade nesse departamento. Ele é implacável em relação à empresa e não vai deixar ninguém manchar a reputação dela.

— Tem alguma ideia de onde podemos encontrá-lo?

Lam hesita e sinto que ele quer de algum modo evitar responder, mas foi Brazuca quem perguntou. Parece haver uma conexão entre os dois que não compreendo.

— Dizem que uma subsidiária da empresa dele tem autorizações para um trabalho de pesquisa na Ilha de Vancouver para uma mina de cobre. Vou lá pescar de vez em quando. Cerca de dois anos atrás, ouvi do meu corretor de imóveis que Jia perguntou sobre uma cabana que botei à venda, perto de Tofino. Ela não chegou a comprar, não era grande o suficiente para ela, mas estavam de olho na região. Depois disso, Ray Zhang se aposentou e eu nunca mais o vi. Nem eu, nem ninguém.

— Qual é a subsidiária para a mina de cobre? Syntamar? — Recordo que abriram mão de um projeto na Ilha de Vancouver pela ajuda de Zhang-Wei no Congo.

— Uma operação chamada Metais Lowell. Mudança pequena, porém, quando se está no negócio de mineração, o ideal é ter a maior quantidade possível de terras em seu nome. Lowell mudou de mãos umas duas vezes, pelo que me lembro. Talvez tenha pertencido à Syntamar em algum momento, mas não posso afirmar.

O celular de Lam vibra. Ele dá um olhar de desculpas a Brazuca.

— O dever me chama.

— Você é um playboy — diz Brazuca. — Não tem dever nenhum. Você não trabalha de verdade.

Lam ri.

— Estava com saudade, Bazuca, estava mesmo. Você tem toda razão. Não trabalho, mas tenho uma noiva agora, o que é a mesma coisa, de acordo com meu pai.

Brazuca ergue uma sobrancelha.

— Ah, é? Não recebi o convite para a festa de noivado.

— Não tenho muitos amigos neste mundo e jamais sujeitaria um deles a uma chatice tão extrema. Pena que eu mesmo tenha precisado ir. Como eu disse — fala Bernard Lam com um suspiro —, estou cumprindo com meu dever.

Ele bebe o que resta do conhaque e pega o celular com a energia de um homem que caminha na direção de uma armadilha. Algumas pessoas, eu inclusive, poderiam dizer que é exatamente isso o que ele está fazendo.

6

BRAZUCA PARA DO LADO de fora do salão. Nós dois precisamos de um minuto para nos recuperar de termos sido expostos a algo tão próximo de nosso céu e inferno particulares. Antes, quando eu bebia, optava por vodca. Brazuca certa vez admitiu para mim que sua arma preferida era o rum. A suavidade dele. Mas essas preferências importam somente no começo do declínio ao inferno. Depois de um tempo, o tipo de bebida deixa de importar, assim como sua qualidade.

— Se eu tivesse bebido aquilo, não teria dinheiro pra ser alcoólatra — diz Brazuca. — Talvez minha esposa não tivesse se divorciado de mim.

— Se você tivesse bebido aquilo, a única coisa que mudaria é que sua esposa teria de aceitar um acordo pior.

— Isso é um pouco sexista da sua parte. Ela sempre ganhou mais que eu.

Hmm. Nunca imaginei que Brazuca tivesse uma executiva como esposa.

— Nesse caso, você deveria ter tirado mais dela, então poderia beber só coisa boa pelo resto da vida.

Ele sorri e noto que não tem raspado o rosto. Ele foi audacioso e deixou crescer a barba. A cor dela faz com que seus dentes pareçam ainda mais brancos, e eu, mais uma vez, especulo sobre sua rotina de higiene dental.

— O que me diz de desistirmos desta investigação toda e enchermos a cara? Pelos velhos tempos.

Me pergunto se ele sabe quão tentador é para mim. Quão fácil seria abandonar a cautela e só desta vez fazer aquilo que desejo muito, todo santo dia, desde o dia em que fiquei sóbria. O problema é: não existe "só desta vez". "Só desta vez" não é uma opção para um alcoólatra.

Brazuca vê meu semblante e seu sorriso dissolve.

— Ei, eu estava só brincando.

— Nós nunca enchemos a cara juntos.

— Como é que você sabe? Não me lembro de metade do que fiz ou de quem conheci quando estava bêbado.

— Está dizendo que não sou memorável?

Desta vez, é ele quem fica sem graça.

— Não, ah, não foi bem isso que... O que eu quis dizer foi que... Ah, entendi o que está fazendo. Engraçado, nunca tinha visto você sorrir antes.

É isso o que estou fazendo? Eu paro.

— Então, olhe só. Você não vai conseguir fingir ser a faxineira noturna por muito tempo. Mais cedo ou mais tarde, vão perceber. — Ele me entrega um cartão branco com uma faixa magnética. — Meu quarto. Por via das dúvidas.

Fico olhando para o cartão. No verso, está impresso o número do quarto. Não tinha pensado direito onde ele estava ficando.

— Bernard Lam conseguiu um quarto pra você? — Ele nunca seria capaz de pagar por um com o salário de policial.

— Nora, deixe quieto, pode ser? Estou aqui pra ajudar. Nem todo mundo é um cretino em quem você não pode confiar.

— Uma garota está desaparecida, Brazuca. Talvez nem todo mundo seja um cretino, mas não é como se eles tivessem deixado de existir também.

Uma dupla de homens de negócio tromba conosco a caminho do salão. Um deles me olha com uma leve repugnância, como se fosse eu quem tivesse trombado com ele.

— Ei, seu passarinho vai voar — digo ao homem, sinalizando com a cabeça para o zíper. Ele olha para baixo e seu rosto enrubesce quando descobre que, na verdade, o passarinho está seguro dentro da gaiola, onde ele o havia deixado. Os dois homens me encaram e depois desaparecem no salão.

— Quanta maturidade — comenta Brazuca. Mas ele está sorrindo. Posso sentir que sorrio de volta, embora eu costume reservar esse tipo de camaradagem a Whisper. Tenho de admitir que é bacana compartilhar isso com um humano de vez em quando. O sorriso de Brazuca desaparece. — Nora, tenho um mau pressentimento em relação a tudo isto. Acho que você deveria ir pra casa e me deixar assumir daqui pra frente.

— Nem pensar.

— Mas que droga! Tudo isso é porque, quando você ficou desaparecida, ninguém a procurou? É por isso que você não se permite confiar em nenhuma pessoa?

É o que basta para meu bom humor dissipar.

— Jesus — diz ele. — Não me olhe desse jeito. Li sua história nos jornais e vi os relatórios policiais das ocorrências, ok? Sei que não botaram alertas de pessoa desaparecida pra você. Sei que você pensa que o sistema está corrompido, mas o que está fazendo aqui não é a resposta. Está se colocando em perigo, não consegue perceber? Estas não são pessoas com quem se pode brincar. Por que você... Você se arrepende de ter entregado a menina pra adoção? Quer encontrá-la pra fazer parte da vida dela?

Me recuso a responder. Algumas coisas só podem ser enfrentadas no escuro da noite, murmuradas contra um travesseiro enquanto Ray Charles toca ao fundo para abafar os sons, para depois se livrar delas pela manhã.

— Esqueça — prossegue ele, quando o silêncio se estende por muito tempo, e nós dois percebemos que estamos à beira de algo importante. — Eu já sei a resposta. Há somente uma razão pra fazer tudo isto. Ela é sua filha. Você deve amá-la, em algum lugar dentro de si. Ou ao menos se importar com ela, nem que seja só um pouquinho.

É sério isso? Esse tipo de suposição me deixa irritada. Eu poderia ter usado essa carta muito tempo atrás, porque nada é mais forte que o amor de mãe. Mas não sou a mãe dessa menina em nenhum sentido além de ter emprestado minha barriga e passado alguns genes duvidosos. A mãe de Bonnie está lá em Vancouver, contemplando o fim do próprio casamento. Cercada por camisas que cheiram a um perfume que ela não usa.

— Talvez tenha a ver com responsabilidade — digo. — Talvez não haja mais ninguém que venha a assumir a responsabilidade pelo desaparecimento dela, ao menos não para fazer alguma coisa a respeito.

Ele me fita com tristeza e pela primeira vez me vejo através de seus olhos: uma mulher com tantos demônios que mal consegue acompanhá-los. Eles se espalharam por todas as direções e agora estão fora de alcance.

— O que é amor, senão responsabilidade? — diz Brazuca.

Ele se vira agora, como se eu o tivesse decepcionado bastante. Como se tivesse sido eu quem abriu uma ferida dolorida e pulsante dentro dele e depois a pisoteou, e não o contrário. Eu poderia falar da minha criação complicada. Poderia observar que meus genes duvidosos são no mínimo parte indígena pelo lado paterno e parte algo que não sei pelo lado materno. Porque ela me abandonou quando eu era criança e não sei nada sobre ela, nem de onde é. O que sei é que pareço um pouco com meu pai, e garotas que se parecem comigo têm mais chances de desaparecerem e menos chances de que seus desaparecimentos sejam investigados.

E se Bonnie tiver puxado mais coisa de mim do que é saudável para ela?

Eu poderia dizer tudo isso, mas não digo. Sei que ele entenderia e me encararia com mais dó no olhar, e não quero. Depois de ontem à noite, é coisa demais, e cedo demais.

Ele para ao chegar ao fim do corredor.

— Vou ver o que consigo descobrir sobre Zhang. Mando uma mensagem mais tarde.

— Meu celular não tá ligado.

— Só dê uma olhada nele a cada duas horas. Vou manter contato.

Ele coxeia e desaparece de vista ao virar a esquina. Penso na promessa que fiz a Tommy. Que vou encontrar Bonnie e que, quando isso acontecer, ela estará bem. Porque isso é tudo o que minha mente se permite considerar. Que, no fim de tudo, ela estará segura, como deveria estar desde o princípio.

7

ESCONDO-ME NO MEU QUARTO minúsculo até minha hora de ir ao escritório da manutenção para meu turno. Quando chego lá, Carl entra logo em seguida, coberto em neve.

— Essa viagem tá me matando — murmura ele.

— E por que você faz essa viagem?

— Minha esposa — diz ele, dando de ombros.

— Sei como é.

Ele me olha.

— Você tem uma esposa?

Notei que as outras funcionárias mulheres usam saias com leggings e sapatos de salto baixo. Mas Carl me deu o uniforme masculino. Penso em tomar isso como ofensa, mas nunca na minha vida usei saltos, e sair me equilibrando por aí não parece a melhor forma de conseguir informações sobre o desaparecimento de Bonnie.

— Não. Nada de esposa por aqui.

— Oh, não quis dizer... Bem, eu disse, mas foi só porque...

— Tá tudo bem, Carl. — Não desejo receber mais insultos a respeito das minhas partes femininas. — Ainda não tenho uma esposa. Quem sabe um dia.

Num dos meus grupos de sobreviventes, uma mulher que compartilhava sua história toda semana disse que não conseguia voltar a homens depois do que viveu. Ela ainda tinha o desejo, mas o corpo automaticamente se fechava se houvesse a chance de penetração, e mentalmente ficava fria e distante. Ela buscou conforto em uma das outras mulheres do grupo, apesar de esse tipo de apoio ter sido recebido com cenhos franzidos pelo pessoal. Eu vi as duas no mercadinho cerca de um ano depois, e elas pareciam felizes. A mulher que não se deixava penetrar até deu uma piscadinha para mim no caixa. Piscadinha. Como se partilhássemos um segredo. Talvez ela e Carl saibam de algo que não sei.

— Você falou com a Lucy? — pergunta ele, virando-se para tirar as botas de neve.

Confirmo com a cabeça, gesto que ele vê pelo pequeno espelho na parede.

— Deu certo a papelada? — Ele franze o cenho e sua voz fica estranhamente dura.

Confirmo de novo. Hesito porque gosto de Carl. Construímos uma relação a partir de detergentes de limpeza e, às vezes, isso é tudo de que se precisa. Ou assim penso.

— Engraçado — diz ele, soando decepcionado. Ele me encara totalmente agora. — Porque falei com a Lucy a caminho daqui e ela disse que contratou mais dois substitutos para o turno da tarde e que a garota nova que não tinha conseguido chegar vai estar aqui no hotel pela manhã. Imagine minha surpresa.

Olhamos um para o outro por um momento. Ele lê a verdade nos meus olhos.

— Eu posso explicar.

— Ah, é? — Carl cruza os braços e aguarda.

— Tá bom, não tenho como explicar.

— Só me diga a verdade. Você tá planejando matar um desses caras ricos aqui?

— Não.

— Quer roubá-los?

— Não.

— Você só precisava de um lugar pra ficar, certo? Então eu achei que você fosse a faxineira de Abbotsford e abri minha boca grande. — Carl balança a cabeça. — Não consigo ficar calado. Minha esposa me avisa sobre isso o tempo todo... Olhe, eu entendo. Você tá passando por uma pior, tudo bem. Já vivi isso. Feri minhas costas trabalhando nos campos de petróleo alguns anos atrás. Não foi fácil voltar à ativa. Minha esposa... bem, ela realmente assumiu o tranco. Eu não teria conseguido sem ela. Então, sim, eu entendo por que você mentiu. Mas não pode ficar aqui, viu? Não sou eu quem manda nas contratações e serei demitido se descobrirem que deixei alguém subir sem autorização.

— Posso ir embora de manhã?

— Sim. Eu a levo lá pra baixo de carro. Só fique no seu quarto. Depois que for embora eu o limparei. E... pode ficar com o uniforme. Tem muitos aqui, não vão sentir falta.

Ele remexe na carteira e tira três notas de vinte dólares.

— Por ontem à noite. Não é muito, mas é tudo o que tenho comigo.

Aceito o dinheiro porque teria sido mais suspeito se recusasse. A última coisa de que preciso é que Carl tome ainda mais consciência do que já tomou. Para ele, sou uma pessoa sem destino. O que ele não percebe é que estou apenas à deriva.

Quando chego à porta, me viro para ele.

— Obrigada, Carl.

Ele assente.

— De nada. Só fique fora de vista, sim? E Nora?

— Diga.

— Preciso que me devolva seu cartão de acesso.

Pego no meu bolso um cartão plástico branco, retangular e lhe entrego. Ainda tenho a chave do quarto de Brazuca no bolso, contudo. Só por garantia.

8

Por mais que eu não queira que Carl perca o emprego, tenho outras prioridades. Em vez de seguir direto para o alojamento dos funcionários, vou para o elevador de serviço e desço no segundo andar. O salão está tomado por homens com calças de lã e suéteres de caxemira autêntica. Dois funcionários trabalham no bar, servindo álcool caro com sorrisos e recebendo gorjetas exorbitantes. A luz é tão baixa que quase todo mundo parece dez anos mais novo e bem mais atraente do que quando estavam indo para as salas de reunião pela manhã.

Quando o barman na ponta mais distante do bar se vira, pego uma bandeja e começo a limpar as mesas do outro lado da sala. Há somente outra mulher ali e, felizmente para mim, ela está sentada sozinha com uma xícara de chá, olhando pela janela. Ela pousa a xícara gentilmente sobre a mesa ao lado e eu a pego.

— Posso recolher, senhora?

Ela me encara, seus olhos escuros como duas bolinhas de gude. Agora compreendo como é para as pessoas quando veem meus olhos, mas os dela... De algum modo sinto que são diferentes. Eles não têm absolutamente nenhuma expressão.

— Está só meio vazia — diz ela.

— Depende de como se vê.

Uma sobrancelha suave delineada por um profissional se arqueia.

— Entendo. Mas, se estivesse meio cheia, que suponho ser sua opinião, por que você a recolheria?

— Peço desculpas — digo, fazendo uma reverência exagerada. — Não pensei direito.

Ela me encara com aqueles olhos profanos, então se volta para a paisagem espetacular. O sol está se pondo, banhando a montanha à nossa frente com uma luz suave e dourada, tingida de rosa nas beiradas. Uma águia careca plana acima e, com uma batida de asas, some de vista.

Pelo reflexo do vidro, vejo um líquido vazar pela frente da blusa dela, e de repente faz sentido o fato de ela ser a única hóspede no recinto que não está tomando alguma bebida alcoólica. Ela está amamentando. E me lembro de uma coisa que Bernard Lam disse sobre Ray Zhang. Que ele tem um neto.

Fico ali parada por mais tempo do que deveria, como se estivesse fixada ao chão.

Ela capta o olhar de alguém pelo reflexo no vidro. A figura se destaca das longas sombras no canto da sala e um homem alto e musculoso se aproxima. Ele me remete aos não policiais, mas a tranquilidade no jeito como se move me faz pensar que está muito além disso. Pelo vidro, vejo o rosto do homem. É asiático, com uma mandíbula comprida e lábios cheios e cabelo raspado. É impossível dizer sua idade, mas eu o coloco entre 40 anos vividos ao extremo ou 50 anos brandos.

— Dao — diz Jia Zhang quando o homem se aproxima. — Eu gostaria de lhe mostrar uma coisa daqui a um minuto.

Eles trocam olhares por sobre minha cabeça. Caramba, como odeio isso.

— É claro — responde ele com a voz baixa. Todos os pelos do meu corpo se eriçam e um estremecimento sobe da sola dos meus pés, atravessa meu corpo e se enrola em meu coração.

É a voz dos meus pesadelos, a voz que ordenou o descarte do meu corpo, a voz no corredor do escritório da rua Hastings.

Nossos olhos se encontram pelo reflexo do vidro. Contra o pano de fundo de montanhas cobertas de neve a distância e o intocado vale invernal abaixo, ele olha diretamente para mim.

E sorri.

9

NÃO SEI SE ELE me reconheceu daquela noite há 15 anos, mas não fico para descobrir. Pego minhas coisas no alojamento dos funcionários e, quando saio para o lado de fora, o frio me envolve como um cobertor gélido. As luzes do chalé iluminam a estrada de acesso, mas rajadas de neve e gelo rebatidas pelo vento limitam a visibilidade. Carl me falou que estas condições não são por causa de uma tempestade; o clima aqui em cima é assim. Começo a andar, mas um barulho do prédio me faz olhar para trás. Iluminada por trás pelas luzes do chalé, uma figura empacotada num casacão pesado se aproxima, mancando bastante. Não tenho armas comigo, nada além da mochila. O gelo que se acumulou no chão não ajuda nenhum de nós, embora ele pareça estar se virando melhor que eu.

— Aonde raios você vai com este tempo? — grita Brazuca. O vento carrega a maioria de suas palavras, mas consigo captar o finzinho delas.

Continuo andando apesar da dificuldade. Esqueci como andar na neve, pois é um acontecimento raro em Vancouver. E meu tornozelo torcido não está à altura da tarefa. Brazuca, no entanto, parece tão apto quanto um homem ferido estaria neste ambiente. Flocos grandes e fofinhos caem no caminho para a estrada de acesso e, apesar de terem jogado sal ali não faz muito tempo, eles grudam. Mesmo mancando, Brazuca tem vantagem sobre mim neste terreno, e suas pernas compridas engolem a distância entre nós. Ele agarra meu braço.

— Tire suas mãos de mim.

— Só se você voltar lá pra dentro. Você vai voltar pra cidade andando? Nisso? — Ele gesticula para a estrada coberta de neve.

— Não, eu ia roubar um carro.

— Você ia rou... Aconteceu alguma coisa, certo? Volte lá pra dentro e vamos conversar. Deixe-me ajudá-la. Por favor.

Hesito. O vento assopra o capuz da minha cabeça e faz meu cabelo voar. Estou com tanto frio que não sinto os pés. Eu chegaria ao fim da estrada assim? Brazuca estende uma mão enluvada.

Não encontramos ninguém no caminho de volta ao prédio. Dentro do quarto de Brazuca, levo um momento para me reorientar. Há uma cama tamanho queen, uma área com uma mesa e um canto de descanso com duas poltronas. Todos os móveis são de teca lacada lustrosa em tons de azul tranquilizadores.

Brazuca coxeia até a estação de chá e bota água para ferver. Em lugares como este, você tem a opção de pedir chá pelo serviço de quarto, de tomar chá no salão de jantar ou de fazer um chá para você mesmo. Brazuca é dos meus. Ele prepara duas xícaras de chá de gengibre e me entrega uma caneca.

— Então — começa ele. — Vai me contar o que aconteceu para você sair correndo como se este lugar estivesse pegando fogo?

Balanço a cabeça e inalo o vapor que sobe da caneca.

— De onde você conhece Bernard Lam?

Ele fecha as cortinas e se deixa cair numa poltrona com enchimento demais. Indica a cadeira à frente dele e espera que eu me sente antes de falar.

— Cinco anos atrás, dispararam tiros do lado de fora de uma boate e uma mulher morreu. Bernard estava lá. Ele foi uma das testemunhas que interroguei. O carro dele foi atingido, por isso pensamos que tinha alguma coisa a ver com aquilo. Não deu em nada quando eu o interroguei, mas na semana seguinte o seguimos até outro evento e de novo tiros foram disparados.

— Cinco anos atrás?

— Foi o que eu disse.

— Hmm. — Dou uma olhada em sua perna ruim.

Vejo um lampejo de dentes brancos quando ele sorri para si mesmo.

— Você entendeu, não é? Eu o empurrei para o chão e acabei levando um tiro.

Ah, então essa é a história deles. Agora compreendo. Bernard Lam lhe deu acesso a este chalé porque ele deve a vida a Brazuca. É um motivo tão bom quanto qualquer outro.

— Por que queriam matá-lo?

— Ainda não sabemos. Ele contratou uma empresa de segurança particular para se proteger depois disso, mas não houve mais atentados contra a vida dele, e ainda não temos certeza das motivações daqueles ataques. Mas dei uma investigada vez ou outra.

Bebemos nosso chá em silêncio.

— Então — diz Brazuca. — O que fez você correr daqui daquele jeito?

Uma mulher tem direito a manter segredos. Ela deveria poder ocultá-los por quanto tempo quisesse, sem que as pessoas constantemente bisbilhotassem, tentando espiar o que tem dentro da cabeça dela. Mas segredos são exaustivos, e essa é a verdade nua e crua disso. O esforço de mantê-los trancados, de protegê-los da vista... Sou humana, afinal. Desvio o olhar dele, porém, pois só assim conseguirei falar.

— Aquela noite... O homem que ordenou que meu corpo fosse jogado na mata, ele está aqui. É Dao. O segurança particular de Jia Zhang.

Brazuca fica paralisado.

— Foi ele quem...

— Não. Mas ele trabalha para o outro. Tenho certeza.

Brazuca se inclina para a frente. Ele tem consciência de que não deve me tocar, mas, ao reduzir a distância física entre nós e ao baixar a voz para quase um sussurro, consegue criar um diálogo o mais íntimo possível.

— Foi Ray Zhang naquela noite? — pergunta ele, com a voz surpreendentemente gentil. A voz de um detetive ao interrogar alguém frágil. Ele não precisa se preocupar. Se fosse para eu desabar, não seria ali nem agora. Seria bem mais tarde, sozinha à beira de uma estrada com uma garrafa de vodca em uma das mãos e, na outra, qualquer arma branca que estivesse ao meu alcance.

Balanço a cabeça.

— Não. Não se Ray Zhang for o homem daquela foto que mostrei a Lam. Mas ele é asiático. Me lembro disso, pelo menos. E mais novo, talvez até mais novo que eu. Eu ia cantar num daqueles bares de porão no centro da cidade. De quinta categoria, mas os drinques nunca eram aguados, por isso tinha bastante movimento nas noites de sábado. Ainda assim, não era o tipo de local que atrairia alguém como Ray Zhang. Cantei, tomei alguns drinques e depois não acordei por meses. Eu estava conversando com alguém, mas ele era mais novo, mesmo na época.

— Mas você não sabe quem mais estava lá depois que apagou.

Balanço a cabeça e tomo um gole do chá. O calor se espalha garganta abaixo e chega à barriga. Brazuca fica em silêncio por um momento. Ele pousa a caneca e une a ponta dos dedos das mãos.

— Nora... Sinto muito que isso aconteceu com você.

— Eu não me lembro. Às vezes tenho lampejos. Vozes, rostos, mas ninguém que pude identificar antes de hoje.

— Então você foi agredida naquela noite por alguém ligado a Zhang e 15 anos depois a criança que você teve desaparece. Por que eles a levariam? Por que agora?

Tem alguma coisa que anda me incomodando, mas não consigo identificar direito.

— Um jornalista chamado Mike Starling me encontrou na floresta. Ele estava fazendo trilha com alguns amigos e toparam com meu corpo. Ele me levou ao hospital e depois publicou um texto sobre o ocorrido. O editor dele gostou da ligação pessoal e o fez investigar mais, para uma série de artigos. Ele conhecia minha história, mas nunca revelou minha identidade... Pelo menos, não que eu saiba. Muitos anos depois, ele me apresentou a Seb Crow, então nunca mais ouvi falar dele até o desaparecimento de Bonnie. Ele queria me ver, mas, quando finalmente aceitei, ele não deu as caras... Em vez dele, apareceram uns homens da WIN Security. Eu os despistei, mas só tem um jeito de eles terem descoberto nosso encontro.

— Ok... Então eles chegaram a Starling. Alguém deve ter ligado você a ele por causa dos artigos.

— Certo. E, quando fui ao apartamento de Starling, ele estava morto. Sangrou até a morte dentro da banheira.

— Jesus Cristo.

Conto-lhe sobre o guarda-móveis, a pesquisa de células-tronco e a Syntamar. Brazuca se levanta e começa a andar de lá para cá.

— O que isso tem a ver com Bonnie?

— Células-tronco colhidas de cordão umbilical têm sido usadas para tratamento de certas doenças desde os anos 1980. — Tirei essa informação da pesquisa de Starling.

— Você acha que eles roubaram seu sangue do cordão umbilical?

— Não sei. Como isso teria acontecido?

Ele balança a cabeça.

— Não faço ideia. Mas esse sangue é o que conecta vocês duas. Você está ligada a Dao por aquela noite. Dao está ligado a Zhang, que trabalha com a WIN. E a WIN está procurando por Bonnie. Então, quando você invadiu a WIN, enviaram Dao ao seu escritório. E assassinaram Starling pra chegar a você, porque perceberam que era sobre você que o jornalista estava escrevendo e que ele a conhecia. Foi por isso que ele virou um alvo. Eles estão procurando você agora.

— Mas Starling tomou o cuidado de mencionar em seus artigos que eu não tenho memória alguma daquela noite.

— Mesmo assim, eles sabiam do ocorrido. Acho que de alguma forma devem ter entrado em contato com Starling, que descobriu a ligação deles com Zhang. Por isso ele tinha uma foto de Zhang com o conselho da Syntamar. Ele devia estar investigando isso há um bom tempo.

— Mas o que isso tem a ver com Bonnie?

— Não sei. Ela é mesmo a chave para a coisa toda. — Brazuca esfrega os olhos. Tomar chá quente de gengibre depois de ter ido lá fora naquele frio deixou nós dois aquecidos e sonolentos.

Olho para a cama luxuosa, que é grande o bastante para caber três pessoas. Até mesmo os peões neste castelo recebem lençóis de uma fineza digna, se não de um príncipe, sem dúvida de um de seus conselheiros.

— Eu durmo no chão.

— Não, droga. Sou o homem aqui. — Ele diz isso com um ardor surpreendente. Olho para ele. Suas sobrancelhas estão unidas e um rubor sobe pelo seu pescoço. Nunca o vi tão perturbado.

— E daí? O que isso tem a ver?

— E daí que eu vou dormir na porcaria do chão, e você, a mulher, pode dormir na cama. Mas que merda, Nora.

— Mas você é um aleijado — pontuo. — Não seria justo.

Ele suspira.

— O cavalheirismo está morto. Que seja, eu durmo na cama. — Ele vai mancando até a cama, joga para mim o edredom e um travesseiro, e senta na beirada. Não fico o observando tirar os sapatos e o cinto. Ele se deita com os olhos fechados enquanto eu monto minha cama no chão.

10

FICAMOS DEITADOS EM SILÊNCIO por um tempo, separados principalmente pela altitude. A luz do quarto ainda está acesa, mas nenhum de nós dois faz menção de apagá-la. É um pouco depois da meia-noite, porém, como não há relógios no quarto, não consigo dizer a hora exata. Não sei exatamente por que, mas estou agitada. Apesar da exaustão e de este edredom ser o pedaço de tecido mais aconchegante que já toquei na vida, não consigo fechar os olhos. Sei que Brazuca também está acordado, por causa de sua respiração irregular.

Enfim, ele desiste de fingir que está dormindo.

— Nora, você tá acordada?

— Sim.

— Nós dois tivemos dois dias bem difíceis e só queria que você soubesse... Se você precisar de alguém esta noite, bem, pode ter a mim. Só estou declarando isso porque você é covarde demais pra dar o primeiro passo.

Por um momento, me esqueço de respirar.

— Do que você tá falando?

— Você sabe do quê. Você não fica confortável com homens por razões óbvias, mas nós dois sabemos que está atraída por mim. Então, se me quiser, estou aqui.

— O que te faz pensar que estou atraída por você? — Quando que eu poderia ter lhe passado essa impressão? Talvez ele ache que ser agredido num banheiro com uma pancada na cabeça é algum tipo de cantada.

— Não sei — diz ele. Posso ouvir o sorriso em sua voz. — Talvez porque você está sempre me encarando quando acha que não estou vendo.

— Eu faço isso com todo mundo.

— Mas você também fica encarando a *boca* de todo mundo?

Tenho feito isso? Possivelmente. Provavelmente. Fico nervosa porque, primeiro de tudo, agora que parei para pensar, prestei atenção demais à higiene bucal dele e, em segundo lugar, ele percebeu.

— Vá se foder.

Ele boceja.

— Se você quiser. Senão, vou dormir. Mas fique sabendo que não vou estar por perto pra sempre, e, pelo andar da carruagem, acho que você tá na mesma. Além disso, você me acertou com uma corrente de pneu, e todos sabemos o que isso significa. — Ele permaneceu imóvel durante toda a conversa e agora vira o rosto para mim e me dá um sorriso alegre antes de fechar os olhos de novo.

Por algum motivo, não sei bem o que fazer com as mãos. Elas saíram de baixo das cobertas e estão se torcendo nervosas. Vou ao banheiro antes que acabe me precipitando. No chuveiro, me esfrego até estar coberta do luxuoso sabonete do hotel que tem perfume de rosas, e tento recuperar os sentimentos de medo e vergonha que me mantiveram celibatária por tanto tempo, mas ou eles diminuíram ao longo dos anos ou algo mudou dentro de mim. Tudo o que restou é uma curiosidade que não consigo suprimir. Fico parada na soleira da porta, enrolada numa toalha, e olho para Brazuca sobre a cama. Mas sei, por sua respiração, que ele não está dormindo.

— Por que você faria isso por mim? — pergunto por fim.

— Isso realmente importa?

— Sim.

— Porque eu quero. — Apesar de seus olhos estarem fechados e eu não conseguir ler o que está por detrás, algo em sua voz me diz que ele está falando a verdade.

— E eu preciso...?

— Não. Venha aqui.

Apago todas as luzes, menos a do banheiro, e pego o cinto dele e um laço das cortinas. Ele abre os olhos conforme me sento sobre o peito dele e amarro seus pulsos na cabeceira da cama. Ele não faz resistência.

— Tire a toalha ou você vai me sufocar — diz ele com suavidade.

Pauso. Faz anos, mais de uma década, desde que fiquei pelada na frente de alguém, mas o argumento dele é bom.

Como se tivesse lido a minha mente, ele fecha os olhos de novo. Olho para baixo, para seu rosto tranquilo, e penso em beijá-lo. Com uma respiração profunda jogo a toalha de lado. Deito. Minha boca paira bem perto da dele, nossa respiração se misturando por vários segundos antes de ficar insuportável. Me sento e posiciono um joelho de cada lado da cabeça dele, e, por um momento, ele só respira a mim antes de eu sentir sua língua.

Quero odiar o que está acontecendo, mas não dá. É bom demais para ser verdade.

Aquilo acaba tão rápido como começou, e a coisa me tomou de surpresa. Desta vez, depois do orgasmo não vem a vergonha. Meu corpo não começa a suar frio. Saio de cima dele e, mesmo com as mãos agarradas na cabeceira da cama para me apoiar, sinto que estou caindo.

Brazuca não pede nada em troca e eu não ofereço. Nem sei se faria bem, de qualquer forma. Nunca disse que era uma amante decente, nem antes do que aconteceu. Deito com as costas viradas para ele e espero meu coração desacelerar. Ele solta os pulsos e entra no banheiro. Eu me pergunto se ele fez isto por prazer ou altruísmo, mas no fim das contas não importa.

Saio da cama e já estou enfiada debaixo do edredom no chão quando ele retorna ao quarto. Vesti minhas roupas e deixei a toalha caída no pé da cama.

Ficamos deitados no escuro por um tempo, ambos acordados. O clima entre nós é esquisito, porém não desagradável, dado o que acabou de acontecer. Meu primeiro orgasmo com um parceiro em mais de uma década. Bem, um parceiro que não seja um objeto inanimado.

— Aposto que aquele conhaque era maravilhoso — digo, porque isso não saiu da minha cabeça.

— Ouro líquido — concorda Brazuca da cama. Ele se vira para me encarar.

Eu não olho.

— Uma pena que não temos nenhum autocontrole.

— Fale por você — diz ele com uma voz grossa. — Eu tenho bastante.

— Falou o alcoólatra.

— Veja só, o roto falando do rasgado. Fique sabendo que meu autocontrole é lendário.

Penso nisso por um tempo. Finalmente, um sono pesado me ancora ao chão e, quando acordo, Brazuca já se foi e fico agradecida. Existe alguém neste mundo que é bom com intimidade?

11

De vez em quando, sinto um peso enorme me empurrando para baixo, e outras vezes acho que é só minha imaginação. Poderia ser algo simples como uma crise de depressão, mas, quando paro para pensar de verdade, não há nada na minha vida com que ficar deprimida. Estou viva, larguei a bebida há mais tempo do que imaginei que conseguiria, tenho uma cachorra para levar para passear à noite e que me ignora durante o dia como se fosse um gato, estou num emprego fixo com chefes que não fazem muitas perguntas e aparentemente não se importam que eu esteja acampada em seu porão. É uma vida melhor que a de muita gente.

Então por que essa sensação esmagadora volta?

Uma alcoólatra não pode se permitir ficar depressivo se a sobriedade ainda for um objetivo. Ela não pode deixar que o desespero corroa seu autocontrole até que a consuma por inteiro, até que não reconheça mais onde ela começa e onde terminam os sentimentos repugnantes de dúvida e vergonha. Sei disso, contudo, ainda assim, não consigo evitar a traição que se apodera de mim agora. Quando fiquei sabendo do desaparecimento de Bonnie, a primeira coisa que fiz foi procurá-lo. Há uma conexão entre um alcoólatra e seu padrinho, um acordo não dito. A promessa de manter segredo. Mais uma vez, ele se provou melhor em manter segredo do que eu. E, sejamos honestos. A noite passada foi mais do que libertação. Foi sobre a confiança que, junto com o benefício da dúvida, eu bem raramente dou a alguém.

Quando éramos adolescentes, Lorelei me perguntou se eu já tinha amado alguém.

Amor?

O que eu preciso dar ao amor para que cresça viçoso e lindo como vemos nos filmes? Nos filmes felizes, quero dizer. Não naqueles tristes sobre o lado ruim do amor, que fazem as pessoas saírem do cinema se sentindo traídas. Estou falando do amor bonito que algumas pessoas conseguem ter, do tipo que nutre a alma, que a ajuda a florescer na primavera não importa quão gelado tenha sido o inverno que a precedeu. Tudo o que tenho está quebrado ou torcido de alguma forma, tão manchado que não existe detergente forte o bastante para limpar, mesmo que a propaganda diga o contrário. Não tenho dinheiro para oferecer ao amor, não tenho sabedoria nem gentileza. Dentro de mim, não tenho nada além de grandes reservas de suspeita e mágoa, uma corrente tão profunda e sombria que sinto sua frieza em meu âmago. E, como estou vendo, essa corrente nunca me deixa enganar.

Fico olhando para o e-mail que recebi de Leo. Ele não conseguiu falar comigo pelo celular, por isso arriscou e me mandou a mensagem pelo computador. Não importa quantas vezes eu leia as palavras, o resultado da verificação da placa continua o mesmo.

Sedã prata.

Registrado pela WIN Security.

12

ALGUMAS DAS MANCHETES DO meu período obscuro foram assim:

MULHER NÃO IDENTIFICADA FOI ENCONTRADA NA FLORESTA, DADA COMO MORTA DEPOIS DE ESPANCAMENTO

MULHER FOI ESPANCADA E ESTUPRADA ANTES DE SER DADA COMO MORTA NA FLORESTA

MULHER ESPANCADA SEGUE EM COMA, AUTORIDADES SUSPEITAM QUE ELA TENHA DESCENDÊNCIA INDÍGENA

MULHER ESPANCADA E DADA COMO MORTA ACORDA DO COMA SEM LEMBRAR O PRÓPRIO NOME

MULHER DADA COMO MORTA ACORDA DO COMA E DESCOBRE ESTAR GRÁVIDA

Gosto especialmente dessa última porque omite a palavra *espancada,* mas a terceira é uma coisa ímpar também. O verbo *suspeitar* faz parecer que era crime ter alguma descendência indígena. Observei a Starling que essas manchetes eram estúpidas e, a propósito, não escreva artigos sobre mim, mas é pedir demais a um repórter que não reporte uma história na qual ele tem um papel importante — e não há papel mais importante que de "salvador". Mesmo que o "salvador" só queira se enfiar num buraco e desaparecer. Starling lamentou que, sim, a maioria das manchetes era mesmo uma merda, mas que essa era a natureza do jogo, e que ele não teve quase controle nenhum sobre elas. Não importava o quanto quisesse partir para outros assuntos, seus editores queriam que ele expandisse minha história e tentasse achar outros ângulos. Que a examinasse das mais variadas perspectivas possíveis e encontrasse outras mulheres que tivessem vivido ataques como aquele. Respondi a suas perguntas o mais sucintamente possível, mas as respondi. Ele era o único repórter com quem eu falava. Eu era a grande matéria dele, quiséssemos — tanto ele quanto eu — ou não.

A situação mudou quando ele percebeu que havia um jornalista televisivo circulando o hospital, perguntando sobre "Mary", meu codinome no texto de perfil que Starling escreveu sobre mim.

— Ele tentou me matar — falei para ele quando descobri sobre o outro repórter. — O homem que me largou na floresta. Ele achou que eu estivesse morta.

Starling caiu pesadamente sobre a poltrona no meu quarto do hospital.

— Sim, eu sei.

— Falei somente com você e não publicou meu nome. Ninguém saberia quem eu sou, você disse. Esse era o acordo, lembra?

Starling teve que se esforçar muito para me convencer a me abrir. Disse que era muito importante que as pessoas ouvissem minha história. Eu não ligo muito para as pessoas, nem na época nem hoje em dia, mas ele tinha salvado a minha vida e eu pago minhas dívidas, tanto na época como hoje em dia. Mas isto... Eu não queria outro jornalista me conectando ao que aconteceu.

— É o artigo mais lido do ano, Nora. Talvez eu até... talvez eu até ganhe um prêmio pela história.

— Foda-se o prêmio e foda-se você. — Lembro-me de andar sobre meus pés inchados com a barriga tão esticada que quase não via o chão à frente. — Você não pode mais vir aqui. Tô falando sério.

— Eu sei, me desculpe. Você não acha... Você não acha que ele vai te perseguir, acha? O homem que fez isto? — Ele gesticula desamparado para a minha barriga.

— Como é que vou saber, poxa? — disparo. — Não *lembro* nada a respeito dele.

— Então eu vou ficar longe.

— É melhor mesmo. Eu fiz o que me pediu. Ajudei você com sua matéria, não foi? Estamos quites.

— Você não tinha nada pra quitar, Nora.

— Não fale meu nome! Nem aqui, nem em lugar nenhum. Você conseguiu sua matéria, as pessoas voltaram a ler seus artigos idiotas, está dando tudo certo pra você. Mas olhe só pra mim. Nada nunca vai ser como antes.

— Talvez devêssemos falar com a polícia — diz ele com a voz hesitante.

— Você não me escutou? Nada de polícia. Eu falei isso pra você quando aceitei conversar.

Eu tinha lhe contado como era viver nas ruas. Como a polícia deveria ser evitada a qualquer custo, como nunca ajudava os sem-teto ou os artistas de rua. Como os empurrava e os enxotava dos espaços públicos. Como deixava outras pessoas os tratarem como lixo sem intervir. Policiais jamais acreditariam em alguém como eu. Jamais. Nem mesmo com o apoio de Starling.

Depois que processo a mensagem de Leo, começo a fuçar nas coisas de Brazuca. A tirá-las da mala e depois devolvê-las sem absolutamente qualquer cuidado em relação à ordem em que eu as encontrei. Procuro por pistas para mostrar que eu errei em confiar nele... Olhe, um crachá enorme da WIN Security esteve aqui todo esse tempo e, Nora, sua imbecil, você não viu.

Não há nada ali, porém, exceto algumas peças de roupa, uma nécessaire e um kit de barbear. Não há pistas, porque ele é esperto demais para deixá-las.

Mas eu já sabia disso, não? Eu já sabia porque tinha remexido nas coisas dele enquanto ele estava no banheiro, antes mesmo de receber os detalhes do registro que o Leo mandou. Veja, não dá para mudar quem somos de verdade. E, agora, na luz fria do dia, sem nenhum rosto pairando sob mim, fico contente por isso.

13

ESTOU SENTADA NO ESCURO com as cortinas fechadas quando Brazuca volta. A luz da manhã vai dar as caras em breve e eu já fiquei mais tempo do que deveria.

— Fiz umas ligações — conta ele, tirando o casaco e os sapatos. — Tenho um amigo médico que costumava trabalhar como legista para a cidade antes de se aposentar.

— É mesmo?

— Então, o sangue do cordão umbilical está cheio de células-tronco que normalmente são encontradas na medula óssea. Elas criam todos os tipos de células do sangue. São usadas para tratar doenças sanguíneas, por serem versáteis. Você tinha razão. Mas tem uma coisa: não são suficientes para um transplante completo de medula óssea. Na verdade, não são suficientes para qualquer tratamento em adultos em plena forma.

— E em adultos enfermos?

Ele me encara, perplexo.

— O que está pensando?

— Faz mais de um ano que ninguém vê Ray Zhang, certo? E se ele estiver doente e precisar de um transplante? De algum jeito, eles conseguiram analisar sangue de cordões umbilicais e acharam um compatível...

— Como?

— Mercado negro? Bancos de sangue particulares? Bancos de sangue públicos? Eles têm recursos. Dinheiro não é um obstáculo para essas pessoas.

— Então rastreiam a fonte de algum modo e acham Bonnie.

Franzo o cenho.

— É improvável.

— Liga alguns dos pontos. É nossa melhor teoria. — Ele boceja. — A maioria dos hóspedes foi embora. Ficaram umas poucas pessoas, não muitas, para esquiar de helicóptero. — Não surpreende. A maior parte dos homens na conferência estava no fim de seus 50 anos. Não consigo imaginá-los aceitando pular de um helicóptero com esquis. Por diversão. — Jia Zhang foi embora a cerca de uma hora.

— E o Lam?

— Ele também. — Brazuca desaba na cama. Eu me levanto da poltrona perto da janela e vou até lá. Ele não protesta quando prendo as mãos dele na cabeceira da cama, mas desta vez mantém os olhos abertos. — De novo? Ok... mas talvez pudéssemos tentar algo diferente.

— Oh, vai ser diferente. Ei, quando você levou o tiro, eles tentaram te enfiar num escritório?

Brazuca ergue uma sobrancelha. Ele vê a estranheza em meu olhar, minhas pupilas dilatadas, e fica preocupado.

— Sim, mas o que isso tem a ver com... Ei, isso é mesmo necessário? — pergunta quando prendo as mãos dele mais apertado.

— Mas você teve que falar com um psiquiatra depois do tiroteio, certo? Pra ser liberado.

— É o procedimento padrão. — A voz dele é leve, mas seus olhos estão semicerrados. Desta vez, não subo em cima dele e não estou vestindo uma toalha. Ele dá uma olhada para as garrafas vazias no chão. *Ops.* — Você bebeu.

Caramba, se não bebi. Dou risada.

— É um belo minibar este daqui. Chique. Uma pena que não peguei o conhaque primeiro. Meu único arrependimento.

Ele tenta puxar os braços, que não se soltam.

— Me solte agora.

Eu não o solto.

— Então, você leva um tiro e o psiquiatra recomenda que você fique atrás de uma mesa. Talvez o psiquiatra já saiba que você é alcoólatra, talvez o psiquiatra não goste muito de você, mas a questão é: não foi sua primeira suspensão.

Ele não diz nada.

— Você é um bêbado aleijado que talvez seja tão viciado em analgésicos quanto em álcool. Não quer mais ficar na polícia, assim, quem você procura para ajudá-lo quando precisa mudar a carreira? O homem cuja vida você salvou, certo? Sabe que ele tem segurança particular agora, então talvez ele te indique para a tal empresa, que, coincidentemente, é a mesma empresa que Ray Zhang usa. WIN Security. Você não é mais um policial, né? Suponho que já tenha um tempo.

Há uma pausa enquanto Brazuca pesa suas opções, mas tanto ele como eu sabemos que o jogo acabou.

— Como?

Essa única palavra parte meu coração. Sequer é um reconhecimento direto. Não é um "Sim, garota esperta". Não é um pedido de desculpas. Só um miserável "Como você descobriu? Onde foi que errei na minha tentativa de ludibriá-la?".

— Leo verificou a placa do carro que você usou pra me seguir.

Ele suspira.

— Ok, agora você já sabe. Na verdade, estou feliz por isso, porque, acredite ou não, eu não curti manter esse segredo, mas eu sabia que você nunca acreditaria em mim se soubesse. Pode me soltar agora.

Ainda não estou com vontade de soltá-lo.

— No dia do soco na ponte, você me disse que era um policial.

— Porque era a explicação mais fácil. Você tem razão sobre todo o resto. Eu fui para a WIN quando levei o tiro.

— Por que eles estão procurando Bonnie?

— Não sei! É o que estou tentando descobrir. Não faz o menor sentido. Sequer é um caso oficial. Eu trabalho para esses caras, e eles são profissionais, de verdade, são mesmo. A maioria é ex-militar. Muito organizados. Mas tem alguma coisa errada neste caso. Quase como se tivessem perdido o controle, e acho que é por causa de Zhang. Ele deve ser muito poderoso. Escute, Nora, por favor. Eu talvez não seja mais um policial, mas confie em mim. Estou do seu lado.

Ele está mentindo? Não sei dizer.

Me aproximo dele. Tarde demais, ele vê a garrafa na minha mão.

— Ei! — grita. Ele se sacode na cama, mas sei uma coisa ou outra sobre nós de contenção. Regra número um: dê um nó apertado. Regra número dois: dê mais três nós. Bato com a parte de baixo da mão em sua perna ferida, e ele uiva de dor.

— Você fodeu minha sobriedade, Brazuca. Por isso vou foder a sua. — Álcool soltou minha língua e lhe entregou o diálogo de um filme ruim. Você já conheceu algum bêbado eloquente? Há uma boa razão para isso.

Ele se debate, mas sua perna direita beira a inutilidade agora, o que deixa a perna esquerda mais fácil ainda de prender com o cinto dele.

— Não faça isso — sussurra ele conforme me aproximo da cabeceira da cama.

Eu me sento sobre o peito dele para mantê-lo parado.

— Você que propôs pra enchermos a cara — falo, pegando seu queixo e abrindo sua boca com uma mão. — Só estou aceitando sua oferta. — Derramo com a outra mão. Ele cospe, mas continuo derramando até ver que ele engoliu um pouco. — Ei, talvez você e seu amigo Lam possam tomar um pouco daquele conhaque agora. Nunca é tarde.

Então viro outra garrafa. Depois, enfio um shorts dele em sua boca. É um shorts limpo. Não sou um monstro. Ele grita em protesto, mas ninguém consegue ouvi-lo.

— Pronto, pronto. Agora durma — digo antes de sair com o restante das garrafinhas guardadas na minha mochila. Dissolvi um punhado de analgésicos extrafortes que roubei do hospital veterinário nas garrafinhas de rum, por isso sei que Brazuca vai ficar fora do meu caminho tempo o suficiente para eu despistá-lo.

Ando pela estrada de acesso, onde Carl está me esperando, e sinto crescer um ódio por mim mesma. A solidão me obriga a fazer coisas horríveis. Como confiar em pessoas que não merecem.

— Onde é que você vai, dona? — pergunta Carl ao dar a partida no carro.

A manhã está fresca, mas aberta. Posso ver que a neve que caiu na noite anterior cobriu a paisagem como um abraço frio e bonito. Tudo menos a estrada de acesso, sobre a qual se jogou sal há pouco.

— Não vamos entrar nessa, Carl.

— Justo — replica ele. — Todo mundo tem segredos.

Não diga. Fiquei meio bêbada, de um jeito bacana e estável, desde que descobri o segredo de Brazuca, mas agora está começando a passar. Que bom que estou levando os itens remanescentes do minibar na mochila. Quando chegarmos ao pé da montanha, vou abrir uma dessas garrafinhas para dar conta do que tenho de fazer. Mas não agora. Não na frente de Carl. Ele é um cara legal, mas não entenderia.

14

NOS SEUS SONHOS, ELA é enrolada num cobertor e carregada pela floresta. O homem que a leva cheira a suor e agulhas de pinheiro. Não é desagradável e a garota sabe que seu próprio cheiro deve estar bem pior. Ela esteve aqui por... dias? Semanas? Não sabe. Bonnie pergunta ao homem aonde estão indo, mas ele não responde. As pálpebras dela estão pesadas demais para abrir, mas consegue ouvir os sons da floresta e sentir o cheiro de terra úmida.

Embalada assim nos braços dele, Bonnie pensa no pai. Ele costumava bagunçar seu cabelo e rir de suas piadas bobas. Costumava praticar esportes com ela e levá-la à escola quando acordava atrasada e perdia o ônibus. O pai, que tinha mudado tanto no último ano, que tinha ficado como Lynn. Incapaz de olhar a filha nos olhos. No último Natal, eles abriram os presentes sem dizer uma palavra, então foram ao cinema para ver algo sobre como um super-herói se tornou super-herói e encontrou amigos super-heróis. O pai e a mãe dela acharam que era um filme que ela iria gostar, mas acabaram adorando também porque era engraçado. Eles saíram do cinema ainda rindo de alguma coisa, depois voltaram à casa silenciosa, onde ninguém mais ria.

Isso está muito distante agora. Agora, ela está sendo carregada pela sua ilha como uma criança. Por um estranho. Eles seguem pela floresta até que um novo cheiro invade as narinas dela. O cheiro fresco e salgado do oceano.

QUATRO

1

VOLTO DO INTERIOR POR meio de uma combinação de caronas e transportes públicos. Foi difícil, mas não impossível, e a provisão regular de garrafas em miniatura do quarto de hotel de Brazuca ajudou a tornar a viagem mais tranquila. Bebo para aliviar e fico tão mole e suave como a paisagem coberta de neve, onde rajadas intensas e úmidas encontraram solo congelado. Os contornos retornam conforme nos aproximamos da cidade até que a neve se torna lama e então desaparece por completo.

Dou as caras no meu antigo grupo de apoio a alcoólatras depois de três cervejas e três shots de vodca no período de duas horas. Estou bebaça, mas não a ponto de não conseguir acompanhar a discussão ou de me levantar no intervalo sem cair de cara no chão.

— Olá — cumprimenta minha ex-madrinha na mesa de café. Aquela que achei que trabalhasse para o serviço de inteligência. — Faz tempo que não vemos você. Como vão as coisas?

Vaca enxerida.

— Tudo ótimo! — respondo, um pouco alto demais para um porão de centro comunitário.

Os olhos dela estão arregalados de preocupação. Será que falsa? Nunca consigo perceber gentileza quando estou bêbada.

— Você parece um pouco desligada hoje, querida, só isso. Quer conversar?

— Por que você tá de picuinha comigo, Sierra? — Ouvi essa expressão na televisão, mas nunca tinha tido a oportunidade de usá-la. Sierra não é o nome verdadeiro dela, óbvio, porém ela curte uma dramaticidade.

— Ok, ok, chega. — Simone, que ficou de olho em mim lá no fundo da sala desde que entrei, se coloca entre nós duas. Ela pega meu cotovelo. — Venha comigo.

Não reclamo quando Simone me arrasta para fora da sala, subindo as escadas e para o estacionamento. Ela é bem mais forte que eu, mesmo com os saltos plataforma ridículos que insiste em usar nas reuniões.

Surpreendentemente, não está chovendo. Simone me puxa para o feixe de luz de um poste e me examina.

— Sua cretina — diz ela, por fim. Apesar de o café instantâneo da reunião ter mascarado o cheiro de álcool do hálito, Simone conhece bem os sinais. Ela também já passou por isso muitas vezes.

— Não é muito legal da sua parte dizer isso.

— Azar. Esta é uma reunião do AA, não estamos aqui pra ser legais.

— Ahn... Tem certeza?

Porque eu não tenho. Achei que o ponto central de grupos de apoio fosse sermos legais com as pessoas que costumamos evitar atravessando para o outro lado da rua às três da manhã numa terça-feira, pois elas estão tão murchas quanto nós e não queremos ver a vergonha que sentem nem reconhecê-la em nós mesmos. Achei que esse fosse todo o sentido de grupos de apoio a alcoólatras.

— Volte quando estiver com a cabeça no lugar. Não tem lugar pra você aqui hoje.

Ela tem razão. Não há lugar para mim ali. Mas não há lugar para mim em nenhum lugar, na verdade. Penso no meu pai, que também não pertencia a lugar nenhum. E botou uma arma na cabeça e puxou o gatilho. Não penso na minha mãe, entretanto, porque, quem quer que ela fosse, perdeu minha simpatia depois de nos abandonar.

É então que entendo. Bonnie talvez se sinta desse jeito em relação a mim.

Vou embora. Simone me segue e se coloca à minha frente para bloquear meu caminho.

— Desculpe, não quis dizer isso, mas, caramba, Nora. E a Whisper, hein? Acha que ela merece uma pessoa que está bêbada ou com ressaca demais pra cuidar dela?

É um golpe baixo, mas Simone nunca foi de pesar as palavras.

— Eu a doei.

O queixo de Simone cai só um pouquinho. Ela o fecha e quase ouço o estalo.

— Entendi. Então abriu mão do único ser vivo que ama você mais do que qualquer coisa no mundo. O único ser vivo que escolheu você.

O que amo em Simone é que ela nunca reduziu a importância de Whisper na minha vida para um simples animal de estimação. Ela a reconhece como o que a cachorra sempre foi para mim: uma corda salva-vidas.

— Ela merece alguém melhor — digo.

— É, e se todo mundo tivesse o que merece o mundo seria uma porcaria irreconhecível. Mas não é assim que funciona. Estamos presos ao que conhecemos e Whisper não vai ser feliz em nenhum outro lugar. Você a deixou num canil?

— O quê? — respondo, ofendida. — Não seja ridícula. Ela está com pessoas de confiança.

— Bem, estou aliviada, pelo menos. Mas você deveria ter falado comigo antes de ter chegado a este ponto.

Pelo menos fiz algo direito. Foi uma conversa sobre Whisper e o pequeno terrier maltrapilho dela, Benedict, que nos uniu. Simone sabe quão importante foi Whisper na minha jornada rumo à sobriedade e a está usando para me fazer sentir culpada. Droga. Está funcionando. Apesar de eu estar muito bêbada, sinto os contornos de novo. Por isso nos sentamos em seu carro e eu lhe conto tudo sobre Bonnie e o que descobri no luxuoso chalé de esqui no topo da montanha, na estrada para cá e na cidade quando tudo isto começou. Bonnie, Starling, os não policiais... Ray Zhang. Jia e Dao. Dao.

Simone é a primeira a falar depois da avalanche de informações.

— Ainda bem que eu estava sentada pra ouvir tudo isso.

— Ainda bem que eu não tive que te acertar com uma corrente de pneu antes.

— O quê?

— Nada. — Só o modo como eu compartilho informação, aparentemente.

— Não entendo como eles acharam a menina. E como conseguiram seu sangue do cordão umbilical? Há 15 anos, essa pesquisa era incipiente. Nós não tínhamos essas instalações particulares de agora, nas quais famílias pagam um tanto e guardam o sangue pra depois. Nós não tínhamos sequer um banco público. Imagino que havia instalações de pesquisa que precisavam do sangue, mas você teria de ter autorizado, Nora.

— Eu não autorizei nada.

— Não sei então como isso pôde ser possível.

— Não mesmo?

Simone suspira.

— É, tem razão. Talvez eu saiba. — Quando se está às margens, como nós, as pessoas fazem o que quiserem e presumem que você não sabe quais são seus direitos. Com Simone, elas estariam erradas. — Ok, então de algum modo conseguiram seu sangue do cordão umbilical, tipo no mercado vermelho...

— O quê?

— Mercado vermelho. É como chamam o mercado negro para sangue e órgãos. Partes do corpo.

— Oh.

— Então — continua ela. — Significa que ela era compatível com alguém importante, porque tiveram de usar subterfúgios. É o que teriam de fazer se não fosse num cenário de doação legal. E agora querem mais, porque a amostra era muito pequena e precisam de uma compatibilidade próxima. Porque aumenta as chances de o corpo aceitar o transplante. E rastreiam o sangue até ela.

— De alguma forma.

— De alguma forma — concorda ela. — Descobriram que ela é a filha nascida daquela noite tantos anos atrás e a encontraram. Poderia ser pelos registros de adoção? Não sei. Talvez a tenham vigiado por um tempo. Talvez tenham descoberto que ela tende a fugir sempre que as coisas não vão bem. Desta vez, tem a ver com o namorado, e eles a pegam quando ela está a caminho de encontrá-lo. Descobriram que tinham algum tempo até que alguém saísse à procura dela, mas ela já tinha sumido por duas semanas antes de os pais falarem com você, certo? E você encontrou aqueles seguranças vigiando a casa dela.

— Isso.

— Se eles estão com ela, pra que vigiar a casa?

— Eles a perderam.

— Ou ela fugiu.

— Porque é isso que ela faz.

Simone assente e por um momento parece perdida em pensamentos. Quando volta a falar, suas palavras saem devagar e comedidas, como se ela mesma estivesse tentando apreender seu sentido.

— Ela sabe que estão procurando por ela, sabe que é importante e talvez consiga identificá-los, por isso agora a coisa toda pra eles é mais do que o sangue, é sobre lidar com a situação. É sobre encontrá-la e amarrar as pontas soltas. Por isso estão fazendo tudo o que está ao alcance: ir atrás de você, matar o jornalista, atirar numa criança na mata... É insano. — Ela me encara com seus olhos delineados, escuros e úmidos. — O risco para eles é alto, Nora. A situação ficou totalmente fora de controle... E olha que sou eu quem tá falando. Você sabe que costumo curtir um drama na vida. Detesto dizer isto, mas...

Prevejo aonde ela quer chegar.

— Nada de polícia. Eles não vão acreditar em mim. Você sabe como a história vai soar.

— Nem mesmo...?

— Sem chance.

Eu não lhe contei sobre Brazuca e nunca vou contar. É um mistério para mim se ele ainda está amarrado na cama chique com uma bela ressaca ou de volta ao escritório da WIN. Me recuso a pensar nele, porque mentirosos não merecem minha compaixão.

— Então — diz Simone depois de um tempo —, o que você vai fazer?

Fico em silêncio. Não sei o que posso fazer.

— Esta história é muito zoada.

— Olha quem tá falando.

— Ei. — Simone põe a mão sobre a minha. Recuo com um estremecimento habitual e inconsciente. — Desculpe — diz ela, retirando a mão. — Não queria te chatear. Nora, não é culpa sua. O que aconteceu com você tanto tempo atrás, o que aconteceu com Bonnie. Nada disso é culpa sua. Quero ouvir você falar.

Nego com a cabeça. Não há como saber o que aconteceria se eu abrisse essa porta.

— Preciso da sua ajuda pra descobrir onde Zhang mora aqui em Vancouver. — Saio do carro e vou embora. Sei que ela está decepcionada comigo, senão teria me seguido.

O porão parece vazio sem Whisper. É como se ela tivesse trazido um tipo de preenchimento e paz à minha vida quando veio morar comigo; sem Whisper aqui, não sei como fui capaz de suportar o lugar. Meu porre está passando e estou muito cansada. Tiro Whisper da cabeça porque dói demais ficar sem ela, e me enterro debaixo das cobertas. Ligo no aleatório meu MP3 player de segunda mão, e a primeira música que toca é "Ain't No Sunshine". A princípio a canção me faz pensar em Whisper de novo, mas então começo a refletir. A chuva deu uma trégua desde que Bonnie desapareceu? Talvez eu esteja bêbada demais para lembrar com clareza, mas acho que não. Nuvens carregadas ficaram pairando acima como um escudo protetor, difundindo a luz e vomitando chuva. Talvez seja apenas minha imaginação, mas não acho que a luz do sol atravessou as nuvens desde o desaparecimento de Bonnie. Nem uma vez.

Quando acordo, acesso meu e-mail e vejo que Simone me enviou alguns relatórios com o assunto: *Isso acontece.* Dois relatórios são de clínicas particulares de sangue do cordão umbilical, uma em Hong Kong e outra em São Francisco, que tiveram informações de doadores roubadas por funcionários, e outro relatório leva a um site de bate-papo sobre agentes e operadores desonestos em comunidades médicas ao redor do mundo que venderam órgãos e sangue no mercado vermelho.

Isso acontece?

Não diga.

2

Quando emergi de um sono pesado tantos anos atrás, foi com uma cabeça que parecia ter sido espancada até deformar e uma barriga inchada que se projetava tão para a frente do meu tronco esguio que anunciava sua chegada a um lugar um segundo antes de o resto de mim aparecer. Meus ossos quebrados tinham sido recompostos, minhas funções motoras estavam sendo lentamente restauradas, mas meu estado mental era motivo de preocupação e os médicos se recusavam a me liberar. Eles achavam que eu poderia ferir a criança, e não posso culpá-los. Além disso, meu silêncio em relação ao assunto não ajudou a esclarecer as coisas. Depois que tentei escapar duas vezes, uma delas bizarramente registrada como tentativa de suicídio, fui transferida para um pequeno hospital psiquiátrico para ser monitorada mais de perto.

Starling me visitava com frequência, porém era o único. Passávamos esse tempo sentados, cada um numa ponta do quarto, enquanto ele tentava me convencer a entrar em contato com a minha irmã. Daria um bom enredo para um filme sentimental: irmãs se reencontram diante de uma tragédia. Mandei ele à merda, mas seu comprometimento profissional com a minha saúde — e com a minha história — era inabalável.

No meu quartinho, eu ficava em pé na janela, observando a entrada dos fundos e os médicos e enfermeiros que saíam para fumar. Somente o cocuruto deles era visível do meu lugar, mas eu conseguia identificar meu médico porque o aplique de cabelo me dava tchauzinho na luz de segurança que ficava sobre a entrada dos fundos. Uma vez por dia ele vinha até meu quarto cheirando a fumaça de cigarro e desodorante amadeirado para ver meu prontuário e perguntar como eu estava. Eu dizia "Estaria melhor com um pouco de vodca", e ele abria seu sorriso meigo em resposta. Era nossa pequena rotina e nunca falhou nos três meses em que fui mantida refém.

Quinze anos se passaram desde a última vez que o vi. O dia em que Bonnie nasceu. Eles me botaram para dormir enquanto me cortavam para tirá-la de dentro de mim, e acordei para mais uma vez encontrar meu corpo diferente. Esvaziado da vida que eu carregava, o recipiente agora sangrento e oco. A bebê nasceu em algum momento nas primeiras horas da manhã e, depois que acordei, fiquei deitada ali, atordoada e exausta, enquanto o dia rastejava. Estava escuro quando ele me deixou do lado de fora, vestida com roupas comuns da caixa de achados e perdidos, e me disse que em dez minutos passaria um ônibus no ponto do outro lado da rua. Ele me deu um bilhete de ônibus e mais dez dólares, por garantia. Ele também me disse que eu precisava fazer outras escolhas para a minha vida e que este era o momento de começar.

— Você quer ir, não quer? — disse ele no breve segundo em que hesitei.

A pausa não tinha nada a ver com incerteza em relação a ficar naquele lugar. Foi porque achei que estava sonhando e que era hora de acordar. Queria dar um minuto para minha mente consciente assumir, mas a impaciência dele me irritou. Ficamos parados por um momento que, pelo que eu era capaz de compreender, poderia ser uma vida inteira. Então eu estava no ponto de ônibus em frente ao estacionamento do hospital. Olhamos um para o outro de cada lado da rua escura e escorregadia antes de ele voltar para dentro. Poucos minutos depois, o ônibus apareceu e fui a um abrigo que conhecia.

É surpreendente para mim o quanto disso me lembro.

Agora eu o encaro e as memórias passam direto até que uma delas gruda nele. A princípio, ele não se lembra de mim daquele dia, mas se vê forçado a dar uma olhada mais atenta, porque algo em mim lhe é familiar. Algo que não consegue identificar. E, afinal, estou recostada em seu carro. O estacionamento é pequeno e sombreado por árvores. Não há mais ninguém por perto e Eric Zakarian está claramente desconfortável por este acontecimento inesperado em seu dia. Seus olhos passam de mim para a entrada do prédio. É longe demais para ele correr. Os anos como fumante e os 15 quilos extras não ajudaram nem um pouco seu desempenho aeróbico.

— Meu Deus — diz quando enfim me reconhece. Ele é incapaz de esconder o medo súbito em seus olhos. Que bom. Bem-vindo ao clube. Ele olha de novo para a entrada do prédio.

— Você não conseguiria — falo.

— O quê?

Indico a porta com a cabeça.

— Você não conseguiria voltar lá pra dentro antes de eu te alcançar.

— O q-que está fazendo aqui? Olhe, se quer conversar, deveríamos ir a outro lugar. — Ele está tentando ocultar o medo, mas não está fazendo um bom trabalho. Ele se esqueceu de que sei como ele é quando está calmo. Que o vi todos os dias durante meses e, apesar de ter sido há bastante tempo, ainda consigo identificar seu humor.

— Não — respondo, dando tapinhas no capô da BMW dele. Me apoio de um jeito casual, principalmente para aliviar o peso sobre o tornozelo. Mas ele não precisa saber. — Acho que devemos conversar aqui mesmo.

— O que você quer?

— Quero saber para onde foi meu sangue do cordão umbilical depois que você me enxotou deste lugar.

Ele fica ao mesmo tempo pálido e suado.

— Não sei do que está falando. Você deveria ir antes... antes que eu chame a polícia!

— É claro, vamos chamar a polícia. Aí eu conto que, enquanto eu estava anestesiada, você coletou meu sangue do cordão umbilical sem autorização e vendeu para algum agente.

O maxilar dele treme, o que só acontece com homens quando são confrontados com a verdade, então, como era de se esperar, ele nega.

— Nunca fiz uma coisa dessa! Além disso, jamais vão acreditar em você. Uma prostituta bêbada que se mete em encrencas não sabe exatamente do que está falando, não é verdade? Agora saia do meu carro.

Não me mexo. Prostituta?

Ele parece ganhar confiança ao falar.

— Suma daqui! Já disse, ninguém vai acreditar em você. Olhe só pra você — diz ele, me olhando de soslaio. — Não mudou nadinha. Vá se limpar e me deixe em paz.

Suspiro. Beber vodca com limonada não melhorou meu humor. Estou me sentindo mais violenta esta noite do que o normal. Espatifo a garrafa de vidro no carro e seguro firme a parte denteada. A negação dele foi, para mim, a confirmação de que meu sangue do cordão umbilical foi coletado, mas, por alguma razão, neste momento, só essa confirmação não basta. A beirada denteada da garrafa arranha alto ao ser puxada pela porta do motorista da BMW.

Zakarian assiste parado enquanto eu conspurco seu carro. Ele ficou paralisado, com os olhos arregalados de medo, desde que quebrei a garrafa.

— Você é o próximo se não me disser exatamente o que quero saber. Sei que está mentindo porque meu sangue do cordão umbilical foi usado.

Ele lambe os lábios.

— O que você quer?

— Por que alguém precisava do meu sangue?

— Células-tronco — responde ele, depressa, confirmando o que eu já sabia pela pesquisa de Starling. — Leucemia, doença falciforme, imunodeficiência, linfoma, uma série de doenças, na verdade... A pesquisa ainda está evoluindo, mas células-tronco do cordão umbilical são mais maleáveis que as de um adulto. O problema é que não há muito sangue no cordão, então não é a salvação que algumas pessoas dizem ser. No início da pesquisa, era difícil obter amostras.

— Daria para o tratamento de um homem idoso?

— Não sei... Depende do homem e da doença. Veja, esta não é bem minha especialidade, entende?

Dou um passo à frente.

— Por que você pegou? — Mesmo que Zhang e seu pessoal tivessem lido o artigo e compreendido que eu era Mary, a mulher que foi encontrada na vala, que acabou grávida, não faria sentido Zhang prever uma doença e então esperar 15 anos para raptar Bonnie. Zakarian devia ter outro motivo.

— Na época, minha esposa estava envolvida com pesquisas e uma fonte entrou em contato com ela, um agente qualquer... Eles precisavam de doações, mas as pessoas não estavam doando com facilidade, porque as clínicas particulares estavam começando a oferecer aos pais a oportunidade de guardar o sangue para a saúde das crianças no futuro. A fonte iria pagar, mas não era muito... Não era tanto quanto você imaginaria... — Ele lambe os lábios e me encara. — Por favor, não me machuque.

Outro passo à frente.

— Continue.

— Ela sabia que eu estava tratando você, e disse que a fonte estava interessada na amostra... para pesquisa! Mas a pesquisa não foi financiada e, acho, os bancos de sangue que eles tinham acabaram mudando de mãos. Não sei para onde foram.

Sinto meu estômago revirar; graças a Deus ele estava vazio. Se tivesse alguma coisa ali, já teria jorrado no sapato de cem dólares dele. Dou mais um passo à frente.

— Você roubou de mim.

Ele fica em silêncio. Dou outro passo. Agora há apenas uma régua de distância entre nós.

— A criança que você ajudou a vir ao mundo tantos anos atrás... Ela foi sequestrada por causa do que você fez.

Ele empalidece com o cheiro de álcool no meu hálito. Não há nada mais aterrorizante do que ser atacado por um bêbado desvairado, a menos que seja um drogado desvairado.

— Era para pesquisa! Para ajudar a salvar vidas.

Bem, agora está mentindo na cara dura. Nem ele acredita de verdade nisso. Pressiono a garrafa contra o rosto dele e uma gota de sangue floresce na bochecha. Ele choraminga e cambaleia para trás, apoiando-se no carro.

— Salvar vidas? Você pôs uma criança em perigo.

— Não, eu juro, nunca quis que nada de mau acontecesse! Eu só... Era uma pesquisa interessante e o agente estava pagando.

Dou risada. Não é um som agradável.

— E você achou que eu nunca descobriria. — Risco uma linha fina entre a maçã do rosto dele e a ponta da mandíbula.

Ele arqueja e lágrimas rolam por suas bochechas. Não são lágrimas de culpa, vergonha ou sofrimento. Não há arrependimento nelas. Não... São lágrimas de medo.

— Por favor — choraminga ele. — Só me deixe em paz.

O sangue não jorra, mas goteja.

— Pedir desculpa não basta — digo, minha voz mal chegando a ser um sussurro. — Vou embora, mas não fique muito tranquilo, porque vou voltar e você vai pagar.

Não vou voltar, mas ele não precisa saber.

— Não fui só eu! — grita ele às minhas costas conforme me afasto. — Minha ex-esposa, o nome dela é Amanda Notting. Por que você não a faz pagar também?

Amanda Notting não faz ideia de que o ex dela a denunciaria para uma bêbada desvairada. Casamento. Para que serve?

Continuo andando. Sinto-me ousada, transtornada. Viva. Se ao menos houvesse um rosto disponível por perto... Mas não, cruzei algumas linhas aí também.

3

A LANCHONETE NA HASTINGS não chama muita atenção do lado de fora, mas o café custa apenas um dólar e eles esquentam no micro-ondas um lanche de café da manhã a qualquer hora do dia. Se é uma boa ideia ou não, pode ser discutido, mas lhes permite manter as luzes acesas e as portas abertas. Acabou de dar nove da noite e a gordura dos ovos e do queijo está perigosamente perto de me revirar o estômago. É o único alimento sólido que engoli o dia todo, porém, por isso me forço a mantê-lo na barriga. O esforço necessário para essa simples atividade quase me faz perder o início das notícias no canal jornalístico 24 horas na televisão pendurada acima do balcão.

Corpo encontrado no parque Stanley. A identidade ainda não foi confirmada pela polícia, mas declarações de testemunhas alegam que é possivelmente uma criança ou uma mulher pequena.

E pronto. A gordura vence.

Quase não chego ao beco ao lado da lanchonete antes de vomitar. Um casal mais velho, que saiu nesta noite para passear, dá uma olhada na minha direção com nojo ao passarem por mim botando os bofes para fora.

— Malditos bêbados — comenta o homem um pouquinho antes de estar distante o suficiente para eu não escutar.

Recosto contra a parede, minhas respirações arranhando minha garganta. A umidade do ar quase me sufoca. O homem não está enganado, mas o álcool não é o único motivo que me levou a pôr para fora, naquele beco, minha única refeição do dia. Por uma experiência passada bastante rica com este tipo de situação, acredite, é sempre melhor golfar na rua em vez de num banheiro que não é o da sua casa. Ninguém quer abraçar um vaso ao qual as pessoas têm acesso. Do lado de fora, não haverá outros clientes batendo à porta, nenhum funcionário enojado olhando feio para você porque ele terá de limpar o banheiro. Nas ruas, a chuva vai lavar o que puder, e o que restar não é pior do que o que já estava lá.

Eu poderia tomar um ônibus para o parque Stanley, porém, de onde estou, o caminho mais fácil é seguindo o paredão à beira-mar. Ando o mais rápido possível, então abro mão do cuidado e começo a correr. Costuma haver várias pessoas correndo ao longo desta rota. Às vezes, correr pelo paredão parece uma debandada, mas as pessoas normalmente não correm tão tarde da noite com botinas e um casaco impermeável. Recebo algumas encaradas, mas não me afeto. A memória do homem que encontrei no parque há tantos anos ressoa, junto com o semblante de Starling sentado numa banheira cheia de sangue. E agora não posso evitar imaginar a adolescente das fotografias estatelada no chão, seus olhos sem vida mirando o céu noturno.

A polícia está perto da praia Second, próxima a um aglomerado de árvores. Localizá-los foi tão fácil quanto ouvir o som de vozes humanas carregadas sobre a copa das árvores e então encontrar as luzes que a polícia armou ao redor do bloqueio. Há uma multidão ali, pois, apesar da garoa, o clima está bem ameno esta noite, e a descoberta de um corpo em um dos maiores pontos turísticos da cidade é algo importante.

Uma curiosa, que deve ter entre 20 e 30 anos, está parada meio distante das demais pessoas, e é dela que me aproximo primeiro. Não gosto muito de estar em meio a uma multidão, ou próxima de uma, e esta parece ser uma mulher das minhas. Ela usa botas de caminhada e um casaco de chuva, corretamente vestida para o local e o clima. Sua sensibilidade me atrai, e suas roupas são escuras de modo que não captem a luz nem firam meus olhos. Estou meio zonza depois da corrida com o estômago vazio. Ela pode ser doida de pedra, mas vou arriscar. Se for o corpo de Bonnie no chão, protegido por uma tela de privacidade e por um escudo humano de policiais, é melhor eu saber o quanto antes.

— Você viu o corpo? — pergunto à mulher.

Ela está focada demais na cena e me olha só de soslaio. Me mantenho a um metro dela para que não sinta o cheiro de vômito no meu hálito, por isso ela não me dá as costas sem responder.

— Não, acabei de chegar, faz uns dez minutos. Ninguém parece saber muita coisa, exceto aquele cara ali. — Ela aponta para um homem com botas de caminhada segurando a ponta da coleira de um cachorro. Ele está falando com um policial ao lado de uma viatura a alguma distância. — Foi ele quem achou o corpo.

Fico na beirada da multidão, esperando para ver o que vai acontecer a seguir, esperando para ver se alguém vai falar alguma coisa sobre o corpo atrás da proteção. Quando o homem com o cachorro terminar de conversar com o policial, vou tentar achar um jeito de me aproximar dele, mas os dois estão batendo um papo agradável que não parece que vai acabar tão cedo. Não tem nenhum Brazuca aqui para me dar uma pista de dentro... mas, de qualquer forma, ele não estaria aqui, não é? Ele estaria com seus amigos da WIN Security.

Assim que a multidão diminui e as pessoas começam a se afastar, há uma comoção no lado mais distante das árvores. Vejo um homem se infiltrando pelo aglomerado de gente.

O que amo a respeito de cantar blues é que a canção fala direto ao coração de uma coisa. Ou você vai nua, com sua alma exposta numa bandeja, ou nem se dá ao trabalho. Seja verdadeiro, senão melhor guardar para si.

Esse tipo de crueza, esse tipo de honestidade, não se encontra com frequência na vida. Eu os vejo agora, quando Everett empurra os curiosos, com Lynn se arrastando atrás como uma criancinha pálida e confusa que acabou de acordar de um pesadelo e consegue apenas pôr um pé na frente do outro. O cabelo luxuriante dela foi puxado do rosto e preso num coque que está meio solto do lado e se desfazendo. Everett ganhou cerca de cinco quilos desde a última vez que o vi, mas o peso não cai bem nele. A gordura se alocou principalmente no pescoço e na barriga, e todo o restante é tão magro quanto eu lembro. Esses dois têm se distanciado faz bastante tempo, mas agora não conseguem mais disfarçar.

— É a minha filha? — grita Everett para o primeiro policial que vê. — Bronwyn Walsh. Reportei o desaparecimento dela...

O policial estremece e estende a palma de uma mão para sinalizar a Everett que não se aproxime mais. Alguns outros policiais se agitam e vêm para perto.

— Senhor...

— É ela? Por favor... por favor, m-me ajude. — Então a voz de Everett falha. Todo mundo encara o pai cuja filha pode estar ali; as pessoas não conseguem evitar, até porque é parte do motivo de estarem ali. Para testemunhar a tragédia humana. Não é algo de que se possa desviar o olhar.

Só então o policial vê Lynn atrás. Ela está com uma das mãos na garganta e o fita com olhos amedrontados. Um arquejo fino, parecido com um piado, emerge da boca dela, tentando soar como uma palavra, mas falhando terrivelmente. Há tanto desespero escrito no rosto dos dois. Eu me aproximo do casal enquanto as outras pessoas se afastam. Há emoção demais; elas estão com receio de que o sentimento possa espirrar nelas e sujar seus sapatos.

— Senhor, não estamos em condições de identificar o corpo agora...

— Pode deixar que assumo, Ray. — Um detetive em roupas comuns dá batidinhas no ombro do policial. Ele olha para Everett e Lynn. — Sou o detetive Lee. Sua filha está desaparecida?

Lynn só consegue assentir, já Everett reúne coragem.

— Sim — diz Everett. — Bronwyn Walsh. Ela tem 15 anos, tinha mais ou menos este tamanho. — Ele sinaliza na altura do peito dele. — Cabelo escuro, olhos escuros. Por favor, por favor, só nos conte. É ela?

A voz de Lee baixa de modo que fica quase um sussurro. Tenho que me aproximar para escutar. Ele pousa uma das mãos no ombro de Everett e dá um apertãozinho.

— Se eu responder, você vai direto para casa? E nos deixa fazer nosso trabalho?

— S-sim.

— Não o incomodaremos mais. — É Lynn quem fala agora. Ela reencontrou a voz, que está mais firme do que eu esperava.

O detetive assente.

— Pela descrição que fizeram, não parece ser sua menina. Não posso revelar mais nada, ok?

Todo o ar sai dos pulmões de Everett e ele cambaleia.

— Graças a Deus. Oh, graças a Deus. — A mão dele procura cegamente a de Lynn, mas ela sequer parece notar. Ele se debate sem ter nada em que se apoiar. Sem uma âncora. À deriva em seu redemoinho de emoções enquanto a esposa está ao lado, perdida em seus próprios pensamentos. Eu a vejo ser tomada por uma mudança. Quem quer que tenha morrido aqui esta noite, não foi a filha dela. E, pela primeira vez, entendo como é seu amor por Bonnie. Complicado pelas circunstâncias, mas não menos verdadeiro.

O detetive os está observando tão atentamente quanto eu.

— Você disse que reportou o desaparecimento?

Lynn confirma com a cabeça e diz:

— Bronwyn Walsh.

— Faz quanto tempo que ela desapareceu?

— Três semanas.

Lee hesita por um momento tão breve que acho que sou a única a notar. Ele absorve a informação, rabiscando num bloquinho que tirou do bolso de trás.

— Vou dar uma olhada nisso. Ok, então, podem ir. — Ele aguarda que o casal vá embora, a expressão no olhar ocultada.

Lee percorre a multidão com os olhos, passando reto por mim, como os policiais sempre fazem. Ele está procurando alguém ou alguma coisa que se destaque e, nesse sentido, estou segura. Em algum momento nas próximas várias horas, o corpo será identificado — quase sempre é — e Lee terá de dar a notícia a algum parente ou amigo. Nesse instante, quando o detetive olha para mim e depois segue adiante, sem me ver de verdade, sinto um terror súbito e cegante.

Quantas pessoas passaram o olho por Bonnie sem a ver? E se ela for invisível como eu? E se eu for sua última esperança?

Que pensamento terrível.

4

FUGI DO ORFANATO LOGO depois do meu aniversário de 15 anos, quando Lorelei e eu já estávamos separadas havia bastante tempo. Eu sempre soube onde ela estava, e sabia que estava se dando bem melhor que eu. Basicamente vivi nas ruas até que me inscrevi nas Forças. Eles queriam um diploma de conclusão do ensino médio, que eu não tinha, mas não foi tão difícil assim passar no teste do governo. Porém, depois da minha tentativa desastrosa de vida militar, voltei às ruas. Voltei à música na rua, a cantar. Lorelei riu quando tomei a péssima decisão de lhe contar sobre isso certa vez em que a visitei no dormitório da faculdade, por isso nunca mais mencionei a questão. Ela tinha razão, de certa forma. O que alguém como eu estava fazendo, cantando um tipo de música que tinha raízes tão distantes, cantando nas ruas para ganhar uns trocados?

Eis como funcionam culturas poderosas.

Uma música nascida do refugo da escravidão no delta do Mississípi, um som que ecoa a dor da privação dos direitos, do racismo institucionalizado e da pobreza extrema de um povo oprimido, pode atravessar as fronteiras dos estados confederados, atravessar as fronteiras nacionais até a costa oeste continental para certo dia ser tocada num disco arranhado depois do coral num quarto cheio de crianças, para uma garota a quem a vida nunca deu nada de bom exceto uma voz forte e límpida para cantar. A maioria das músicas americanas têm raízes no blues. Sei disso agora. Normalmente têm 12 compassos. Normalmente têm letras rítmicas. Gospel, rock, jazz, country, folk: todos esses estilos puxam do blues. Mas tudo o que ouvi naquele dia foi a voz mágica de John Lee Hooker saindo do disco. Eu não entendi quase nada sobre o que ele cantava, mas não precisava. O coral era a única coisa que me fazia seguir em frente porque de vez em quando o pastor Franklin era generoso e botava um disco de blues depois do ensaio e nós ouvíamos o que é se conectar à alma de outra pessoa. Eu não tinha a mesma capacidade para esperança que os espirituais exigiam, por isso o blues era perfeito para mim.

E eu não era ruim também. Fui para o norte plantar árvores, e, com um pouco desse dinheiro e do que consegui cantando nas ruas, estava faturando o suficiente para alugar um espaço num quarto e seguir com a vida. Eu não ligava muito para nada disso porque eu só gostava mesmo era de cantar. No meu primeiro orfanato, a única coisa que tornava aquele lugar tolerável era que costumavam nos levar para a igreja e eu cantava no coral. Isso ficou comigo.

Depois que me mudei para o oeste, comecei a ir a bares com palco aberto para qualquer pessoa que quiser cantar. O que posso dizer? Eu era idiota.

Quando fazia essas apresentações, costumava usar uma cor chamativa, só para o caso de alguém querer me achar depois e me dar algum dinheiro ou me pagar uma bebida. Iluminação não era o forte desses estabelecimentos. Às vezes era uma camiseta ou um suéter, às vezes um chapéu ou uma echarpe. Na noite em que tudo acabou para mim, era um boné amarelo. Levantei-me, arranhei o violão que eu tinha roubado de outro artista de rua na semana anterior enquanto ele tirava uma soneca, e cantei "Hound Dog", a versão da Big Mama Thornton (não aquela coisa dançante do Elvis), só para fazer as pessoas cantarem junto, e imediatamente fiz uma transição para "I Just Wanna Make Love to You". Eu costumava gostar desse tipo de coisa, e essas músicas funcionavam bem com uma plateia. Ninguém consegue imitar Etta James, mas sei que a música era boa para minha voz. Também consegui cantar uns compassos de "Baby Please Don't Go" antes de me expulsarem do palco, mas não sou nenhum Big Joe Williams... mesmo tendo uma mão razoável no violão.

Olhando para trás agora, sei que deveria ter sido mais cuidadosa, que eu nunca deveria ter usado aquele boné amarelo que era como um holofote sobre mim, que eu deveria ter ido embora logo depois de cantar. Não deveria ter sido uma bêbada, mesmo então, e não deveria ter ousado sonhar, de qualquer forma. Houve cerca de um milhão de "deveria" e "poderia" que se repetiram na minha cabeça nos anos que se seguiram, e a maioria tinha origem no fato de eu cantar músicas insinuantes em bares de porão na parte errada da cidade.

Como disse, a iluminação não era boa.

Eu me lembro do cabelo preto grosso e dos olhos amendoados tão escuros que rivalizavam com os meus, e que ele era bonito. Ou talvez tenha parecido bonito depois de duas cervejas. Sobre o que conversamos continua um mistério. Não deve ter sido tão interessante, senão ele não teria precisado me drogar. Ou talvez ele fosse fazer isso de qualquer jeito. Eu me lembro de ver seus sapatos elegantes e o relógio chique e pensar que talvez ele conhecesse pessoas que poderiam me ajudar. Não foi nada além da minha voz que o trouxe para a banqueta ao meu lado e, talvez, só desta vez, minha voz seria o suficiente para alguém me estender a mão.

Como disse, eu era idiota.

Eu me lembro de uma mão, mas não estava estendida para o início de uma amizade ou qualquer relação profissional. Não, ela estava no meu ombro, acariciando um centímetro de pele logo abaixo da manga da camiseta. Será que me importei na época? Não sei dizer. Simplesmente não lembro. Tudo o que sei agora é que odeio a cor amarela e me arrependo do dia em que peguei o boné de uma estudante alegre com quem dividi o quarto num albergue certa vez, lá atrás, quando ainda era inocente o bastante para dormir num local cheio de outras pessoas sem manter um olho aberto.

5

MINHA MÃE É UM mistério para mim.

Eu era nova demais para me lembrar dela quando nos deixou, e Lorelei era bebê, mas eu sabia que ela não tinha morrido, como nosso pai costumava dizer, porque ele nunca era capaz de informar a causa da morte. Depois que nosso pai se foi, nossa tia se recusava a responder qualquer pergunta sobre os dois. Um dia a ouvi conversando ao telefone com uma amiga, e ela chamou nossa mãe de estrangeira, com os lábios apertados de ódio. Porém, ela nunca disse de onde nossa mãe veio, e nunca mais a ouvi falando ao telefone daquele jeito. Só consegui saber que ela estava viva, porque não dá para odiar um morto. Não tanto assim. Depois, quando nossa tia ficou doente e desistiu de nós, só me restou Lorelei.

Quando acordei e contei minha história, Starling não desistia da linha de reconciliação.

— Você precisa de apoio — persistiu ele, que sentiu minha relutância de pedir ajuda à minha irmã, relutância essa que meus hormônios me impediram de ocultar. — Ela não pode te dar as costas. Ela não te daria as costas, Nora, não depois de tudo que você passou.

Não o culpo por pensar assim e por me importunar com sua psicologia amadora idiota. Não há uma pessoa sequer que não ache que sabe alguma coisa sobre a condição humana, e eu culpo os pretensiosos gurus da televisão. Num mundo perfeito, Lorelei cairia nos meus braços e sussurraria banalidades do amor entre irmãs no meu ouvido, mas este não é um mundo perfeito. Starling não a conhecia. Ele não sabia o quanto belezas como a dela podem ser cruéis. Como isso pode fazer alguém pensar que é melhor que todas as outras pessoas, melhor que você, que sempre tomou todas as pancadas por ela e mesmo assim a ama.

Fico sentada à mesa da cozinha dela com nós no meu estômago e a aguardo acordar.

David desce as escadas primeiro e estaca seus pés com pantufas ao me ver. Só o encontrei uma vez antes, na varanda quando passei para ver Lorelei depois de conseguir minha primeira ficha do AA. Eles se casaram quando eu estava em coma, e ela ainda não sabe meu paradeiro durante esse período. Ela sentia vergonha demais de mim para verificar, e deve ter ficado aliviada por não ter dado as caras antes do casamento.

David me encara agora como se eu fosse a encarnação de um espectro de história de terror. Pareço destruída, e não o culpo por dar um passo atrás, cauteloso.

— Você detonou o meu carro — diz ele depois de um tempo. Ele se vira para a cafeteira e se ocupa com seu café da manhã enquanto se recompõe.

— Tinha seguro, certo?

Ele franze o cenho.

— Vou chamar sua irmã.

Ele vai, deixando as coisas do café da manhã por fazer, batendo os pés acolchoados pelo corredor e escada acima. Entendo por que David é atraente. A princípio, fiquei me perguntando por quê, pois Lorelei poderia conseguir alguém bem melhor que um advogado ambientalista bonitinho, mas agora acho óbvio. David é bom, trabalhador, e totalmente previsível em sua devoção a ela. Ele faz compras no fim de semana, pesca na Ilha de Vancouver em seu tempo livre e bebe cerveja light. Ouvi dizer que é descendente de Nuu-chah-nulth. Que alguns de seus parentes distantes ainda vivem na ilha e que foi isso o que o atraiu em Lorelei no começo. O que a manteve ao lado dele provavelmente é essa mesma natureza imperturbável que, em questão de segundos, foi de chocado por encontrar uma familiar indesejada em sua casa até começar a fazer o café da manhã, porque pessoas precisam comer e ele gosta de cozinhar.

Poucos minutos depois, ouço os pés pequenos dela voarem escada abaixo. Ela para descalça na soleira da porta, vestindo somente uma camiseta de David, com o cabelo como um halo desgrenhado, os olhos ardendo com fogo maligno. David segue atrás, como se estivesse preso por um fio, mas toda minha atenção está focada na minha irmã.

Ela me encara, furiosa.

Algo dentro de mim morre.

Existem orcas residentes que vivem afastadas na costa oeste e têm alguns dos mais altos níveis de toxicidade em mamíferos marinhos do mundo, com poluentes nadando sobre camadas inferiores de gordura, mantendo-as aquecidas e perigosas. Às vezes, elas se lavam perto da praia, mas suas carcaças são tão venenosas que as pessoas têm de ficar longe por causa dos PCBs tóxicos que liberam. Por que as orcas ficam num lugar tão ruim para elas é matéria de especulação pura, mas talvez estas águas sejam como a família para elas. É o equivalente orca de casa. Familiar, mesmo se as estiver matando lentamente. Entendo bem isso, pois me mudei de Manitoba, onde cresci, para o oeste só para estar mais perto da única família que eu tenho no mundo. Não importa aonde ela vá, eu a sigo, porque, se algo acontecesse, eu gostaria de estar perto. Ou talvez necessite ter certeza de que estou aqui se ela precisar de mim. Não que alguma dia ela acharia que precisaria, e não que o contrário pudesse acontecer também. Seja como for, entendo essas orcas e por que elas escolheriam um oceano perigoso em vez de águas mais limpas em outro lugar. É o que elas conhecem.

Percebo agora que esta visita foi um erro, que, o que quer que eu esperava conquistar aqui — reconciliação, compreensão, uma palavra de carinho —, nunca vai rolar.

— Você voltou a beber.

Não fico surpresa. O álcool não melhorou minha aparência. Estou com bolsas nas olheiras e minha pele está pálida e deformada. Tenho vivido de barras de chocolate e pizza por tempo demais, e minhas roupas estão tão velhas e gastas que até mesmo eu percebi que estão puídas.

— Quero explicar — digo, com o cuidado de manter a voz neutra e calma, como quando se está falando com um urso. Mãos para cima e ande para trás devagar. Eu devia ter feito isso quando a vi descendo as escadas. Sua natureza defensiva torna impossível lidar com ela de qualquer outra maneira.

— Oh, agora você quer explicar — vocifera ela. — Agora. Agora que a nossa SUV já está no fundo de uma porra de um desfiladeiro!

Decido lhe contar o histórico, para preparar a nós duas.

— Depois que me alistei...

Ela ri.

— Quer falar disso? Faz séculos. E então você foi expulsa. Assim como é expulsa de tudo. Você costumava ser a irmã inteligente... O que diabos aconteceu? — Ela se recosta no batente da porta e estreita os olhos. — Eu poderia ter lhe dito que era um erro, sabe. Você, na merda do Exército. Tentando viver à altura daquelas bobagens de que o papai ficava falando antes de se matar. Honra o caralho. Eles nunca o iriam aceitar pelo que era, por isso ele inventou essas histórias para nós e você *acreditou*. Você não conseguiu nem terminar o ensino médio, e achou que poderia entrar nas Forças.

— Lorrie... — Tento um recomeço com suavidade. Ela tem razão sobre o motivo de eu ter me alistado e de ter fracassado. Brazuca também tinha razão. Problema com autoridades está impregnado em mim. Mas nós não nos lembrávamos da nossa mãe, só do nosso pai, e, mesmo que às vezes percebêssemos suas mentiras, elas eram tão fofas. Ele falava sobre pertencimento, sobre a camaradagem que sentia em raros momentos fugazes. Eu tinha idade o suficiente para me lembrar dessas histórias e costumava recontá-las a Lorelei. Quem nos disse a verdade foi a irmã dele, com quem vivemos antes de sermos enviadas para orfanatos e depois separadas. Ela nos disse que ele era infeliz, tanto quanto as outras pessoas, e inventou histórias para se sentir melhor.

As narinas de Lorelei se alargam e compreendo o erro que foi usar o apelido da nossa juventude. Ela o odeia agora mais do que na época. Ergue uma mão, como um escudo para se proteger de mim, como se eu fosse algum tipo de maldição.

— Não. Nada disso. Depois do que fez, não tem direito de vir aqui, de me chamar assim. Quem você pensa que é pra aparecer na minha casa?

— Desculpe.

— Você deveria ter vergonha do que fez.

— Eu tenho.

— Eu deveria ter desconfiado, quando você veio à minha porta, que não tinha boas intenções... — Ela pausa, então algo horrível dentro dela irrompe de sua bela fachada. — Mary.

Fico paralisada.

— O que foi que você disse?

O sorriso dela é amargo.

— Pensou que eu não soubesse? Você contou àquele jornalista, àquele parasita maldito, tudo sobre nossa família! Sobre papai ter sido adotado nos Estados Unidos, sobre como ele voltou para cá e só encontrou uma irmã, tão zoada quanto ele, sobre como ele se matou. Sobre nós duas nos orfanatos e você nas ruas. Mary? Pois é, que escolha de nome. Você não era nenhuma virgem santa. O que foi? Acha que não leio os jornais, Nora? Nossa. Contou a ele todos os seus segredinhos humilhantes sobre a puta que você era...

Se ela tivesse me batido, não teria sido pior. Meus joelhos fraquejam e sou grata pela pequena bênção de estar sentada. Admito que nossos encontros não eram frequentes, mas ela não mencionou nenhuma vez sequer que tinha me ligado à história de Starling. E, se ela sabe sobre Mary, também sabe que há uma criança. Que ela tem uma sobrinha, e nunca se importou.

— Eu fui drogada.

— Pelo amor, você era uma bêbada. Sempre foi, sempre será. Foi isso que a colocou em encrenca, Nora. Não tem como negar. Não foi assim que tomou as drogas? Não deve ter sido muito difícil.

A cadeira arranha o piso da cozinha quando a afasto da mesa. Também fico furiosa.

— Alguém tinha que ser a fodida, só pra mostrar quão perfeita você é em comparação. Senão, como é que iriam saber que o sol brilha da sua bunda?

— Saia daqui. — Não há como descrever a quantidade de desprezo e amargura que ela consegue implantar nessas duas palavras. É uma arte, realmente. Ela pega o telefone de David do balcão. — Senão eu chamo a polícia. Juro por Deus.

Ela acredita em Deus? Parece ser algo que se deva saber sobre a própria irmã. Sigo até a porta e vejo minha mão pairando sobre a maçaneta. Quero dizer algo tão penetrante e odioso que ela vai se lembrar para o resto da vida. Quero que minhas palavras tenham o poder que as dela têm sobre mim. Mas, no fim das contas, não consigo dizer nada, e minhas palavras não têm esse poder, porque nunca tiveram. Ela sempre foi melhor que eu em tudo que importa, e sempre aceitei bem. Então aceito a única coisa que me vem à mente.

— Você nunca vai saber de verdade como é — digo-lhe, odiando o tremor na voz. — Como é tê-lo encontrado. — Deitado sobre uma poça de sangue, com uma arma na mão e a cabeça explodida. Eu era uma criança, mas ela ainda mais nova. Nunca deixei que o visse daquela maneira. Mesmo naquela época, eu sabia que algo assim poderia acabar com ela. Como acabou comigo.

Os olhos dela se estreitam em duas fendas.

— Me poupe da sua historinha triste. Já ouvi milhões delas. Papai era um fracote, assim como você.

Viu só, é isso o que acontece quando se tenta dar explicações. Solto o ar que estava segurando.

— Você deveria trocar sua senha do alarme. — As últimas palavras que vou dizer à única família que me resta soaram mais como um anticlímax, mas foi tudo que consegui. Ela sempre teve esse efeito em mim. Parece o fim de algo, mas essa é sua intenção. O fim de um relacionamento ruim que azedou logo depois que completei 13 anos e ela me pegou atrás da escola, cercada por garrafas de cerveja vazias, com um grupo de maconheiros e um baseado passando de mão em mão como uma batata quente.

Ela me observa sair, inexpressiva.

— Essa é minha corrente de pneu? — pergunta David antes que eu passe pela porta. Ela está pendurada para fora do elástico da minha calça de moletom.

— Não — respondo e vou embora. De verdade, quem consegue identificar uma corrente de pneu específica? Eu teria devolvido se minha recepção ali tivesse sido diferente, mas não estou acima de mesquinharia. Além do mais, o que é mais uma mentira nesta família?

Uns minutos depois, David para em seu sedã alugado no ponto de ônibus. Provavelmente uma vantagem do seguro da sua SUV. Estou sozinha no ponto neste momento, e não tem nenhum ônibus no horizonte. Ele sai do carro com um envelope e o estende para mim.

— Aqui — diz ele. — Pegue.

Dentro do envelope tem oitocentos dólares.

— Queremos que fique com isso, para ajudá-la já que você parece estar passando por um momento difícil. — Ele pausa e tenta abordar o próximo assunto delicadamente. — E provavelmente é uma boa ideia não voltar aqui por um tempo. Sua irmã está... Bem, só seria melhor se ficasse longe por enquanto. Ok?

Depois de Howlin' Wolf ter deixado sua marca no blues, depois de ter feito show após show, grunhido canção após canção, depois de ter rasgado e uivado e ganhado o tanto de dinheiro inimaginável para um homem do blues naqueles tempos, ele tentou se reconciliar com a mãe, que o tinha expulsado porque ele tocava a música do demônio. Ela jogou no rosto do filho o dinheiro que ele tentou lhe dar.

Eu não sou uma mulher de Deus, mas também tenho limite. Jogo o envelope de volta pela janela aberta do carro.

— Você não pode se livrar da família, Dave — digo a ele antes de me virar.

Sei disso, porque eu tentei.

6

HÁ UM TELEFONE PÚBLICO na estação de trem. Simone atende no terceiro toque com uma voz masculina calma.

— Aqui é Simon.

— Sou eu.

Uma pausa, então a voz dela assume um tom atraente. Se a mudança é deliberada ou apenas inconsciente, simplesmente porque é assim que está acostumada a falar comigo, é algo que jamais vou perguntar. Depois do que acabei de passar com Lorelei, fico contente por essa familiaridade.

— Onde você está? — A voz dela está cheia de preocupação. Ouço-a digitando no teclado e fico agudamente ciente de quão rastreáveis telefonemas são.

— Não se preocupe.

— Você parece abalada.

Droga, pareço mesmo. Olho para um funcionário de trânsito passando direto por mim com uma xícara fumegante de café e depois dou as costas para ele.

— Conseguiu descobrir onde Zhang vive?

Ela pausa por tanto tempo que penso que vai se recusar a dizer.

— As propriedades dele estão espalhadas, mas consegui localizar alguns registros de imóveis. Ligue de volta em vinte minutos.

— Pode ser em 15?

— Não me pressione — diz ela antes de desligar.

Escondo-me no toalete público, onde fico 18 minutos presa numa cabine ou na pia, lavando o rosto e as mãos e escovando o cabelo com os dedos. Cerca de vinte minutos depois, ligo de volta. Ela lê para mim três endereços. Uma casa em Richmond, um condomínio de frente para English Bay, e uma mansão em West Vancouver.

— Você tem um mapa aberto na sua tela? — pergunto a ela.

— Sim. Do que precisa?

— Se eu fosse esconder alguém, não seria num condomínio. Tem gente demais. Elevadores, vizinhos, esse tipo de coisa.

— Entendo aonde quer chegar — ela diz devagar, os dedos ainda digitando. — Ok, a casa em Richmond já fez parte de uma vizinhança exclusiva, mas que acabou se tornando bem populosa.

— Muitos olhos bisbilhoteiros. Não dá pra controlar exatamente uma situação lá, e, se tiver uma fuga...

— Alguém teria visto alguma coisa. O que torna a mansão sua única opção... Veja, se ainda não a encontraram, acha mesmo que ela estaria na mesma área onde a mantiveram presa?

— Ela não voltou pra casa, nem foi encontrar a melhor amiga ou o namorado. Onde mais estaria?

— Nora, detesto ter de dizer, mas talvez ela tenha partido. Talvez tenha mo...

— Valeu, Simone — digo, devolvendo gentilmente o fone no gancho antes que ela possa terminar a frase. Se estiver certa, então tudo o que fiz foi inútil, e isso é algo que não consigo aceitar. Pego o metrô para a cidade e tento fazer visualizações positivas. Os outros passageiros estão me olhando enviesado e percebo, meio de repente, que, apesar dos meus esforços no banheiro da estação, devo estar cheirando absurdamente mal. Estive na estrada por muito tempo, passei horas demais sozinha para notar, mas as outras pessoas não perdoariam. Considero dar uma passada no porão, mas sem a Whisper lá não vai ser a mesma coisa, e não quero estar em nosso lar sem ela.

Pego o ônibus da estação Granville para o litoral norte. Uma frente fria repentina transforma a chuva em granizo do tamanho de bolinhas de gude que batem contra a janela na traseira do ônibus, onde estou sentada. Observo os pedestres e os motoristas, unidos em seu espanto, fazerem o possível para chegar a um lugar seguro. Cerca de meia hora depois, desço no cruzamento da via Marine com a The Dale. É uma caminhada rápida até a alameda Water, onde mais de dez carros estão estacionados na lateral da pista.

O endereço que Simone me deu é de uma mansão gigantesca, protegida por sebes altas e um muro de pedra. Uma placa de corretor de imóveis avisando da visitação aponta para a entrada da garagem. Um casal mais velho e bem-vestido emerge de um Porsche e anda até a construção sem lançar um olhar sequer na minha direção.

— Graças a Deus você chegou! — exclama uma voz atrás de mim. Ao me virar, vejo uma mulher cinquentona de cabelo castanho, com uma saia-lápis e um blazer bem ajustado, sair de uma BMW. Ela me encara como se eu fosse a raiz de todos os problemas de sua vida. Pela roupa e atitude, assumo ser a tal corretora de imóveis. Ela pisa na bituca de cigarro que jogou no chão e me olha de cima a baixo. — Bem, você vai ter de servir. Venha. Espero que saiba alguma coisa sobre poda.

As pessoas me confundem o tempo todo com empregadas domésticas. Acho que é a minha cara. Ao menos ela não difamou meus peitos ou meu cabelo. Ainda.

— Está esperando o quê? Vamos logo — diz a mulher, atravessando a enorme mansão e o gramado bem-cuidado e passando por um caminho que leva à parte de trás deste lugar, que só posso chamar de propriedade. Ela para na frente de uma roseira cheia e franze o cenho. — Não sei como nossa equipe deixou passar isso, mas alguns dos nossos possíveis compradores fizeram comentários hoje. Arrume a roseira.

Ela se vira sobre seus saltos e vai embora.

— Ei! — grito para suas costas.

Ela me olha de volta, batendo o pé impaciente.

— O que é? Suponho que você tenha suas próprias ferramentas, certo? Porque não estou preparada para ensiná-la a fazer seu trabalho.

— Estou quebrando um galho pra eles hoje. Só trabalho com pagamento em dinheiro.

— Oh, mas que caralho. Aqui. — Ela fuça na bolsa e me estende uma nota de cinquenta dólares. — Se for mais caro, você vai ter de emitir nota fiscal. Agora resolva isso aí.

Embolso o dinheiro e lhe dou meu sorriso mais obsequioso.

— As pessoas que moram aqui estão vendendo a casa, é? Como pode? Este é um cafofo bem do bacana.

Ela não está acostumada a responder perguntas de empregados, mas parece decidir me botar no meu lugar.

— Os donos desta casa não moram aqui faz mais de um ano e, não que seja da sua conta, sim. Eles estão vendendo. É por isso que você está aqui, para podar as roseiras que incomodaram alguns milionários com mania de organização.

Assinto e começo a andar pelo caminho por onde viemos, meus passos engolindo a distância entre nós duas.

— Você está indo pegar suas ferramentas, certo? — diz ela, conforme me aproximo.

— Não — respondo, passando rápido por ela.

— Mas o quê...? Você vai voltar aqui com elas, não vai?

— Vamos ver.

— Quem... quem é você? — Agora está preocupada de ter falado demais para alguém que não deveria estar na propriedade.

Lanço um olhar para trás.

— Eu? Não sou ninguém.

— Ei, sua ladra! Você me deve cinquenta contos! — grita ela às minhas costas. Mas não pode fazer nada a respeito. Seus saltos altos a impedem de andar numa velocidade mais rápida que um cão constipado, e não há a menor chance de me alcançar.

Mulheres.

7

O ESCRITÓRIO NA HASTINGS OSTENTA três janelinhas voltadas para o beco úmido. Uma em cada uma das salas e outra na área de recepção. Não é uma vista admirável, por isso Seb e Leo nunca prestam atenção. Whisper, entretanto, não está acostumada a tais luxos e se posta diante da janela da recepção para monitorar o que se passa lá fora. Fico parada sob a chuva e observo Seb coçar a cabeça da cachorra ao sair da sala dele e Leo beijar seu focinho ao entrar na própria sala.

Olho-a por um longo tempo, mas não tenho desejo nenhum de entrar. As coisas são mais claras para mim aqui fora. Estou mentindo e bebendo, o que jurei para mim mesma e para Whisper que não faria. Também estou roubando, e, ainda que nunca tenha feito uma promessa em relação a isso, só é mais uma coisa escrota que marca o último degrau antes do fim. Sou uma mentirosa, uma ladra e uma bêbada, mas ainda não cheguei ao fundo do poço, e antes de isso acontecer não faz sentido tentar consertar o que está certo.

Leo vai para a minha mesa e remexe nela. Encontra um post-it velho e digita um número no telefone do escritório. Seb se aproxima e, enquanto a atenção de Leo está na pessoa do outro lado da linha, ele joga uma tira de carne curtida para Whisper, que é engolida em segundos.

Desde que Bonnie desapareceu, minha bússola interna se desgovernou. Me pergunto se meu lugar é dentro daquele escritório ou aqui nas ruas. Estou com medo da resposta, mas não há nada que possa fazer. Sei que não é culpa dela. Posso ver as peças do quebra-cabeça se encaixando agora e, quer ela tenha fugido de casa ou não, acabaria envolvida nesta bagunça de alguma forma. Contudo, não posso negar que é por causa dela que, depois de tantos anos tentando me ajeitar, ainda estou do lado de fora olhando para dentro.

Meu amigo sem-teto dorme perto de uma lixeira. O pé dele escapa dos furos em suas meias. Tiro meu par extra da mochila, boto dentro de um saquinho plástico e deixo ao seu lado, tomando o cuidado de posicionar perto de seus pés, e não de seu rosto. Você não vai querer sobressaltar um cara dormindo na rua; a chance de a pessoa acordar brava ou assustada é grande.

Ele se vira no momento em que estou quase indo embora e pisca para mim.

— Ainda estou aqui — diz ele, com a voz rouca e arranhada. Não sei se reconheceu meu rosto ou se só está conversando porque percebeu que não sou uma ameaça. — Tentaram me levar embora...

Uma tosse áspera exaure seu corpo, e ele leva um minuto para se recuperar.

— Quem? Quem tentou te levar embora?

Ele fecha os olhos e vira o rosto.

— Ainda estou aqui...

Quando Leo desaparece em seu escritório, Whisper se volta para a janela. Ela me encara pelo painel de vidro gotejado pela chuva por vários longos segundos, então começa a uivar. Quando Leo sai do seu escritório para ver o que há de errado, já parti. Fiz o que tinha de fazer. Ela parece tão feliz como sempre foi, o que não quer dizer muita coisa, dada sua disposição felina, mas ao menos não parece abandonada. Ela foi promovida: de uma pessoa que a ama para duas. Não é uma vida ruim e não falhei com ela.

No que diz respeito a atar pontas soltas, isto é o melhor que consigo fazer.

8

Bonnie acorda sob luzes intermitentes e com o bipe incessante de um aparelho de eletrocardiograma. Tubos entram em seus braços. Ela se debate e grita, mas seu reflexo no espelho conta uma história diferente. Conta a história de uma garota deitada numa cama sem emitir som ou esboçar movimento, seus olhos escuros avermelhados e arregalados de medo. Ela sabe o que significam tubos. Sabe que a estão monitorando, que a pegaram de volta porque querem o sangue dela. Ela não chora, entretanto. Logo vai acabar.

Quanto tempo vai levar para a drenarem por completo? Ela espera que desta vez seja mais rápido.

CINCO

1

QUANDO SENTIR VONTADE DE fazer uma lavagem intestinal sem toda aquela caganeira horrível, tente usar o sistema de balsas provinciano. Não é o único jeito de sair do continente e chegar à Ilha de Vancouver, mas custa bem menos que um hidroavião — não que isso faça diferença. Gastei mais dinheiro nas últimas semanas que num ano inteiro, e não estou com muita disposição de ver o saldo da minha conta bancária afundar ainda mais, por isso abro minha carteira e me curvo.

Navegamos por ilhotas, protrusões exuberantes de terra que se estendem das profundezas do oceano. Sem todos os petroleiros bloqueando a vista, é fácil imaginar que estamos no passado, que talvez sejamos os primeiros europeus a vir navegando por estas águas, boquiabertos diante de tal beleza fresca. Tudo está envolto em névoa, como o cenário de uma fábula. Somente a buzina de nevoeiro dissipa essa noção e nos recorda de que estamos vivendo nos dias atuais e de que o romance está morto.

Passo a maior parte da jornada de noventa minutos numa cabine do banheiro com minha garrafa de vodca, um modo de viajar de balsa tão bom quanto qualquer outro. É uma viagem angustiante, mesmo quando os operadores da balsa não estão ocupados mostrando a bunda uns para os outros na ponte, perdendo viradas importantes e batendo navios em ilhotas. Que eu saiba, isso aconteceu apenas uma vez na história da província, mas ainda assim são vezes demais para meu gosto. Eu me consolo no fato de que a ilha para a qual estou me dirigindo pelo menos é grande o bastante para ser vista a distância.

Enquanto estou fechada na minha cabine, duas mulheres entram no banheiro, rindo de alguma coisa. Pela fenda estreita entre a porta e o batente, eu as observo passar lápis coloridos nos olhos e na boca, e escovam os cílios com um bastãozinho com tinta. Elas não parecem preocupadas com as chances de um desastre e, por um momento, desejo ser como elas, rindo à toa enquanto os motores podem estar falhando neste mesmo segundo. Então tomo um gole da garrafa e restauro a calma. Quando uma voz masculina anuncia pelo alto-falante que estamos nos aproximando do nosso destino, visto o capuz da blusa e vou para o convés.

É tão ruim quanto eu imaginava.

O vento e a chuva batem na minha pele exposta enquanto espero na área de desembarque. Outros fazem fila, apertando cada vez mais seus corpos uns contra os outros na esperança de serem os primeiros a sair, mas, como sempre, prefiro manter distância. Conforme a balsa vai entrando no terminal, solto um suspiro de alívio. A Ilha de Vancouver é famosa por suas paisagens, especialmente a beleza selvagem e rústica da floresta tropical e do litoral. É compreensível; gente do mundo inteiro vem para cá surfar, ver baleias, fazer trilhas no verão e observar tempestades no inverno. As pessoas deveriam vir enquanto podem. Talvez as coisas não durem mais tanto tempo. A cada algumas centenas de anos, mais ou menos, um grande terremoto chacoalha a costa ocidental com tremores maciços o bastante para lacerar a terra aqui e provocar um tsunami. Ninguém sabe quando o próximo vai acontecer, mas alguns cientistas dizem que não deve demorar. Corretores de imóveis dizem que ainda levará um tempo.

O que quer que seja, por ora a ilha ainda está intacta e aberta ao público. Há turismo para ser promovido e mineração para ser feita.

Tenho pensado muito sobre mineração. Uma frase de Bernard Lam está me incomodando.

2

As pessoas pegam mais do que podem dar; é a natureza da fera humana, só isso. Na ilha, têm se pegado desde que os primeiros navios chegaram da Europa. Junto com heranças culturais inteiras, linguagens e inocência infantil, na Ilha de Vancouver também diversificaram os portfólios e agarraram o que conseguiram em carvão e cobre. Na ponta nordeste da ilha, há uma mina de cobre que foi escavada tão fundo que chegou a ser considerada o ponto mais baixo da terra. Quando descobri esse fato, fiquei paralisada. Não pude deixar de notar a ironia. O ponto mais baixo da terra, criado pelo homem.

Teria sido engraçado… só que não é. É verdade.

Há poucos ônibus que passam pela rodovia Island, mas consigo pegar um quando saio do terminal da balsa. Só um punhado de pessoas está tomando o ônibus hoje, por isso tenho espaço de sobra para me esticar no fundo. Durmo por cerca de uma hora, mas é um sono agitado, pois fico ouvindo a voz de Dao no meu ouvido. *Livre-se dela*, diz ele de novo e de novo. Desta vez, porém, neste sonho, ele não está se referindo a mim. Está se referindo a Bonnie. E me pergunto se Everett ou Lynn conseguem sentir se ela está viva ou morta, se conseguem sentir que ela está em algum lugar. Porque eu não consigo. Nunca fui capaz de senti-la. Nunca quis antes de agora.

Quando o ônibus para no meu ponto, sinto como se ele tivesse me atropelado em vez de me conduzido por várias horas. Desço antes de entrar no vale Comox e começo a andar. Logo vai escurecer, mas quero ver isto antes que a luz vá embora. Passa pela minha cabeça que talvez eu esteja perdendo tempo, que deveria só continuar direto para onde inevitavelmente terei de ir, mas tem algo faltando aqui, algo além da garota, e não consigo entender o quê.

Uma estrada particular estreita conduz ao proposto sítio da Lowell Metals. Embora nenhuma mina tenha sido construída até agora, dá para ver as evidências de trabalho de pesquisa, com avisos dispostos ao longo do caminho. Conforme ando, me pergunto o que espero encontrar, mas percebo que sou incapaz de dar as costas. Uma garoa fina cai, porém não é desagradável. Sigo pela trilha por cerca de meia hora, com a floresta me empurrando dos dois lados, e atravesso uma colina onde a estrada culmina para um espaço grande e aberto. Há uma picape estacionada a um canto, e das janelas semiabertas escapa uma música de Neil Young. O lote está vazio, exceto por mim e pela picape. A porta se abre e uma mulher desce do automóvel. Ela está vestindo calça jeans e um casaco impermeável aberto por cima de uma camisa xadrez. Seu cabelo preto comprido tem riscas cinza e seus olhos são tão profundos quanto os meus.

— Posso ajudá-la? — pergunta ela.

— Você trabalha para a companhia de minério que está fazendo a pesquisa aqui?

Ela dá risada.

— De que buraco você saiu, garota? Não tem trabalho nenhum sendo feito neste lugar. A companhia retirou a solicitação no ano passado. — Levo um momento para entender o que ela disse, e ela se apieda da minha confusão. — O que exatamente está procurando? Se disser o que é, talvez eu possa ajudá-la.

Balanço minha cabeça.

— Não sei. Achei que... Estou investigando um homem cuja companhia quer extrair minério daqui. Só queria dar uma olhada no local.

— Você é do Greenpeace ou algo do tipo? Coal Watch?

— Não — respondo. — Só estou buscando informações.

— Informações sobre o quê?

E alguma coisa no semblante dela, que é gentil e franco, abre as comportas dentro de mim. Não é mais sobre confiar ou não. É sobre encontrar Bonnie. Arrisquei tanto nesta busca, por que não arriscar mais?

— Informações sobre uma garota desaparecida — conto. — Estou seguindo... um rastro. Pistas que levam ao dono desta empresa, e em lugar nenhum consigo encontrar nada que o comprometa.

A expressão dela suaviza.

— Oh, querida. Meu sobrinho desapareceu faz dois anos. Meu irmão, bem, ele não foi o mesmo desde então. Dói, não é verdade?

Assinto. Dói mais do que ela pensa. Meu tornozelo direito talvez nunca mais volte a ser como antes.

— Quanto tempo faz?

— Algumas semanas.

— Dá para ver que você não é das redondezas, nem sua garota, senão eu teria ouvido falar. Trabalho com a comunidade, nos organizamos para manter em dia os interesses especiais da região, mas ouvimos coisas.

— O que pode me contar da Lowell Metals?

Ela dá de ombros.

— Nada. As operações de minério são sempre muito parecidas, isso eu *posso* dizer. Eles enviam seu pessoal com caminhões e equipamentos pra olhar a terra, então mandam representantes pra falar com a gente. Não consigo me lembrar de nada diferente da Lowell, não em relação ao que você está procurando. — Ela pausa por um momento. — Não sei como poderia ter alguma relação, mas tem uma coisa desta situação que não faz muito sentido. Este projeto falhou em duas avaliações. Lowell nunca conseguiu o engajamento da comunidade. As pessoas não estavam dispostas a se vender pra este caso. Mas eles iam tentar uma terceira vez. Representantes vieram aqui e convocaram umas reuniões pra mostrar como fariam melhor. Então… a proposta desapareceu. Recebemos um aviso de que estavam desistindo e fim da história. Tanto tempo e dinheiro, e sequer uma explicaçãozinha.

— Alguém mudou de ideia.

Ela me encara, considerando.

— Deve ter sido alguém bem poderoso pra fazê-los desistir do nada daquele jeito. Depois de duas tentativas e de se comprometer com uma terceira?

— Algum dos… oficiais de mineração, o pessoal da grana, chegou a comprar propriedades na região?

— Não, por que fariam isso? Ninguém quer morar perto de uma mina.

Viro de costas para ela e dou uma olhada da colina para o vale lá embaixo. É isso que eu tinha de saber antes de seguir adiante. Para ser cuidadosa.

— Lindo, não é? — comenta ela, aproximando-se. — Vivi aqui minha vida inteira e ainda assim fico sem fôlego. Está vendo aquele rio ali? — Ela aponta para uma porção de água correndo sobre uma cama de pedras, ladeada pela floresta do entorno. — Os salmões desovam ali e eles fluem pela corrente abaixo. Nosso ecossistema depende dessas camas de desova. Elas alimentam a região ao redor de muitas maneiras. Os nutrientes desses peixes fertilizam a floresta. Você passou pelo caminho da Ukie-Tofino?

Balanço a cabeça. As áreas de Ucluelet e Tofino estão na costa oeste da ilha e são famosas por suas paisagens.

— Bem, você deveria ir. O Parque Nacional Pacific Rim fica lá. Tem lagos e o oceano. Também as trilhas, que mantêm todos ocupados. Quem não é da ilha sempre acaba lá, de um jeito ou de outro. Se está procurando alguém e não sabe por onde começar… bem, eu iria até lá.

Eu estava pensando a mesma coisa.

— Valeu — agradeço, me virando para ir embora.

— Ei, espere um minuto — diz ela, com o cenho cada vez mais franzido. — Você não pode me contar uma história como essa e esperar que eu a deixe ir embora assim. Posso te levar até a rodovia, então você pega caronas. Não se preocupe, as pessoas fazem isso o tempo todo e — ela pausa e me olha de cima a baixo — tenho a sensação de que você sabe se virar.

É fim de tarde. Os dias ainda estão curtos e, embora o clima esteja ameno, não há como negar que estamos no meio do inverno no litoral. Por isso aceito a carona, porque sei que em breve vai escurecer e que não há mais nada a fazer aqui. Chega de enrolação. Bernard Lam comentou sobre uma propriedade na ilha, e se os Zhang estavam procurando no passado, talvez eles tenham encontrado uma casa da qual Lam não ficou sabendo.

Ela para diante da picape e estende a mão.

— Meu nome é Trish — apresenta-se, apertando minha mão com firmeza.

— Nora.

Ela hesita e parece enfrentar algum tipo de batalha interior. Demoro um minuto, mas então percebo o que está se passando. O que está acontecendo à minha frente agora. É o embate de uma mulher reservada que quer se abrir com alguém.

— Veja — ela diz por fim. — Logo mais vai estar escuro. A estrada à sua frente é longa, isso se você encontrar alguém seguindo nessa direção a esta hora do dia. As estradas são boas, mas não tanto. Passe a noite lá em casa. Não aceito um não como resposta.

Estendo o braço para pegar no puxador da porta. O espaço pessoal de uma mulher solteira é uma coisa sagrada.

— Não.

Ela ri e manobra a picape pela estrada enquanto eu a encaro, espantada.

— Você se acha muito teimosa? — diz. — Deveria me conhecer... Mas, ei, você acabou de conhecer, não é?

Minha sensação de pânico inicial diminui conforme ela dirige, ouvindo sua música folk, sem a menor ideia de quão perto está de levar uma pancada na cabeça com uma corrente de pneu. Não sei bem o que dizer, por isso seguimos viagem em silêncio. Adentramos nos limites da cidade e passamos por alguns carros pelo caminho, mas não muitos. Pouco tempo depois, ela entra numa rua residencial e estaciona numa entrada de cascalho que conduz a um pequeno bangalô com um quintal bem-cuidado. O crepúsculo caiu.

— É bem simples — diz ela ao desligar o carro —, mas é um lar. Está com fome?

— Sim. — Não me lembro da última vez que comi uma refeição que não tenha saído de uma embalagem de doce; agora que ela tocou no assunto, meu estômago começa a roncar.

Sigo-a para dentro da casa conforme ela acende as luzes e me leva por um corredor estreito até a cozinha. O ambiente é pequeno e limpo. O balcão não tem muito espaço, mas, como ela é a única moradora, não há bagunça. Ela se vira para o fogão e pega na geladeira um salmão marinando dentro de uma panela. Sento à mesa dela e a observo preparar o salmão e uma salada para acompanhar.

Ela arruma a mesa com dois pratos.

— O banheiro é a primeira porta à direita ali, se quiser se lavar antes de jantar.

Embora esteja fraseado como uma condicional, não é uma opção. No banheiro, esfrego as mãos, lavo o rosto e prendo o cabelo. O timer da cozinha apita e, quando retorno, Trish está se sentando, e o salmão e a salada estão dispostos no centro da mesa, bem como dois copos d'água. Sei que ela tem álcool na casa, porque vislumbrei algumas garrafas quando ela abriu o guarda-louça, mas ou ela não está interessada em compartilhar ou suspeita que vou beber mais do que deveria.

Ela estende um guardanapo sobre o colo.

— Não precisamos esperar pra comer, Nora, pois dá pra ver que você é tão pouco religiosa quanto eu.

Comemos em silêncio. Vez ou outra, conheço alguém que não consigo decifrar. Trish é um exemplo perfeito. Sincera sem ser comunicativa. Ela não oferece nada além de hospitalidade, nem mesmo uma conversa. Começo a me perguntar se ela se arrependeu de ter convidado uma estranha para dentro de sua casa quando pousa o garfo e me encara com a ponta dos dedos das duas mãos se tocando. Espero que ela não pretenda me dar nenhum conselho e não demoro a perceber que gastei energia à toa com a ideia. Algumas pessoas não dão conselhos e, felizmente, ela é uma dessas. Trish faz sinal com a cabeça para uma fotografia pendurada na parede. Um homem e uma mulher estão parados ao lado de um trator, sorrindo para a câmera. A mulher obviamente é Trish, e dá para perceber pela aparência do homem que são parentes.

— Essa foto foi tirada cerca de dez anos atrás — conta ela. — Meu irmão e eu, antes de o meu sobrinho ter fugido.

— Você disse que ele tinha desaparecido.

Ela dá de ombros.

— Não faz diferença, faz? Ele se foi e eu sei, no meu coração, que nunca vai voltar.

De repente, ela parece velha e cansada.

— Espero que você encontre o que procura, Nora. Deus está de prova, eu sei bem como é passar por uma coisa assim, e a maioria das pessoas não consegue se recuperar.

— O que seu irmão fez?

— Quando ele ficou sabendo? Ele procurou o filho por mais ou menos um ano, depois desistiu. Da última vez que ouvi, ele tinha se mudado para Victoria. Nunca mais foi o mesmo. O garoto era motivo de orgulho e alegria para ele, tinha só 16 anos quando nos deixou. Não é justo, mas é a vida. — Ela afasta o pensamento e me encara com olhos brilhantes. — Muitas pessoas que participaram da nossa luta contra as grandes companhias não acreditam em desenvolvimento. Elas não acham que possamos seguir em frente. Eu não penso assim.

Sou tomada de surpresa com a mudança abrupta na conversa.

Um sorriso aparece no canto de sua boca.

— Nada é constante — diz ela. O sorriso desaparece. — Não permanece igual. Você acha que não sei que toda esta região estará irreconhecível em cem anos? Se tem uma coisa que aprendi com os cientistas que vieram olhar esta terra e com os projetos que foram propostos é que, quando se introduz algo novo no meio ambiente, há consequências. Ele muda tudo ao redor. E, quando se introduz algo tão radical como um ser humano e seu desejo de tomar o que está sob a superfície, então não existe mais chance. Essas mudanças já começaram e não há como voltar atrás.

— Então por que se preocupar em combatê-las se você acha que eles vão ganhar de qualquer jeito?

— As companhias de minério, você quer dizer? Não acho que eles vão ganhar. Acho que existem jeitos melhores de fazer as coisas. Se vamos seguir em frente, então que *sigamos em frente*. Que encontremos algo diferente de cavar para achar carvão ou cobre. Se somos tão espertos assim, podemos aprender com nossos erros e descobrir algo diferente. Desenvolvimento não precisa ser sinônimo de extração ou grandes empresas. — Ela fita a fotografia na parede. — Meu irmão trabalhou em Port Hardy, na mina de cobre. Ele odiava aquele lugar horrível, mas apoiava o empreendimento da mineração aqui porque todos dizem que isso vai gerar empregos, e empregos são o que sustentam famílias. Mas ele não via o todo.

— Poucas pessoas veem.

Ela ri e se levanta da mesa, recolhendo a louça.

— É isso aí. — Faço menção de ajudá-la a limpar tudo, mas ela me dispensa com um aceno de mão. — Vá se acomodar na sala e daqui a pouco te levo uns lençóis limpos. Espero que o sofá seja suficiente.

É. Bem melhor que a minha cama do porão. Eu lhe agradeço enquanto ela ajeita os lençóis.

— Oh, não é incômodo nenhum. Não me importo em ter companhia. Boa noite, Nora. — Ela me olha por um longo momento antes de desaparecer no corredor. Instantes depois, ouço uma porta abrir e fechar.

Apago as luzes e espero umas duas horas deitada sobre lençóis limpos e com um travesseiro achatado que já viveu dias melhores enfiado debaixo da minha cabeça. Eu deveria dormir, mas não consigo. Quando a casa está num silêncio estável, dobro os lençóis, pouso o travesseiro sobre eles e pego as chaves do gancho ao lado da porta.

Eu me sentiria mal de fazer isto com qualquer outra pessoa, mas Trish é uma mulher inteligente, e mulheres inteligentes estão bem familiarizadas com as consequências de decisões ruins, senão nunca teriam ficado tão inteligentes. Ela devia ter pensado melhor antes de introduzir um elemento radical em sua casa, porque elementos radicais como eu são intrinsecamente instáveis e incapazes de deixar de fazer o que fazemos melhor: foder com tudo de bom que passa por nosso caminho.

3

JAMAIS, EM CIRCUNSTÂNCIA NENHUMA, viaje de carro à noite na longa estrada que vai de Port Alberni a Tofino, em especial se for numa picape roubada na qual você não confia totalmente. Vias montanhosas estreitas vão ameaçar desgoverná-lo e mandá-lo por cima das proteções, para as florestas e os caminhos d'água lá embaixo. De dia, é uma jornada incrivelmente bonita, mas de noite você sente como se as árvores ganhassem vida e o cercassem, ameaçando sufocá-lo num pesadelo com aroma amadeirado. Não é preciso imaginar os lobos e os ursos nestas florestas; você sabe que eles estão ali e que acabou de adentrar no território deles. Ao menos aqui mais chove que neva... mas ainda assim.

Eu chego inteira e paro num estacionamento do cruzamento na base da rodovia Pacific Rim conforme a luz da manhã se infiltra na copa das árvores. Virando à direita, em cerca de trinta minutos, logo depois do parque nacional, se chega à cidade turística de Tofino. Há alguns habitantes fixos, mas a maioria se instala no verão para trabalhar no turismo. Virando à esquerda, cerca de dez minutos seguindo esta estrada, estão os inícios de Ucluelet, que é uma cidade menos conhecida, mas tão linda quanto. Derramo um pouco de vodca no café que comprei na recepção do resort e, sentada naquele cruzamento, me pergunto qual local eu preferiria, caso fosse uma mulher de negócios rica que quisesse viver nesta região, porém valorizasse minha privacidade. Sei aonde Kai Zhang provavelmente iria, mas não é ele quem está pagando essa conta. Tenho que considerar Ray Zhang neste caso.

Abandono a picape de Trish no estacionamento com as chaves no contato e sigo à esquerda.

Eu já caminhava por cerca de 15 minutos quando uma mulher parou em seu Volvo pequenininho, sobre o qual prendia-se um caiaque oceânico, e gritou pela janela do passageiro:

— Entre aí!

Não sou idiota, sei que o fato de ser mulher não faz com que seja mais seguro eu me aproximar dela, mas claramente é da região e preciso de um pouco de orientação. Entro no carro, que está atolado de embalagens de comida para viagem. A mulher tem pouco menos de 40 anos, algo próximo à minha idade, mas está em melhor forma que eu, se veste melhor do que levaria a pensar a situação deplorável do carro, e parece, no geral, uma garota loira da costa oeste com o cabelo bagunçado e um sorriso caloroso.

— Opa — cumprimenta ela. — Está indo pra cidade?

— Sim. Estou em busca de um homem bem rico.

Ela dá risada, o que faz o carro quase seguir na direção das árvores. Será que não existem estradas retas por aqui?

— Você não parece esse tipo de pessoa — comenta ela depois de lutar para alinhar o carro na pista.

— Por causa das minhas roupas?

— Em parte. Boa sorte de qualquer forma, querida. Se é esse seu lance, deveria tentar voltar no verão. Agora, só vai encontrar os moradores, a comunidade local das Primeiras Nações e os hippies. Mas tem umas duas mansões subindo por este caminho.

— Sério? Eu gostaria de vê-las.

— Basta seguir a costa. Como de costume, as pessoas ricas vivem no topo, em casas enormes com janelas do tamanho do pé-direito que dão para a água. Escolha uma e você vai encontrar uns caras cheios da grana, se estiverem aqui para o inverno. Alguns deles acabam vindo para observar tempestades.

— Observar tempestades. — Sinto uma emoção secreta diante dessa ideia. Observar tempestades parece bem minha praia. Me pergunto qual seria a opinião de Whisper, mas expulso esse pensamento. Quando se entrega alguém, não dá para ser pela metade. Não seria justo.

— Oh, eles amam esse tipo de coisa. Mas eles talvez sejam velhos demais para você — ela fala, olhando para mim. Com minha cabeça coberta pelo capuz da blusa, é quase impossível dizer minha idade. — Quero dizer, os caras ricos.

— Não ligo. — Meu tom está bem natural, como se fosse normal para mim pegar carona com roupas grandalhonas de segunda mão até locais exóticos em busca de homens ricos para seduzir. Nós duas sabemos que, apesar da minha idade indeterminável, sou muito velha para esse jogo. Passamos os cinco minutos seguintes em silêncio; em seguida, ela me deixa no estacionamento do mercadinho da cooperativa, logo depois do principal centro comercial da cidade. A cidade é composta por algumas ruas com cafeterias e armadilhas para turistas, em uma colina com vista para o porto.

— Você vai ficar bem? — pergunta ela distraidamente, sua mente já bem distante.

— Claro. Mas se puder me indicar onde ficam as mansões...

Ela dá risada, sem perceber que é um pedido legítimo.

— Boa sorte em sua busca. Espero que encontre o que procura... E, ei, se encontrar dois caras ricos e quiser passar um pra frente, estou à disposição.

Na loja, pego uma lona verde-escura, alguns pares extras de meia, galochas pesadas e vários folhetos grátis da comunidade antes de sair. Lá fora, me encolho e fito a doca do outro lado da rua. É bonita, pintada de vermelho e amarelo, mas parece um lugar movimentado demais para pessoas abastadas que desejam uma vista luxuosa da costa oeste.

Tento pensar como um babaca rico que sequestra meninas para pegar seu sangue. Não é tão difícil assim.

O que eu ia querer de um lugar como este? Se fosse uma cidade, ia querer estar bem no meio da muvuca, onde estão todas as pessoas, para que eu pudesse mostrar que sou melhor e que tenho mais coisas. Mas não estamos na cidade; estamos numa vila situada em terras ancestrais. Uma vila onde turistas vêm e vão. E ninguém quer se misturar a turistas exceto para tomar dinheiro deles. Então eu ia querer privacidade; privacidade e uma vista que fosse minha e de mais ninguém.

Se eu fosse rica e quisesse comprar uma propriedade aqui, esse seria meu critério número um.

4

NADA PODERIA SER MAIS indiferente aos caprichos do esforço humano que as marés. Não me entenda mal, somos capazes de muito. Somos capazes de mover montanhas se quisermos de verdade, ou simplesmente explodi-las, destrinchá-las, desalojar suas entranhas e enviar sua força vital até a costa para abrir novos mercados como os bons pequenos capitalistas que nos tornamos; contudo, não importa o que fizermos, não temos influência nenhuma na lua.

Como assim você está viajando de barco e tem um prazo para chegar a certo lugar? Acho que não. Está com vontade de passear pelo calçadão sem que ondas rebentem nas pedras e chicoteiem seus pés? Melhor não. De vez em quando, só de vez em quando, a indiferença trabalha a seu favor.

Estou há muitas horas com um casaco pesado de chuva e galochas, caminhando pela costa e olhando para os enclaves envidraçados de gente rica que surgem de vez em quando. Imagino a sensação de vir de um lugar como Hong Kong para cá, onde o silêncio é tão completo que o som das ondas na maré alta parece uma intrusão. A sensação de se mudar de um lugar onde sete milhões de pessoas estão enfiadas em cada canto dos pouco mais de mil quilômetros quadrados para cá, onde é possível andar por horas sem encontrar ninguém. A sensação de ser Ray Zhang.

A chuva caiu ao longo de todo o dia, mas tive sorte de a maré não ter avançado na maior parte da minha caminhada. Ela começa a se aproximar quando chego à ponta sul da península. Numa faixa estreita de praia repleta de troncos e restos bulbosos de alga marinha, olho para cima e vejo uma casa voltada para o mar que é inteirinha de vidro. A noite está prestes a cair e há somente uma luz acesa, num dos quartos no andar de cima. Por uma lacuna na cortina branca ondulante, vejo duas pessoas nuas enroscadas uma à outra. Olho fixamente, como costumo fazer quando me confronto com pessoas fazendo sexo, mas desta vez não é por um interesse indecente.

Enfim encontrei a casa que estava procurando.

O quarto está mal iluminado, mas o sol está se pondo tão depressa que uma única lâmpada no canto mais distante do cômodo parece um holofote. Eu reconheceria a cabeça raspada de Dao em qualquer lugar. Jia soltou o cabelo escuro e ele cai como uma cascata no ombro dela. Ele se agiganta sobre ela, e por um momento breve e sufocante parece que ela está sentindo dor, mas então sorri. O rosto dos dois está visível para mim, mas, como eles estão iluminados e eu não, não conseguem me ver agachada perto das beiradas das pedras.

Só depois que os estou observando por um minuto inteiro, percebo que, na passagem que conecta a casa à praia, há um homem velho numa cadeira de rodas virado para o mar. Ele está envolto numa coberta. Olhando para mim. Então seu olhar passa de mim para a direção de onde acabei de vir, e a princípio acho que é o jeito dele de me mandar embora. Mas não, ele está encarando intensamente a mim e àquele lugar. Seus olhos vão de lá para cá, lá para cá, como o movimento de uma máquina de escrever. Tem alguma coisa aqui que não estou entendendo. Jia e Dao desaparecem de vista. Em algum ponto além da cortina, eles se conduziram à cama. Me pergunto onde está o marido de Jia. Senão, como explicar a presença de Dao? Onde raios ele está enquanto a esposa transa com o funcionário?

A figura na cadeira de rodas ainda está me encarando. Há algo enervante em sua vigilância. Sinto que pouca coisa daqui de fora foge ao seu olhar. A maré alcança meus pés e não posso mais me agachar aqui, esperando algo mais acontecer. Tenho duas opções: ou tomo o caminho que leva da praia particular ao terreno da mansão, ou volto pelo caminho que vim.

Depois de uma rápida hesitação, retorno pelas rochas e sigo por vários minutos antes de chegar à propriedade mais próxima da mansão dos Zhang. Nem se compara em tamanho, mas a vista ainda é espetacular e há uma doca estreita se projetando da água. Esta construção é feita com madeira de demolição e é um pouco maior do que uma casa de campo. Por fora, parece um galpão com uma janela. Através da vidraça suja, vejo dois caiaques oceânicos armazenados em um espaço grande o suficiente para três. Imagino uma adolescente se esgueirando por esta janela.

Há apenas uma maneira de ter certeza e, depois da minha primeira tentativa de me enfiar por ali, confirmo que a janela pequena não é tão pequena assim, mas serve. O sol se põe por completo e a chuva bate no galpão. Estou tão cansada que, agora que tenho um telhado sobre minha cabeça, acho impossível seguir adiante. Inclino-me sobre um dos caiaques e descubro um compartimento ali cheio de garrafas d'água e de um estoque de emergência de alimentos desidratados. Tiro um cobertor da mochila e pondero sobre essa descoberta.

E me pergunto se o velho na cadeira de rodas queria que eu achasse este galpão.

Logo antes de eu cair no sono, complemento a água com uma dose de vodca. Só um pouquinho. Só o suficiente para que eu possa continuar. Uma curiosidade mórbida me faz ligar o celular. Recebi mensagens de voz Seb e Leo e uma de Brazuca. Ele não diz nada na mensagem, mas sinto o peso de seu silêncio. Penso naqueles momentos breves em que achei que ele fosse meu amigo, no resort de luxo nas montanhas, e sinto a vergonha ganhar corpo dentro de mim.

Apesar do cansaço extremo, não durmo muito. Não consigo relaxar com o oceano tão perto. Não há nenhuma barreira pegajosa aqui para me proteger dele. Nenhuma barreira para manter a rebentação fria afastada, e nenhuma maneira de dizer se a corrente escura do Japão está fazendo seu trabalho. Sonho com uma árvore do tamanho de um prédio, com diversas janelas de vidro em seu tronco, janelas aproximadamente do tamanho e da forma da do galpão de caiaques. Os galhos da árvore farfalham por causa de uma brisa, que bate as janelas abertas contra a casca. A porta para a árvore fica aberta; estou na frente dela e tento espiar lá dentro sem ter de entrar. Pelo que vejo, não há nada. Um vento intenso sopra e faz as janelas balançarem de novo, tão forte desta vez que todas se estilhaçam e os cacos chovem em cima de mim. Acordo então, e por todo meu corpo sinto os cortes dos fragmentos de vidro antes de lembrar onde estou e o que me trouxe aqui.

Pouco antes do amanhecer, quando o mar está tão quieto que dificilmente uma onda pode ser vista, empurro um dos caiaques minúsculos e leves para fora do galpão e o lanço das docas. Enquanto remo, usando uma técnica que uma vez testemunhei em um noticiário noturno, torço para que Bonnie tenha ficado tão aterrorizada e aborrecida quanto acho que ela deve ter ficado. Uma ideia tomou conta de mim, e tem sido difícil me livrar dela. Passei a maior parte da noite pensando no que Bonnie faria nessa situação. Será que ficaria perto da casa, será que tentaria encontrar algum indulto na terra? Sei que eu não faria isso. Até mesmo meu desconforto com o oceano me impulsionaria a seguir a rota que, na cabeça deles, seria a última opção. Se eu escolhesse o mar, há uma chance de que ela também possa tê-lo escolhido. Talvez haja um pouco de mim nela, no fim das contas. Se eles, com todo seu dinheiro e agentes de segurança musculosos, não conseguiram encontrá-la em terra, então há uma boa chance de que ela simplesmente não esteja lá. Porque ela é minha filha.

Cá entre nós e as duas rochas imensas pelas quais passei a caminho da doca, também estou evitando uma coisa a qual venho temendo desde que saí da maldita balsa. Voltar ao mar se tornou inevitável. Esta região contém muitos pequenos refúgios, ilhotas que oferecem abrigo para a vida selvagem nesta costa. Tenho esperança de que Bonnie encontrou uma.

5

A NEBLINA ROLA POR SOBRE o mar, obscurecendo tudo ao redor. Ela apareceu tão depressa que não tive tempo de dar meia-volta. Mal consigo ver além da ponta da frente do caiaque, que dirá as ilhotas que pontuam a costa. Nesse finzinho de inverno, surgem as tempestades, e essas ilhas são golpeadas com força por ondas gigantes, erodidas por chuvas fortes.

Remo na direção da ilha que notei antes de ser pega pela névoa rastejante sobre a água. A mais próxima das docas que deixei para trás. Quando me aproximo, vejo a entrada de uma pequena enseada. Não consigo evitar me maravilhar com um sentimento dentro de mim que diz que Bonnie também poderia ter visto esta ilha. Que poderia ter puxado sua canoa roubada até esta praia rochosa para então empurrá-la de volta ao mar. Que ela poderia ter sentido alguma segurança aqui na natureza selvagem. Imagino que nenhum lobo ou urso viva nesta área de terra isolada, já que é pequena demais para manter suas fontes alimentares, mas há sempre o risco de eles irem nadando só para dar uma olhada.

Busco pela ilha sinais de luta, indicações de violência. Não encontro nada; o que vejo é uma árvore grande, e meu sonho retorna.

Em florestas nativas, é possível encontrar cedros-vermelhos tão grossos quanto um aglomerado de pessoas e tão altos quanto edifícios. Uma árvore velha às vezes perde suas entranhas... literalmente. A vida acaba deixando-a oca, de modo que mesmo uma abertura pequena do lado de fora conduz a uma caverna de painéis de madeira. Existem três árvores ocas na ilha. Faço uma busca em todas e na última encontro uma tira de tecido manchado de sangue, algumas embalagens de comida, e um único rastro de pegadas do tamanho de um adulto na entrada, saindo da árvore e de volta para a costa. Deixando o lugar com pressa.

Cheguei tarde demais. Agora só me resta uma coisa a fazer. E um único lugar para ir.

6

Em sua maioria, os veados que vivem na floresta em torno da propriedade dos Zhang são bonzinhos. Estão acostumados ao predomínio de humanos nesta cidade e, apesar de uns poucos se sobressaltarem com a minha presença contínua nos arbustos, eventualmente se lembram de que são herbívoros e desencanam. Eu me camuflo na linha de árvores, enrolada na minha lona, com bolas feitas dos folhetos da comunidade enfiadas na minha roupa para isolamento térmico, e tento ignorar seus olhares. Esta é uma verdadeira floresta tropical, e a temperatura está mais amena que no continente. Apesar de ser inverno e apesar das tempestades fortes, dificilmente fica abaixo de zero. E cheira a árvores, a que estou começando a me acostumar.

A parte de trás da casa fica voltada para a praia e não pode ser observada durante o dia por causa das janelas que vão do chão ao teto, mas a propriedade é bem mais reservada na frente, onde árvores cobrem ambos os lados. Há uma pequena fenda pela qual consigo monitorar a entrada de automóveis. Não vejo nenhum sinal de Bonnie, mas isso não significa que não esteja lá.

Faz horas que estou vigiando, mas não vi quase nada de importante. Uma SUV azul-escura parou na entrada de manhã mais cedo, mas não saiu desde então. Somente Dao e Jia parecem ir e vir a seu bel-prazer. Dao parece ser o único segurança, mas talvez seja porque ele é um agente multifuncional: segurança, amante e sabe-se lá mais o quê. Uma faxineira vem no meio da manhã e só vai embora no começo da tarde. Pouco antes da hora do jantar, Dao e Jia entram numa picape cinza brilhante com tração nas quatro rodas, lavada cuidadosamente para um esplendor reluzente (suponho que com lágrimas de meninas adolescentes), e saem.

Não sei quanto tempo tenho, mas entro na propriedade dando voltas pelas árvores circundantes. Não há cercas ao redor do terreno — afinal, não podem botar uma cerca na praia —, por isso não é difícil chegar perto. A porta lateral está trancada, mas a dos fundos, que dá numa varanda, não está, e paro por um momento, porque sei o que isso significa: tem alguém lá dentro com o velho. Não fico pensando muito sobre quem seria esse alguém, porque, a quem quero enganar, eu já sei a resposta.

Tudo está parecendo fácil demais, mas talvez eu enfim tenha ganhado o prêmio na loteria pelo qual estive esperando a vida inteira. Talvez, só talvez, o universo tenha pensado melhor e decidido me favorecer. Mas para o caso de não ser isso, tiro a corrente de pneu da mochila. Eu a mantive porque sinto certo conforto com essa arma, um lembrete de que meu instinto inicial costuma ser o melhor, e, além disso, é útil. Vai que eu dou de cara com um motorista encalhado ou algo do tipo.

A mansão está silenciosa. A porta dos fundos se fecha atrás de mim sem emitir som algum, deslizando em dobradiças bem lubrificadas. Mesmo assim, passo um tempo escutando com atenção. Talvez o velho e seu cuidador estejam tirando uma soneca.

Brinco de "e se" de novo, e por que não? Especulação foi o que me trouxe até aqui. Se eu tivesse a intenção de sequestrar e aprisionar uma garota, onde a colocaria? Certamente não seria num local visível da parede de vidro. Sigo mais para dentro da casa, na direção da frente. Tudo aqui — todo o mobiliário, todas as obras de arte — é simples e elegante; costa oeste pura, adicionado com amor, como uma homenagem à região. Não consigo me livrar da impressão de que este lar não é para alguém que quisesse detoná-lo. Não há extravagâncias aqui, nada pomposo. Esta é a casa de alguém que ama esta parte do mundo.

Forço-me a focar. Não estou aqui para examinar a decoração de interiores. Estou aqui para encontrar a garota.

Ou o que quer que tenha restado dela, diz uma vozinha desagradável na minha cabeça.

Há janelas demais neste lugar, por isso tento as portas, abrindo-as e fechando-as no maior silêncio possível até achar uma que conduz a um conjunto de escadas de piso de demolição moldado em tábuas lisas que leva ao porão. Ao longo do corredor escuro, descubro mais portas. Isto está começando a parecer um pesadelo. Os quartos aqui estão em sua maioria vazios, exceto por produtos de limpeza e uma variedade de equipamentos médicos que eu não seria capaz de nomear nem que minha vida dependesse disso.

Não ouço nada além das batucadas do meu próprio coração e dos meus passos no chão. Cogito tirar os sapatos para manter o silêncio, mas decido mantê-los para o caso de precisar de uma fuga rápida. Chego ao último quarto no fim do corredor. A primeira coisa que noto é que pode ser trancado pelo lado de fora. Só existe uma razão para isso. Ali dentro, vejo uma pequena cama, um monitor de medição de pressão sanguínea e de frequência cardíaca, e um suporte de soro. O quarto é mais estéril que os outros, e nada aqui parece ter sido descartado ou simplesmente guardado. Não. Os itens deste quarto foram colocados aqui para um propósito específico. Há uma mancha escura no piso de madeira perto da cama.

Boto a mochila no chão e seguro a porta aberta, para não bater e fechar comigo ali dentro, e me agacho ao lado. A cor de ferrugem confirma minhas suspeitas. É sangue — e eu apostaria os poucos dólares que restam na minha conta bancária que este sangue pertence a Bonnie. Encosto a mão na mancha e sinto esperança de que ela não tenha sofrido para dá-lo, mas é idiota essa ideia, porque é claro que sofreu. De outro modo não estaríamos nesta bagunça toda.

Da minha posição no chão, vejo um livro fino escondido debaixo da cama. Quando o puxo, descubro ser o diário de uma adolescente. As suspeitas de que ela esteve aqui se confirmam. Anos de bisbilhotice arraigada em mim me encorajam a abrir o diário e a ler a primeira página.

> Então... A Mandy é uma vaca. Ela pegou meu moletom roxo emprestado. Acho que ela nunca vai me devolver, mas, mesmo se ela devolver, vai estar tão esgarçado que vou ter que passar pra frente de qualquer jeito. Droga.

Reflexões de uma adolescente cheia de angústia ocupam cerca de metade das páginas do diário. Que antiquado. Por que não compartilhou tudo isso nas redes sociais como todos os outros jovens? Paro numa entrada logo antes de uma de suas tentativas de fuga — não a última.

> Hoje liguei pro papai pra me despedir, mas caiu direto na caixa postal. Ele tem trabalhado muito nos últimos tempos. Só vai chegar em casa bem tarde, e eu sei que, se ele me vir, ele vai saber. De jeito NENHUM vou me despedir de Lynn. Ela não é minha mãe. Eu **vi** aquelas mensagens no telefone dela. Como ela pôde fazer isso com papai? Com a gente? Ela me fala que preciso esperar até ficar mais velha pra fazer sexo, só que ela está dando pra um cara do escritório? **ELA QUE SE FODA.**

Quando se é criança, as apostas são bem altas. Tudo importa; cada visual, cada palavra carrega um tipo de implicação maior em relação ao seu lugar no mundo. O instinto primordial de Bonnie é fugir — não é ruim. Provavelmente ela herdou isso de mim. Ela fugiu quando descobriu que era adotada. Fugiu quando descobriu o amante de Lynn. Então ela fugiu uma última vez para ficar com o namorado.

O diário contém algumas entradas resfolegantes sobre Tommy e como ela se sentia viva demais ao encontrá-lo, blá-blá-blá etc. Amor juvenil e tudo mais. Há duas páginas dedicadas à primeira vez deles no quarto de Bonnie sobre aquela monstruosidade de edredom verde e o quanto doeu. Pela minha leitura, a segunda, a terceira e a quarta vezes não foram melhores, mas as coisas começaram a ficar mais toleráveis pela quinta e sexta, e ela começou a se sentir mais confortável lá pela sétima e oitava vezes. Não houve uma nona, porque Tommy foi mandado para viver com a mãe. A entrada final estava datada em três dias antes de ela fugir de casa pela última vez.

> Liguei de novo pro papai e uma mulher atendeu sem querer. Quando ele pegou o telefone, agiu como se não tivesse nada de errado, mas ele estava esquisito. Eu perguntei quem era a mulher, e ele disse que não era ninguém, mas sei que está mentindo. Eu *sei*. A vaca chamou papai de "gato".

Lynn e Everett. Cretinos. Nem um modelo decente e direito nesse casal. Penso nas mentiras felizes contidas nas cartas de adoção que submeteram. O drama deles foi o que provocou a fuga de Bonnie, para começo de conversa, e isso é algo pelo qual jamais serei capaz de perdoá-los. Porque, se eles tivessem feito direito seu trabalho, ela não estaria nas ruas para ser raptada.

Perto do fim do diário, depois de cerca de vinte páginas em branco, encontro meia página escrita na letra cursiva de Bonnie. A escrita aqui está diferente do resto; é um jorro de pensamentos apressados e inconscientes.

> Recebi uma resposta do site em que me inscrevi. Não é da minha mãe verdadeira. Ainda não sei quem ela é, só sei que não está procurando por mim. A resposta é do homem que diz ser meu pai. Ele quer me conhecer.

Tarde demais, ouço o ruído suave de roupa atrás de mim e percebo o movimento na minha visão periférica. Não tenho tempo de erguer a corrente de pneu antes de sentir um golpe duro na parte de trás da cabeça. Tudo fica confuso. Foi isso que Brazuca sentiu quando o acertei? Tombo para a frente.

Meu rosto cai bem em cima da mancha no chão. O sangue que escorre do meu nariz se mistura àquele, o fresco com o velho, e meu último pensamento antes de tudo se apagar é que neste chão está o sangue derramado de duas gerações.

7

ACORDO COM O SOM de pingos.

Ping.

Como o sangue de Tommy na neve...

Está começando a voltar para mim. A mata. A neve. O frio.

Piiing.

Como o sangue de Bonnie sendo drenado dela...

Certo. Eu vi um pouco disso no chão.

Piiing.

Como o meu sangue ao cair do meu nariz no chão na minha frente...

Oh, sim. Eu caí de cara. Está começando a fazer sentido.

Piiing.

Como água da chuva caindo das calhas.

Agora escuto o som da chuva nas janelas. Como posso não ter notado? É como se a mansão estivesse sitiada. Mas o som da água nos vidros é bom. Significa que estou fora do porão. Fora do quarto que pode ser trancado por fora. Escuto com atenção e, além das gotas que salpicam a janela, noto duas coisas. A primeira é o crepitar de um fogo. Estou do lado de dentro, portanto deve haver uma lareira neste quarto. A segunda é a respiração de outra pessoa. Não está perto, nem também está muito longe.

Alguém está no aposento comigo.

Minha corrente de pneu se foi e sinto uma dor pungente na nuca. Meus membros parecem presos, mas quando abro os olhos não vejo nada me pressionando — nada físico, pelo menos. Não, este peso é estritamente psicológico, e estou sofrendo de um pesar agudo que na tenra idade de... não consigo lembrar agora, mas é idade demais para não ter aprendido com meus erros do passado e deixar alguém se esgueirar atrás de mim.

Estou sobre um piso de madeira ao lado de uma lareira. Faço uma verificação rápida e minhas calças estão no lugar e minha barriga não está redonda. Solto a respiração que estava segurando. Não é uma repetição de um pesadelo anterior, é um novo. Há um homem de pé na janela do outro lado da sala. E que sala. Daria para ser teleportada diretamente do chalé nas montanhas para esta casa e ninguém suspeitaria que mudou de lugar. É tão exuberante quanto. A vista aqui também é espetacular. Sinto que deveria pagar uma entrada para apreciar esta visão, mas a dor em meu corpo me diz que já paguei.

— Havia uma vagabunda — começa o homem, encarando o oceano. O crepúsculo fica pendurado no céu, como um manto magenta cujas bordas são puxadas pela escuridão. Embora eu não tenha ficado apagada por muito tempo, a paisagem mudou por completo. Ondas se levantam e se atiram contra as rochas e chuva bate contra as janelas, parecendo mover-se lateralmente. O clima deu uma virada violenta e, deitada ali, tentando ignorar a dor latejante logo atrás das têmporas, não tomo como um bom presságio. Tem algo de errado comigo, mas não consigo desvendar se é o resultado de ter sido golpeada na nuca, se é meu peso psicológico que enfim está tomando conta ou se é outra coisa.

O homem na janela não se vira. Só consigo ver sua nuca. Cabelo preto e grosso (tal como sonha uma estudante) e um corte de cabelo que custou mais do que uma estudante ousaria gastar no cartão de crédito do pai.

— Mas, nossa, ela tinha a voz de um anjo. Uma anja machona e feia. Eu não conseguia tirar a voz dela da cabeça. — De algum modo, ele sentiu que eu estava acordada. Estou acostumada a desprezarem minha aparência, então suas palavras não me incomodam. Ele não falou nada que eu já não saiba. — Acontece que ela não era um anjo, no fim das contas. Foi largada na floresta como o lixo que era. Enrolada num lençol roxo.

Pisco uma vez, duas e, na terceira, minha cabeça clareia um pouco. Apenas o suficiente para injetar algum instinto de sobrevivência de volta ao corpo. Olho ao redor da sala à procura de armas. Um vaso próximo parece uma boa escolha, mas é pesado demais para esconder atrás das costas. Eu me forço a ficar de joelhos e apoio as mãos na parede, na esperança de me equilibrar. A mudança de plano faz com que minha visão e minhas pernas tremam. Aperto os olhos e, quando volto a abrir, percebo que ele está me observando no reflexo do vidro da janela, como Dao fez nas montanhas.

— Ela era uma puta e teve o que uma puta merece. Ela devia ter morrido naquela noite.

— O que você fez comigo? — Na minha mente, essas palavras saem da minha boca como gritos tomados por uma indignação justa. Na realidade, são espremidas da minha garganta frágil como água enferrujada de um pano úmido. Sinto gosto de sangue na boca e cuspo no chão à frente. Ali no meio tem um dente. Eu me lembro de cair de cara, mas não de perder um dente... Em todo caso, isso deve ter acontecido, eis a prova.

Kai Zhang ri e se vira para mim. A primeira coisa que percebo nele é a cicatriz na bochecha. Resultado da minha ação que levou ao espancamento tantos anos atrás. Um prego entre meus dedos. Além disso, há um corte cicatrizando em sua testa, que não foi cortesia minha. Apesar dessas duas marcas em seu rosto, ele ainda é bonito.

— Você me perguntou a mesma coisa naquela época, sabe? — Ele enfia a mão no bolso e puxa um saquinho com um punhado de pílulas minúsculas.

Fico estática quando percebo o que aconteceu. Não há palavras para o pavor que sinto. Portanto, o peso não é apenas psicológico.

Os olhos dele dançam na luz do fogo.

— Isso mesmo. — Ele sorri. — Sua vadia estúpida. Como se atreve a vir à minha casa? Não sabe o que posso fazer com você? Não se lembra do que já fiz? — Ele passa por mim e me bate com a parte de trás da mão. Eu caio no chão.

— Tentou me matar e não conseguiu? — digo através do sangue fresco na boca. Parte cai no chão aos pés dele. Ele coloca um dedo em uma gota e depois lambe. Meu estômago revira. Graças a Deus não há nada dentro dele exceto vodca e uma barra de cereal.

— Isso é o que vamos ver. — Ele me puxa pelo braço. Finco as unhas da minha mão livre em seu rosto e ele me arremessa para o outro lado da sala. Meu corpo bate contra a janela e cai no chão. Minha cabeça pulsa forte. Olho para baixo e vejo que o tornozelo que eu tinha torcido um pouco ao saltar do balcão, agora torceu de verdade. Ele percebe e sorri. — Opa, desculpe. Deixe eu dar um beijinho pra sarar.

Eu o chuto com a outra perna quando ele se aproxima, mas não tenho nenhum ponto de apoio, e meu pé dá uma batidinha leve na sua coxa, a força tal como a de uma borboleta. Ele me empurra para longe, pega meu tornozelo ferido e o torce ainda mais. A dor é insuportável, mas eu não grito, porque sei que é o que ele deseja. Não me lembro muito daquela noite, 15 anos atrás, porém sei que não se espanca alguém quase até a morte sem curtir o processo. O único efeito positivo da dor é que faz me concentrar.

— Cadê o papai? — pergunto entredentes.

Ele dá de ombros.

— Dormindo. Morto. Quem se importa?

— Todo esse trabalho pra pegar a garota, pra pegar o sangue dela pra ele, e você não se importa?

Ele me encara por um longo momento... então ri. Olha para baixo, para o meu pé.

— Será que se eu girar para os dois lados ele vai se desprender?

— Você tem muito tempo livre.

— Você falou igual ao meu pai. Bem, até antes do derrame, porque depois disso ele não fala mais nada com nada. Ele costumava ser tão forte, e agora... Não consegue andar. Não consegue falar. Só fica lá sentado, como um bebê.

— Onde ela está?

— Quem sabe? Quem se importa? Nada disso foi ideia minha, pra começo de conversa.

Pisco, tentando clarear a visão.

Ele não está mentindo.

— Estou mais que cansado de toda esta maldita confusão — prossegue ele com uma careta. — Minha própria esposa me fez pegá-la. Que bizarro! E foi *tão* fácil fazê-la vir comigo... Igualzinho com você.

— Você me drogou.

— Você é uma alcoólatra. Praticamente nem precisei fazer isso.

Vacilo. Não consigo evitar, é parecido demais com o argumento de Lorelei.

Mas ele não nota.

— Mas do que mesmo estávamos falando? Oh, sim. Daquela vagabunda. Ela estava *me* procurando... Dá pra acreditar? Encontrei a garota num desses sites de adotados. Ela disse que ia viajar por uns dias pra ver o namorado, por isso ela poderia me encontrar antes. E você sabe o que ela fez?

Ele torce meu tornozelo um pouco mais. A dor é tanta que sinto que vou desmaiar.

— O quê? — pergunto.

— Ela me abraçou. — Ele ri. — Depois entramos no carro. Não tive que lhe dar nada. Só falei que queria que ela também conhecesse a mãe biológica, e ela ficou muito empolgada. Ah, nossa. — Agora ele está gargalhando tão forte que enxuga uma lágrima do canto do olho. — Acho que preciso de um drinque.

Ele vai até o armário de bebidas. Não há muito que valorizo no tempo que estive nas Forças Armadas; a minha estadia foi tão curta que não conseguiu deixar uma impressão duradoura. A única coisa que me marcou foi descobrir que um corpo sob estresse ainda é capaz de muito. O corpo é bem mais resistente do que se imagina. Meu tornozelo está machucado e meus membros parecem pesados, mas estou consciente, então devo ter algum tempo até o efeito total das drogas. Passo as mãos pelo tornozelo; mal consigo tocá-lo sem sentir como se estivesse sendo esfaqueada. O cadarço da bota se soltou. Eu o puxo enquanto Kai ainda está virado.

— O que aconteceu com ela?

Ele serve conhaque em dois copos.

— Depois que eu disse que íamos encontrar você, comprei um pouco de chocolate quente, coloquei uma coisinha nele, e *bam*. Ela apagou que nem uma lâmpada queimada no caminho pra cá, onde fizemos os exames. Sabia que os resultados levam algumas semanas? — Eu não sabia disso. Hm. Aprendemos coisas novas todos os dias. — Descobri isso do jeito mais difícil. Ela ficou sedada enquanto enviávamos o sangue para análise, mas aquela cadelinha fugiu antes de recebermos todos os resultados. Todo mundo botou a culpa em mim, mas, como eu disse, não foi minha ideia. — Ele toma um gole do conhaque de um dos copos e se aproxima de mim com o outro.

Olho para o corte na testa dele e dou um sorriso.

— Aí ela arrebentou a sua cara. — Então acrescento só para irritá-lo: — Pelo que me lembro, não é tão difícil.

Sua expressão fica sombria e ele atira o copo na parede. O copo não quebra, apenas pula no chão. O máximo que ele conseguiu com esse gesto foi lavar o chão com um conhaque bem caro. Dou risada.

— Você sempre ferra com tudo?

Ele me puxa pelo colarinho e me obriga a encará-lo, então me beija, forçando a língua para dentro da minha boca. A névoa de sua respiração quente e adocicada com conhaque nubla meu rosto. Posso sentir a adrenalina dele, sua excitação. É agora ou nunca. O cadarço ainda está guardado no meu punho fechado. Dou uma joelhada na virilha dele; não muito forte, apenas o suficiente para fazê-lo recuar um passo para se proteger. Vou junto e uso o peso do meu corpo para derrubá-lo no chão. Não me importo como vou cair, só preciso que ele perca o equilíbrio e que eu consiga me apoiar no meu tornozelo bom. As mãos dele estão em volta do meu pescoço e meu cadarço está em volta do pescoço dele, as pontas cruzando na frente. Ele aperta ao mesmo tempo em que eu puxo as pontas do cadarço. É uma tentativa débil, mas é tudo o que tenho. É forte o desejo de largar o cadarço para arrancar suas mãos de mim, mas, como Kai tem a vantagem da força e não está drogado, se eu tentar enfrentá-lo nesses termos é melhor simplesmente desistir. Seu rosto fica vermelho para combinar com o meu conforme se restringem o fluxo sanguíneo e oxigênio. Ele me dá uma pequena sacudida, perturbando o equilíbrio delicado, e minhas mãos hesitam. Uma mancha escura no meu olho direito está ficando mais e mais escura, e posso sentir minha consciência esvair. Tiro minhas mãos de sua garganta e faço o que me parece certo: enfio os polegares em seus globos oculares. Ele grita e bate em mim, mas pelo menos agora minhas vias aéreas estão liberadas. Ficamos deitados no chão, ofegando.

— N-não consigo enxergar! Sua puta cretina!

Minhas mãos tateiam o chão em busca de equilíbrio, e encontro o copo que foi jogado na parede e se recusou a se quebrar. Sinto algo dentro de mim se abrir e alçar voo. Com toda a força que ainda me resta, quebro o copo contra o assoalho. Um único caco corta a minha mão direita. O caco está escorregadio com sangue, mas não importa muito enquanto rastejo até ele, que está agachado procurando a parede. Manco puxando meu pé ferido; minha respiração está ofegante. Estou fazendo muito barulho, mas ele não está ligando para isso. Seus olhos são um caos sangrento.

— Onde ela está? — insisto.

— Não sei! — Ele grita de dor.

Aperto o caco de vidro, mesmo que possa senti-lo cortar minha mão, e deixo a dor me concentrar. Agarro um punhado de seu lindo cabelo e torço sua cabeça para me encarar. Suas mãos alcançam minha garganta de novo, mas desta vez estou atenta e uso a força do meu peso ao pressioná-lo para conduzir o caco em sua jugular.

— O lençol era vermelho — digo, porque esse é o tipo de coisa que não se deve esquecer. Quero que seja sua última lembrança. A mulher que ele embrulhou e deixou para morrer: sua mortalha era um lençol vermelho tirada da cama dele. O sangue do corpo dessa mulher, do meu corpo, manchou-o de um carmesim tão escuro que era quase preto. Não quero que ele deixe este mundo sem saber a cor desse lençol. O sangue dele jorra, misturando-se ao que sai do corte na minha mão, e ele abre a boca para gritar. Nenhum som, e o fito com olhos pesados conforme a vida o deixa, sua boca se abre de forma grotesca, moldando-se para um som que nunca vem. Caio pesadamente sobre seu corpo e apago por um momento.

Então o som retorna aos meus ouvidos. Me arrasto até a parede e me apoio nela para levantar. Só consigo pensar na garota. Matei um dos seus carrascos, porém o trabalho ainda não terminou. Ele sabia do paradeiro dela; ouvi em sua mentira. Apoiada na parede para me equilibrar, deixando manchas de impressões digitais sangrentas, eu me concentro em chegar à porta. Atordoada e zonza, vejo o aparador com o conhaque por perto e não consigo resistir a tomar um gole, lavando da boca o gosto do beijo violento.

Volto a pôr as mãos na parede.

A porta aparece logo adiante.

Então algo me sobressalta. Algo que não faz sentido. Um grito agudo que vem do chão, de um pequeno rádio plástico deitado ali. Pisco por segundos, minutos, sabe-se lá quanto tempo. O grito fica mais insistente. Aqui, nesta sala onde sangue salpicou o chão e manchou as paredes, onde um homem jaz morto, esse som é incongruente.

Prossigo pelo corredor, olhando pelas portas, acendendo luzes e deixando marcas de sangue em cada superfície — isso não importa, afinal. Estou correndo contra o relógio. Contra química, biologia e minha própria anatomia danificada.

Escuto o som de novo.

A última porta no fim do corredor leva a um grande quarto onde encontro o velho sentado em sua cadeira de rodas ao lado de uma cama. De repente, faz sentido. Tudo isso não foi para o velho que ama este lugar, que construiu esta casa e pôs nela todas as coisas que refletiam sua paixão. Não foi para o velho que pôs em marcha planos para desistir da mineração na região. O velho que ficou preso nesta casa que tanto amava depois de ter sofrido um derrame.

Era para o irmão menor de Bonnie.

É com ele que ela é compatível. Não com o avô dela; não com Ray Zhang. Num momento súbito de clareza, as palavras de Kai voltam para mim: sua própria esposa o obrigou a fazer isso. Para seu bebê.

Caio, tonta, contra a parede e olho para o velho. Ele se vira. Nós dois estamos completamente desamparados com os gritos do bebê. A fotografia que Mike Starling tinha recortado mostrava um homem forte e também orgulhoso. Mas o tempo cobrou imposto. Em seus olhos há somente piedade, mas não tenho ideia de para quem é. Seu rosto se desvanece na minha frente e, não importa o quanto eu pisque, tudo o que vejo é vermelho.

8

Bonnie sonha com a voz, aquela que a assombra faz uns dias. Não consegue abrir os olhos e por isso sabe que está sonhando. Ainda assim é aterrorizante. Aquela voz gélida, tão grosseira, agora lhe sussurra suavemente. O sonho é tão real que ela consegue sentir a respiração na testa, a mãe de alguém prendendo uma mecha de seu cabelo atrás de sua orelha ao mesmo tempo que uma unha comprida arranhava uma linha pela lateral de seu pescoço, onde o maxilar começa. Ela não consegue ligar a voz a um rosto específico, mas a reconheceria em qualquer circunstância. Por isso, ela grita e grita e grita até ouvir o som de pés batendo no chão, correndo até ela. Se o sonho é dela, por que não seria resgatada?

Escuta uma voz protestar e dizer que Bonnie deve estar delirando. A voz acusa alguém no hospital de tê-la machucado. Em seu sonho ela está num hospital? Bonnie sabe, embora não consiga dizer como nem por quê, que a voz está mentindo. Aquela mulher sempre mente.

— Senhora, por favor, nos deixe a sós no quarto — diz outro alguém, um homem cuja voz Bonnie não reconhece. Apesar de esta pessoa falar com autoridade, há uma preocupação escondida. — Por favor, aguarde lá fora. Nós a chamaremos quando ela se acalmar.

— Claro — responde a mulher que assombra os sonhos de Bonnie. — Cuidem bem dela ou vão conhecer meu advogado. Eu voltarei.

A respiração de Bonnie acelera. Ela está em segurança agora, mas aquela mulher horrível vai voltar para pegá-la. Foi o que ela mesma disse, e desta vez não estava mentindo.

9

Uma rajada de vento gelado me faz acordar com um sobressalto. Algo rígido pressiona minha barriga. O chão está próximo da minha cabeça, e não sei onde estão minhas pernas porque não as estou sentindo. Por um breve e terrível momento, penso que estou mais uma vez naquele pesadelo, mas há uma memória fugaz do rosto de Kai Zhang besuntado de sangue. Gradualmente meus sentidos retornam. Estou ao ar livre, de cabeça para baixo, pendura sobre um ombro musculoso. Pelos passos irregulares e afundados que sinto serem dados pelo homem que me carrega, suponho que ele esteja andando na areia. Depois o passo dele fica mais regular, e voltamos ao piso sólido. Uma doca de madeira. A lua está estreita esta noite, e a chuva parece ter dado uma trégua. Viro a cabeça e vejo a forma de uma mulher seguindo o homem que me carrega.

— Ela acordou — diz a mulher.

Reconheço essa voz. Da última vez em que a ouvi, estávamos num salão com iluminação baixa admirando uma paisagem invernal espetacular. Um segundo depois, meu mundo gira para o sentido correto quando sou largada. Minha visão embaça por um momento, efeito residual de qualquer que seja a droga que o marido dela me deu, então clareia. Estou num barco, estatelada no convés. Observo Dao ajudar Jia a embarcar e depois fazer os preparativos para partirmos. Ele joga para dentro uma caixa de sacos de lixo e alguns pesos.

— Eu disse que era ela lá no chalé — Jia conta a ele.

Ele franze o cenho.

— Achei que ela estivesse morta. Eu vi o carro dela despencar num precipício.

Jia se senta graciosamente no banco e me observa de seu assento.

— Você matou meu marido — diz ela, num tom de conversa casual como se estivesse falando sobre o clima.

— Eu te fiz um favor — respondo com a voz grossa. — Assim, você e seu namoradinho ali poderiam enfim ficar juntos. De nada.

Dao se vira de onde está soltando os nós que prendiam o barco à doca. Há uma pausa, então Jia dá de ombros.

— E daí que ela sabe? — diz ela para Dao. — Ela vai morrer logo mesmo. Ela não pode nos atingir, e agora temos a garota também.

Não consigo esconder meu choque.

Ela dá risada.

— Oh, sim. Ela foi trazida com uma desidratação severa por um cara que estava fazendo pesquisa de campo. Documentando erosão ou alguma porcaria com que esses ambientalistas enchem o saco de empresários decentes. Levamos bem mais tempo do que deveríamos para descobrir onde ela está — diz Jia, com uma olhada aborrecida para Dao. — O encarregado de monitorar os hospitais me irritou.

— Depois eu cuido deles.

— É melhor mesmo. Quando a pegarmos amanhã, garanta que seja discreto e que vai se livrar dela de uma vez por todas. Já estamos expostos demais. Foi um erro meu ter ido ao hospital hoje.

Dao se posiciona atrás do leme.

— Achei que seria mais fácil para uma mulher convencê-los a liberar a garota.

— Mas não foi.

— Não mesmo — concorda ele, pois é um funcionário excelente. — Vou cuidar disso amanhã.

Ele dá a partida no barco enquanto tento me reorientar. Não consigo tirar da cabeça o jeito como ele disse "vou cuidar disso". Se estão dispostos a matá-la, só pode significar uma coisa.

— Então ela não é compatível com seu fedelho.

Com uma explosão de fúria surpreendente, Jia me estapeia com o dorso da mão e, oh… Outro dente cai e eu o cuspo também.

— O cordão umbilical deu certo, mas você o usou todo no primeiro transplante. Precisava de mais. Então a medula dela foi rejeitada, não foi? — É o único motivo para se livrarem dela. Se a criança doente de Jia fosse compatível com Bonnie, eles a manteriam viva só para isso. Para porções dela. — É o quê? Leucemia?

Uma expressão dolorida suaviza seu rosto.

— Que palavra horrível para usar em relação a um bebê. Ele é só uma criança. Meu anjinho. Eu faria qualquer coisa… — Sua voz falha, mas parece que ela não consegue evitar prosseguir. — Você tem razão, claro. Encontramos o cordão umbilical compatível num registro para transplantes. Mas meu filho… Quando ele recidivou… — Lágrimas correm pelo rosto dela. — Não havia outros registros compatíveis. Tanto Kai como eu, nenhum de nós dois era um doador potencial. Dao sempre suspeitou que Kai tivesse outro filho por aí, tinha lido sobre uma mulher nos jornais, era você. Quando encontramos a garota, pensamos que ela seria a resposta. Mas não deu em nada, toda esta confusão foi inútil. Ela é só meia-irmã, entende.

Ela cai em silêncio, voltando-se para dentro de si e se afastando de mim. Consigo ver o desespero nela. É o mesmo desespero que senti em Everett quando ele me ligou pela primeira vez. Pela vida de um filho.

— Então ele vai morrer.

Toda a suavidade no rosto dela desaparece e um rubor mancha suas bochechas altas.

— Cale a boca.

— Você ficou sem alternativa agora que o sangue de Bonnie não vai dar certo. Ele não tem mais muito tempo de vida.

— Cale a boca!

— Um bebê com câncer. — Balanço a cabeça. — Com todo esse seu dinheiro, achou que encontraria outra pessoa compatível no mercado vermelho, mas não achou, não foi?

Ela me encara.

— Eu me pergunto... Kai era um idiota, e isso é algo que ninguém, nem mesmo o pai dele, negaria. O que será que ele viu em você? Eu não a tocaria nem se me pagassem.

Por alguma razão horrível, acho hilário o que ela falou. Sorrio, mas dói.

— Dizem por aí que não tem muita coisa que você não faria por dinheiro. — Nunca ouvi isso em nenhum lugar. Só presumi.

Ela me dá outro tapa, agora mais forte. Meu cérebro chacoalha no crânio por um momento rápido e pungente antes de se estabilizar. Nenhum dente cai desta vez.

— É por isso que você mantém o velhote trancado dentro de casa, não é? Ele queria desistir da mineração, mas você é uma puta gananciosa e, quando ele sofreu o derrame e não podia mais controlar a empresa, você ficou contente, não foi?

Com um movimento rápido, ela pega meu rosto enquanto Dao conduz o barco.

— Como ousa? Família é a coisa mais importante do mundo para mim. Ele não estava bem da cabeça mesmo antes do derrame. Ele queria parar a produção nos nossos projetos, até conseguiu fechar a ilha de mineração antes que eu descobrisse.

— Jia... — chama Dao, sua voz quase inaudível por causa do som do motor. Eu quase tinha me esquecido dele.

— Oh, ela vai morrer hoje de qualquer forma, Dao. O que importa? Se concentre em nos levar para o mais longe possível na nossa propriedade. Faça seu trabalho.

Sinto minhas entranhas se revirarem e darem um nó. Dao se volta para o leme, censurado, mas não sinto pena. Uma vez serviçal, sempre serviçal. Ele deveria saber.

— Ele ficou velho e pensa que ama a porcaria da floresta — diz Jia.

Soa um sino na minha cabeça, tão alto que quase parte minhas têmporas. O que quer que Kai tenha me dado, tem um efeito bem poderoso.

— A mina. Extração mineral.

Os olhos dela se estreitam.

— Você não é tão burra quanto parece. Estivemos na mineração de terras-raras na África subsaariana por décadas e ele estava cagando para o assunto. Agora vem aqui após o acordo no Congo e, depois de tentarmos botar a mina para funcionar duas vezes, decide que não é a direção certa para a empresa.

— Mas você já comprou os direitos.

— Logo antes de ele sofrer o derrame, ele retirou o apoio da nossa aplicação. Queria transformar a área em algum tipo de santuário idiota. Mas nós extraímos minérios. É isso o que fazemos. Não criamos santuários.

— São terras não cedidas, de qualquer forma — eu lhe conto, caso ela já não saiba.

— Oh, que se fodam esses ecochatos — responde ela. — Poderíamos ter conseguido aprovação se quiséssemos. Não é minha primeira vez, sabe. Tenho apoiadores nos conselhos.

Franzo o cenho e luto para segurar um pensamento. É difícil, mas consigo.

— Faz você parecer frouxa.

— Faz mesmo, porra! — Uma rajada de vento solta o cabelo dela e uma mecha escura bate no seu rosto. Ela parece uma doida, e a mudança em seu temperamento me atinge. A mulher com quem falei no salão dias atrás… ou foram semanas? Não consigo lembrar. Nunca imaginei que ela pudesse elevar a voz ou xingar. Nunca imaginei suas lágrimas. Mas na semana passada ela também não estava num barco me conduzindo à morte. — Temos interesses em mineração em todo lugar… Entende? Se afrouxamos aqui num projeto, afrouxamos em todos. O Canadá é um dos países com maior extração de minério do mundo, assim como a China. As Indústrias Zhang-Wei estão posicionadas para fazer uma ponte nessa lacuna, vamos dizer assim. E meu filho *vai* viver pra ver isso acontecer. Vou dar um jeito de salvar a vida dele.

Sua boca se move, mas eu mal ouço as palavras. Ela se tornou banal para mim. Não há nada mais entediante que ganância. É onde o leste encontra o oeste e o norte encontra o sul: no centro de tudo está o dinheiro. Que banalidade. O que quer que eu possa ter sentido por ela, por causa do filho com câncer, evapora. Fecho os olhos por um breve momento e, quando os abro, ela está segurando uma arma. De todas as maneiras que imagino minha morte, com um tiro num barco não é uma delas. Sinto que começo a abrir um sorriso perverso. Se isso é o que está prestes a acontecer, que assim seja. Estou me sentindo destemida de novo.

Encontro o olhar dela, abro a boca e deixo a voz se elevar.

Depois de cantar para a equipe de TI da WIN, isto é algo que eu vinha me coçando para fazer. Por tempo demais neguei a mim mesma esse prazer. Se vai ser minha última canção, que seja então aquela que sempre desejei que fosse meu mantra, embora até agora nunca tenha tido coragem de cantá-la. Murmurei-a minha vida inteira, desde que a ouvi pela primeira vez no coral do pastor Franklin. Se vai ser Nina Simone, tem de ser uma que nunca ousei cantar. Tem de ser "I'm Feeling Good". Porque é assim que estou me sentindo: bem. A qualquer minuto agora ficarei livre dessas pessoas para sempre. Uma imagem incomoda o fundo da minha mente, a figura de uma pessoa com olhos escuros como os meus, mas o que mais posso fazer pela garota?

Minha voz sai forte e eu deixo que a crueza da minha garganta banhe cada nota com uma rouquidão que deixaria Louis Armstrong orgulhoso. O vento ameaça arrancar as notas dos meus lábios, mas não posso, não esta noite. Esta noite pertence a mim. Canto minha canção e realmente me sinto assim. Me sinto bem.

Jia me encara. Acho que ela atira mais por surpresa que por qualquer outra coisa.

Sinto a bala dilacerar meu ombro direito e o impacto me faz cair esparramada no convés. Dao desliga o motor quando ouve o disparo. Sinto algo afiado cutucar minha coxa, mas é uma distração momentânea da onda de dor no ombro, rebentando em mim como um maremoto. Eu me forço a levantar no assento mais próximo e volto a cantar. Não quero olhá-la de novo nem por um segundo a mais.

Jia ergue a arma de novo, mas algo capta sua atenção atrás de mim. Percebo um movimento no canto do olho e me viro para ver. Uma corrente de água escura se levanta das profundezas do oceano e jorra do mar.

Por um momento, é como se o tempo em si deixasse de existir.

Nunca vi nada tão lindo em toda a minha vida. As nuvens se abrem e a lua brilha no céu, lançando seu brilho sobre a água. A corrente escura (e o que mais poderia ser?) me mandou um salvador. Um rabo grande, bifurcado bate contra a superfície da água diante de nós. Um tremor balança o barco e Jia acaba soltando a arma. Dao tropeça. Ele também a viu. Se eu sou Jonas e esta é minha baleia, então é uma oportunidade que não vou desperdiçar.

Com um suspiro de dor, tiro o anzol que fura minha coxa e vou cambaleando na direção da esposa do meu estuprador. Ela grita por Dao, mas já estou em cima dela e finco o anzol, escorregadio com meu próprio sangue, em seu pescoço. Seus braços agarram minha garganta e meu ombro que sua bala rasgou de fora a fora. Assim como seu marido fez quando torceu meu tornozelo, aperta a ferida que ela mesma causou. A dor me rouba o equilíbrio, mas vejo a arma que ela deixou cair a apenas dois passos de distância e a pego. A arma escapa da minha mão bem quando Dao vem até mim com sua própria arma em punho. No leme, ele estava longe o suficiente para temer acertar Jia, mas agora, bem na minha frente, seu tiro não tem como errar o alvo. O barco volta a tremer e ele escorrega no meu sangue. Eu já estou no chão, então é mais fácil para mim aproveitar a vantagem. Pego a arma de novo e desta vez não hesito. O tiro atinge o abdome de Dao e ele voa para trás. O coice da arma bate forte no meu peito e meu braço fica entorpecido. A arma escapa novamente e segue batendo pelo convés.

Ouço um passo atrás e, ao me virar, vejo que Jia, com o anzol ainda preso em seu pescoço e com o cabelo bagunçado, está quase em cima de mim. Meus dois braços estão inutilizáveis, não consigo sequer segurar uma arma, então me levanto apoiada no meu tornozelo torcido, giro o ombro ferido para longe dela e, quando suas mãos me alcançam, viro para o lado, empurrando-a por cima da beirada baixa do barco. Ela perde o equilíbrio, a força do desvio lançando-a para fora. O que me surpreende é que Jia foi capaz de agarrar meu casaco e, numa demonstração final de força, me leva junto.

A água congelante bate em mim, e o choque me faz buscar, cambaleando, agitando meus braços, por algo sólido. Não há nada além de Jia, que ainda está me segurando. Está tão escuro aqui que o luar se perdeu. Posso sentir que estamos afundando, posso sentir a pegada dela afrouxar. Ainda tenho uma perna boa: pressiono-a contra a barriga de Jia e a chuto... e estou livre.

Minha cabeça emerge e inspiro lufadas de ar fresco. A água está tão fria e cortante que mais uma vez sou capaz de me concentrar. Sei que não vai durar muito. Estou perdendo muito sangue. As ondas vão me puxar para baixo ou eu vou ter hipotermia e meu corpo vai deixar de funcionar. Por isso me forço a nadar até que meus braços e pernas cedam, então deixo que a escuridão me consuma. Antes de perder a consciência, penso ver um feixe de luz no horizonte, mas minha mente está exausta demais para que eu confie nela. Vou dormir.

É minha imaginação ou uma corrente quente assumiu controle de mim?

10

Um homem e uma cachorra fizeram buscas o dia todo.

A luz agora está baixando e a trilha que eles estavam seguindo, um caminho sinuoso pela costa, não tinha sido fácil para ele. A dor em sua perna ferida é pungente. Ele sabe que já deveriam ter dado meia-volta a esta altura, mas uma premonição estranha o impele a seguir em frente. Eles estão ficando sem tempo. Ele observa a cachorra parar para sentir o ar salgado no focinho, depois trotar adiante e sumir de vista. Não há nada que ele possa fazer para impedi-la. Sua coxeadura piorou com a caminhada no terreno difícil nas últimas horas, e é tudo o que ele pode fazer para se manter de pé.

Quando Simone ligou, Brazuca sentiu que o inevitável tinha se apoderado dele. Não o tinha acertado com um objeto metálico contundente, mas foi como se tivesse. Ele havia traído uma confiança frágil e agora estava em dívida.

— Cheguei tarde demais, Jon — dissera Simone. Ele nunca a tinha ouvido soar inquieta. — Demorei um pouco para achar esta propriedade... Eu não estava pensando direito. Procurei na Vancouver continental, não na ilha. Devia ter descoberto antes. Aconteceu alguma coisa com ela. Posso sentir. Vou ficar a postos caso ela tente entrar em contato por aqui, mas preciso que você vá lá.

— Simone...

— Só a encontre. Por favor.

Foi o *por favor* que o convenceu.

Nem Crow ou Krushnik sabiam dizer se Nora tinha ido até a ilha. Eles também estavam preocupados. Queriam acompanhar Brazuca, mas ele recusou. Ele já estava no meio do corredor indo para o saguão quando ouviu passos suaves atrás, o clique de unhas em pisos lisos.

— É melhor você levá-la, então — disse Crow, observando-o e à cachorra da soleira da porta dos escritórios decadentes.

— Espere — disse Krushnik. — Não acho que seja uma boa ideia.

Mas a vira-lata sarnenta se recusava a sair de perto de Brazuca. Ela ficou ao seu lado durante a viagem de balsa e no longo trajeto até o endereço informado por Simone. Quando chegaram naquela manhã, encontraram a casa quieta, como uma presença gigante e silenciosa, e ele se sentiu tomado por um medo gélido. Então viu o sangue lá dentro… Minha nossa, todo aquele sangue e nenhum sinal de Nora.

Ele vira uma esquina e encontra Whisper parada na beira de um despenhadeiro, olhando para as rochas abaixo. Ele está quase seguindo adiante e deixando-a para lá quando as orelhas caninas se erguem, como se a cachorra tivesse captado um traço sutil de um cheiro pendurado no ar. Ela desce pela encosta íngreme, escolhendo um caminho que lhe parece mais fácil. Pela metade do trajeto, as pedras sob suas patas se soltam e ela vai rolando abaixo. Suas unhas raspam o chão, procurando algo de valor, mas ela não encontra nada. Uma de suas pernas traseiras cede abaixo dela. Ela vai até o fim.

— Ei! — grita Brazuca conforme ela manca pelas pedras. — Volte aqui, sua vira-lata feiosa!

Ela o ignora.

— Droga — diz ele antes de segui-la pelo mesmo caminho. Ele leva bem mais tempo. Agora que ele chegou ao chão, nivelado com as rochas, percebe o que ela tinha sentido. Ali, perto do oceano, escondida por uma pedra maior, há algum tipo de forma amontoada. A cachorra se aproxima com cautela e cheira. Então ela abocanha um braço e puxa até virar a figura.

— Minha nossa — diz Brazuca.

De repente, a cachorra ergue a cabeça, com os pelos eriçados.

Um movimento discreto da beirada da floresta logo acima atrai seus olhos e um gato, o maior que Brazuca já viu, sai do meio das árvores e olha para eles lá embaixo, mostrando os dentes.

Whisper rosna, de pé ao lado do corpo de Nora, e mostra seus próprios dentes em resposta. O gato é maior do que ela, Brazuca percebe mesmo a distância, mas Whisper não recua. Seu rosnado se transforma em um latido alto e espuma voa de sua boca. O gato ronda mais perto da beirada. Assim que o bichano se agacha, preparando-se para saltar, Brazuca rompe sua inércia. Ele avança e grita com todo o ar de seus pulmões, agitando os braços para cima.

O gato enorme hesita. Seus lábios dobram por sobre seus dentes afiados e com um pulão retorna à floresta.

Brazuca fica congelado no lugar, os olhos mirando as árvores, por um longo momento. Então ele se vira para Nora. Whisper recua alguns passos e desaba de modo que sua barriga se apoia nas pedras enquanto seu focinho repousa sobre o ombro de Nora.

— Um puma — murmura ele enquanto pressiona os dedos no pescoço de Nora, a fim de sentir a pulsação dela. — Um maldito puma… — Ele tira o telefone do bolso e faz uma ligação. — Preciso de uma ambulância.

11

Acordo de um sono profundo num quarto de hospital parcamente iluminado diante de uma imagem de mim mesma na versão adolescente. Mesmos olhos escuros, mas com um formato diferente. Cabelo escuro pesado e cortado curto. Pele entre dourado e bronzeado, embora não tenha nada de metálico. Meus traços são diferentes pelo que me lembro, mas quem consegue se lembrar com precisão de como era na infância? Parece uma imagem que foi esticada até distorcer para depois ser encolhida de volta, mas não exatamente igual. A expressão no meu rosto é cautelosa, e parece verdade, mas há um quê de curiosidade e esperança também, e isso parece mentira. Fecho os olhos e desejo que a imagem se vá, mas ela se infiltra por baixo das minhas pálpebras.

— Mamãe — diz a imagem.

— Você não tem mãe — falo para o reflexo do meu jovem eu. — Ela te abandonou. Ela te odeia. Você está bem melhor sem ela.

— Não é verdade.

— É, sim. Ninguém te ama, nem mesmo sua irmã, mas quem se importa? Ela é meio filha da puta. — A visão de uma SUV vem à minha mente sem eu ter ideia do motivo.

— Você está errada — insiste a irritante jovem eu. — Eu tenho duas.

— Só uma irmã.

— Duas mães. E as duas me amam. As duas me procuraram.

Dou risada; minha garganta está tão seca que o riso vira uma tossida entrecortada e desconsolada. Meu corpo todo dói, ele inteiro. Até meus globos oculares estão doloridos, como se tivesse visto coisas demais e por isso sofressem. A questão é: não me lembro do que poderiam ter visto que os faria doer tanto assim.

— Ninguém te ama — lembro à pequena eu quando a tosse cessa. — Ninguém te ama… ninguém…

— Mamãe — diz a voz, e me contraio com a palavra, tento bloqueá-la da minha cabeça. O que ela está dizendo? Não sou mãe dela, ela sou eu. Eu sou ela. Minha boca não parece conseguir formar uma resposta com a língua tão pesada. — Por favor, não vá… — implora a pequena eu. Nossa, como eu era chata nessa idade.

Por favor, não vá. Por favor, me ame. Ugh. Eu já lhe disse que ninguém a ama, o que mais ela quer de mim? — Não me deixe, mamãe...

Diante dessas palavras, recuo para bem longe de mim. Essa jovem eu pensa que tem uma mãe; na verdade, está delirando, pois acha que tem duas. Que ridículo. Que absurdo. Que equivocado. A pequena Nora Watts não tem nada além de sua voz, mas isso só vai lhe causar problemas.

— Venha cá, querida — diz outra voz, uma masculina. É vagamente familiar, mas não consigo identificar. — Ela precisa descansar. Talvez você possa vê-la mais tarde.

É provável que eu nunca mais veja essa eu-criança de novo, porque meus pesadelos são bem específicos, mas não falo nada. Quero dizer a ela para ir embora e nunca mais voltar quando ela põe seu focinho na minha mão que cai mole do lado da estreita cama de hospital. O nariz dela é frio e molhado ao toque. Caio no sono sentindo sua língua lamber meus dedos.

Que sonho esquisito.

12

Abro meus olhos e me pergunto que horas são. Uma luz fraca acinzentada passa pela única janela do porão, mas não significa nada. Pode ser manhã ou noite, ou qualquer coisa entre as duas. Meu telefone, porém, me diz que se passaram poucos minutos das quatro da tarde. Dormi a maior parte do dia e teria dormido mais ainda se não fosse o meu cabelo pinicando na nuca.

Ouço passos na escada.

Whisper está drogada pelos analgésicos que tomou por causa do ligamento rompido, portanto ainda não notou. Além disso, está exausta de morder a órtese em sua perna. Ignorando a dor no meu ombro ferido, pego o cano de aço que fica ao lado da porta e me posiciono ali. Abro-a só um pouquinho, o suficiente para espiar a mulher de cabelo marrom-avermelhado descendo as escadas. Levo um momento para reconhecer Lynn. Seu cabelo está mais escuro agora que da primeira vez que a vi. Mais suave, embora ela como um todo esteja com uma aparência melhor. Ganhou um pouco de peso, que caiu bem nela.

Ela espirra por causa da poeira acumulada e pausa quando me vê encarando-a na soleira da porta.

— Oi — cumprimenta ela depois de um momento que ficamos ali paradas, medindo uma à outra.

— O que você quer? — Baixo o cano de aço. Se tem uma coisa de que não preciso na minha vida é visita-surpresa.

— Seu amigo investigador, acho que ele se chama Leo, disse que eu poderia encontrar você aqui, hmm, no porão. Vim agradecer por... por ter procurado Bonnie. Não sabemos exatamente o que aconteceu, ninguém parece saber, mas você descobriu que ela tinha sido raptada e, quando ela estava no hospital, antes mesmo que soubéssemos que tinha sido encontrada, o hospital disse que ela recebeu a visita de uma mulher que queria levá-la embora. Achamos que era Jia Zhang. Então... ela não voltou mais. Nós achamos que foi por sua causa. Você salvou a vida dela. — Tudo é dito bem rápido, como se ela viesse planejando há um tempo e, agora que a hora chegou, só quer acabar logo com isso.

— Onde está Everett?

Ela parece ficar sem palavras.

— Oh, ele se mudou. Foi… foi melhor assim, na verdade.

— Com a mulher de jasmim?

— O quê? Oh. Sim, jasmim. — Ela sorri tristemente. — Era esse o perfume. O nome dela é Adele, na verdade, e ela é chefe de Everett. Dá pra imaginar? Meu marido, aquele puto, transando com a chefe na mesa dela depois que todo mundo ia embora pra casa.

Balanço a cabeça. Não consigo imaginar, mas tento. Everett Walsh, debruçado sobre a mesa, entre as pernas de uma mulher mais velha com perfume floral. Ficamos ali por alguns momentos: Lynn tentando apagar a imagem mental perniciosa, eu incapaz de me impedir de criar a tal imagem.

Ela não parece saber o que fazer com as mãos e, depois de ajeitar o cabelo e as roupas, as enfia nos bolsos.

— Posso entrar? — pergunta ela, enfim.

Hesito. Ninguém além de mim e Whisper esteve aqui desde que passei a morar no porão, mas Lynn claramente tem uma missão a cumprir. Abro a porta e ela me segue para dentro até o sofá do antigo apartamento de Leo que eu devia ter posto à venda quatro anos atrás. Ela olha para o encanamento exposto no teto.

— É bem industrial. Voltou à moda, sabe.

Concordo com a cabeça e aguardo. Não há nada de estiloso neste porão. Até eu sei disso.

— O homem com quem eu estava saindo era meu colega de firma. Não é clichê? Dois viciados em trabalho. Só tivemos tempo para casos amorosos com pessoas da mesma empresa.

— Era lá que você estava no dia que Bonnie desapareceu. Com ele.

— Como soube?

— Porque você estava mentindo.

Ela me encara.

— Você é uma mulher surpreendente. Talvez em outro tempo, em circunstâncias diferentes…

Dou risada. Jamais seríamos amigas, não importam as circunstâncias.

Ela sorri.

— Ok, talvez você tenha razão. Nem eu, nem você somos particularmente simpáticas. E o que você sabe da minha família… Parecemos bem problemáticos para você, não negue — apressa-se ela, embora eu não tivesse a menor intenção de negar. — Everett e eu não éramos perfeitos, mas tem uma coisa que você precisa saber. Amamos Bonnie. Nosso casamento acabou há muito tempo, e foi ela que nos fez ficar juntos.

Lynn não chora, pelo que fico grata. Nunca sei como agir com mulheres aos prantos. Num grupo de sobreviventes, certa vez me tornei uma dessas coisas pranteadoras e acabadas e fui embora. Não voltei mais depois de ter "compartilhado". Lynn tira uma pilha de fotografias da bolsa.

— Queria que você ficasse com isto. Não precisa olhar agora. Só... quando estiver pronta. Pode jogar fora se quiser.

Ela coloca as fotografias no sofá entre nós. Não digo nada; não há nada a dizer. Whisper acordou e vem trotando para dar uma cheirada superficial na virilha de Lynn. Satisfeita de ter feito o que considera sua obrigação, a cachorra deita a meus pés e baixa a cabeça. Para todos os efeitos, ela parece cair do sono de novo, mas sei que está escutando.

Lynn olha com ternura para Whisper, perdida em pensamentos. Uma pergunta pipoca na minha mente, uma que jamais me permiti pensar, que dirá botar em palavras.

— Posso... — Minha garganta se fecha. Sinto dedos invisíveis apertando-a, pressionando meu pescoço, tentando manter as palavras lá dentro. Mas talvez seja hora. — Posso conhecê-la?

Lynn fica em silêncio e desvia o olhar.

— Ela não... Ela te viu no hospital. Você não lembra?

— Não.

— Você disse umas coisas... Olhe, isto é difícil, porque eu sei o que você passou para encontrá-la, mas ela ficou bem abalada de te ver. Depois de tudo aquilo. Tem sido difícil demais pra ela. Acho que ela precisa de distância disto tudo. De... de você.

— Não, você não sabe — digo quando o silêncio entre nós se torna insuportável.

— Como é?

— Você não sabe o que eu passei. — Como ela poderia. Nem eu sei. Não consigo lembrar. É o resultado de ter sido drogada e de ter perdido alguns litros de sangue.

Ela suspira.

— Justo. O que estou tentando dizer é que Bonnie criou uma imagem de você por um tempão e quando te viu... Você se tornou real, e ela não conseguiu suportar. Ela precisa de um tempo. Compreende?

Não sei o que mais posso dizer, então só confirmo com a cabeça.

Lynn pigarreia. Abre a boca para falar, mas a fecha. Eu espero.

— Ela queria conhecer a mãe verdadeira antes de tudo isso que aconteceu — diz ela por fim. — Talvez um dia ela queira de novo.

— Ela sabe quem é a mãe dela.

Lynn me encara e sustenta o olhar. Então se levanta e vai até a porta. Lá, ela hesita.

— Olhe, eu recebi uma oferta de emprego em Toronto e vou aceitar. Bonnie quer começar do zero, então vai comigo. Everett está arrasado, mas ele sabe que precisamos de uma mudança. Bonnie e eu... estamos partindo. Mas acho que ela vai entrar em contato, Nora. Acho mesmo. Bonnie sabe que tanto eu como Everett estamos tranquilos em relação a ela te encontrar agora, por isso não vai mais tentar fugir — diz ela antes de desaparecer no corredor.

Dou as costas para a pilha de fotografias e espero os passos se afastarem, espero a porta de cima se fechar. Depois, coço atrás das orelhas de Whisper.

— Venha, sua fingida. Vamos dar uma volta.

As ruas estão particularmente imundas hoje e é bom respirar o fedor de dejetos humanos de novo. Mais um complexo de condomínios está subindo aqui perto, e a construção vai deixar as pessoas doidas pelo futuro próximo. Whisper e eu vamos na direção do oceano, mancando juntas, até chegarmos à nossa mureta habitual com vista para o Pacífico. O mar está ainda mais misterioso do que antes da ligação de Everett naquela manhã fatídica, mas estou bem com isso, porque ele está do meu lado. Inclino-me sobre a mureta, porém não imagino mais uma corrente escura.

Um gemido cresce no fundo da garganta de Whisper. Me viro e vejo Brazuca sentado num banco a alguns metros de distância.

— Então você está viva — diz ele, me olhando de cima a baixo. Não me ofendo com a avaliação. É mais a catalogação de lesões do que qualquer outra coisa. Volto-me para a mureta. De alguma forma eu sabia que ele mais cedo ou mais tarde iria aparecer. Tenho confiança de que Whisper vai ficar de olho nele agora que notou sua presença.

— Sabe, você tem sorte de a polícia não fazer a menor ideia de como lidar com a bagunça que você fez lá. Falei com algumas pessoas e... talvez sua barra esteja limpa, Nora.

Isso, a intervenção de Seb e as drogas no meu sangue quando finalmente lavaram meu estômago evitaram que eu fosse presa imediatamente quando acordei no hospital. Disseram que matei um homem e que meu sangue foi encontrado na casa dele. Que eu levei um tiro. Que o mar me carregou e fui encontrada sobre umas pedras numa praia sem ter a menor ideia de como cheguei ali. Disseram que Jia Zhang foi levada pelo mar por alguns quilômetros com um anzol preso ao pescoço, mas ela estava morta, tinha se afogado. Meu sangue estava por toda a casa de Ray Zhang, mas ele e o neto tinham desaparecido. E não tinham aparecido desde antes de eu ter sido levada à praia pelo mar. Disseram que no porão da casa dos Zhang havia uma mancha de sangue compatível com o de uma fujona de Vancouver. Bonnie.

Tudo isso me informaram, me questionaram, gritaram e argumentaram. Mas a verdade é que eu não lembro. Me ocorre agora que talvez Brazuca também tenha tido algo a ver com isso, mas, depois do que eu o fiz passar, eu ficaria chocada se ele voltasse a erguer um dedo para me ajudar.

— Como você foi pra água, Nora? — pergunta Brazuca. — Como?

Como saí de uma casa e fui até uma praia distante? Não faço ideia. Dou de ombros.

— Não lembro.

— O que aconteceu com o segurança de Jia Zhang? Dao?

Balanço a cabeça.

— Você saberia mais do que eu em relação a isso.

— Eu procurei o cara. Nada. Ninguém o viu desde aquela noite. Ou Ray Zhang. Ou o neto. Suponho que você também não se lembre de nada a respeito disso.

— Não. — Mas não é um pensamento reconfortante. Que ele talvez ainda esteja por aí em algum lugar. — Não sei onde ele está.

Essa é a minha história e é com ela que vou ficar. Ajuda que minha toxicologia a sustenta.

— Eu só estava tentando ajudar, sabe? — diz ele suavemente, depois de um minuto de silêncio. — Só queria que soubesse. Trabalhei pra WIN, é verdade, mas não tinha ideia da conexão com Zhang quando você me deu a placa do carro para checar. Queria desvendar tudo aquilo tanto quanto você, mas não era uma coisa que dava pra simplesmente sair perguntando.

Não respondo. Talvez ele esteja falando a verdade, mas não dá para mudar o passado e nem que eu tentasse muito conseguiria perdoar o único homem cujas mentiras não sou capaz de identificar.

Ficamos ali daquele jeito por um tempo, cada um se recusando a ceder. Por fim, ouço o farfalhar do casaco quando ele se levanta do banco.

— Acho bom contar que voltei ao programa, Nora. O que você fez comigo nas montanhas... Sabe, vítimas de estupro com frequência encenam a agressão que sofreram, mas com elas no controle. Entendo porque você me amarrou à cama e me drogou. Era um jeito de se sentir no controle de uma situação de que não gostava, que a chateava e a feria. Não justifica o que você fez, mas eu entendo.

— Sobrevivente — digo quando ele se vira para ir embora.

— O quê?

— Você disse "vítima".

Uma vez policial, sempre policial. É isso o que eles pensam, e, se tem algo que aprendi nos grupos que frequentei, é que as palavras importam.

Ele pausa por um momento.

— Uma sobrevivente. É, que bobo eu. Tem razão. — Ele ri baixinho para si por um bom minuto. — Acho que "sobrevivente" é a melhor palavra para descrever você, na verdade. Se cuide, Nora. Se vale de algo, me desculpe tê-la enganado.

Ouço seus passos se afastarem, seu coaxar mais marcado que nunca, e me debruço pesadamente na mureta. Penso no que ele acabou de me revelar. Voltou ao programa. Meu corpo relaxa um pouco com a informação de que não o fiz voltar a ser um alcoólatra inveterado. Dói um pouco menos. Whisper sente minha tensão se soltar e também relaxa.

Menti para Brazuca. Eu me lembro de uma coisa daquela noite.

Existe um canal bem no fundo do oceano que transporta sons a distâncias incríveis. Ele permite que as várias marinhas do mundo se comuniquem debaixo da água, em vastas extensões. Mas o canal foi descoberto por baleias. Como uma estação de rádio exclusiva, elas só têm de mergulhar fundo o suficiente para alcançar. O crânio de uma baleia é como uma antena acústica, transmitindo e amplificando som, por isso elas conseguem ouvir coisas que não somos capazes sequer de sonhar. Tenho uma lembrança tênue de cantar alto no convés de um barco e de uma barbatana sedosa se erguendo das profundezas do oceano, deslizando para cima e para fora da água em um arco gracioso, causando uma distração e salvando minha vida. Lembro-me de cantar, embora seja absurdo. Mas talvez eu tenha cantado. Talvez eu tenha cantado e minha canção viajou por aquele canal de som e trouxe meu salvador. Todos esses anos, passei olhando pela mureta, desejando que a corrente escura me mostrasse um pouco de amor... e tudo o que eu precisava fazer era cantar para ela.

Fico apoiada na mureta por um longo tempo depois que Brazuca foi embora.

Há um aspecto peculiar na neblina quando está para subir e deixar o sol brilhar por ela, como se átomos estivessem se aquecendo e se aprontando para se dissipar. Quero beber, como sempre, mas aperto a ponta de um pequeno canivete na curva entre meu dedo indicador e meu polegar e permito que a pontada afiada da dor alivie o desejo. É um ponto onde as cicatrizes não ficam muito perceptíveis e o corte não causa muito problema. Vou parar com isso quando conseguir lidar melhor; sempre foi assim. Por ora, faço o que preciso fazer.

Whisper acaricia meu joelho e lambe a minha mão até a dor passar. Ela olha para o horizonte. Sigo seu olhar para onde um raio de sol escapa por entre as nuvens e ilumina ligeiramente a noite.

PUBLISHER
Omar de Souza

GERENTE EDITORIAL
Mariana Rolier

EDITORA
Clarissa Melo

COPIDESQUE
Balão Editorial

REVISÃO
Mariana Oliveira
Bia Seilhe

DIAGRAMAÇÃO
Abreu's System

CAPA
Rafael Brum

Este livro foi impresso pela Intergraf, em 2017, para a HarperCollins Brasil.
O papel do miolo é Pólen Soft 80g/m^2, e o da capa é cartão 250g/m^2.